TAKE
SHOBO

魔王の娘と白鳥の騎士
罠にかけるつもりが食べられちゃいました

天ヶ森雀

Illustration
うさ銀太郎

MOON DROPS

魔王の娘と白鳥の騎士
罠にかけるつもりが食べられちゃいました
天ヶ森雀

Contents

第一部　湖畔の虜

一章　不遇の美女

革張りの表紙にタイトルが赤銅金で箔押しされた、いかにも手の込んだ装丁《つくり》の本を、ぱたんと閉じて目を閉じる。背表紙にはやはりタイトルと繊細に絡み合う薔薇のシルエットが銀で箔押しされていた。

むふー……。

「オディール様？　いらっしゃいますか？」

げ。

使い魔のアンドリューが窺《うかが》うように私の名を呼んだのはふかふかの長椅子《カウチ》に行儀悪く寝転がって、そんな風に読み終えた耽美小説の余韻に浸っていたところだった。

は〜〜〜、今回も倒錯と官能が渦巻くめくるめく世界だったわ（美しい女主人と肉体系奴隷との秘恋物よ！）。と、うっとりしてたのに。

「お父上が――、ロッドバルト様がお呼びです」

父の名前を聞いて、堪能していたほわほわの心地よさが一気に四散する。

……ったくー、せっかくいい気分だったのに、台無しじゃないの！

そう思って無視を決め込もうとしたら「あの、オデット様のことでお話があるそうで……」と続いたからしぶしぶ観念する。ちっ。父は彼女のこととなるとしつこいことこの上ない。

私はうんざりした気分で読み終えた本をベッドの上に放り投げた。

◇

耽美小説に限らず、例えば『昔々あるところに〜』で始まる古典的御伽噺《おとぎばなし》だって、ヒロインは大抵美形と相場が決まっている。『とても美しいお姫様が』とか『愛らしい女の子が森に住んでいて』みたいな。

白雪姫にシンデレラ、親指姫や赤ずきんのような美女や美少女、思わずむしゃぶりつきたくなるような、瑞々しくて可愛い可愛い女の子。

そりゃそうよね。絶対的に美人が主役の方がお話が盛り上がるもの。その美しさや可憐さゆえに、本人が望むと望まざるとにかかわらずドラマティックで波乱に満ちた人生に放り込まれたりするのだ。王子様や狼に見染められたり、逆に継母に憎まれて命を狙われたり。……ちょっと違うかしら。まあつまりは美人て大変てことなんだけど。

でも、それってお話の中だけとは限らない。実際、そんな物語的危機的状況に陥る羽目になったとんでもない美貌の持ち主を、私は一人知っている。

魔王である我が父、ロッドバルトが誰より執着した、夢のように麗しい人間の娘、オデット姫。彼女の場合、見初められた相手が『魔王』だったというのが最凶最悪の不運だろう。

魔王、と言っても魔力が誰より強い者の呼称だから、角や羽が生えてるわけじゃないし（生やそうと思えば魔力でできるけど）、魔界があって父がそこを統治しているわけでもない。人と同じ世で暮らす便宜上、爵位や領地を持っていたりもするが、魔族は自由気ままが信条だからお互い統治したりされたりなんかはしない。

ただ、多種多様な能力を持つ魔族たちの中にあってさえ、父はやたらめったら強いから、逆らう者は誰もいないというだけだ。なんせ、指一本振るだけで山一つ吹っ飛ばすような力の持ち主なのだからゾっとする。

とにかく魔族においては、力こそが絶対の正義なのだった。

そんな善悪の思想や倫理観とは無縁の魔族が、例外として無条件で弱い唯一の対象が『美』だ。それは生き物でなくても、例えばものや風景、歌声や概念なんかでもなんでも構わない。ただ『美しい』という一点のみにおいて、魔族は心を奪われる。そしてどんなことをしてもその美しいものを手に入れようとする。

父、ロッドバルトもそうだった。

気まぐれに遊びに行った人間たちの社交界で、この世の者ならぬ美貌を持つオデットに釘付けになった。白く透き通る練り絹のような肌と、滝のように流れる落ちるしなやかな金の髪。光を秘めた宝石のような濃紺色の瞳と艶を含んだ紅い薔薇の唇。

華奢な体型は、本当は骨なんか入ってないのではと思わせるほどしなやかで魅惑的な曲線を描いている。

どこか愁いを秘めて揺れる眼差しの前に立てば、大抵の者はたちまち魂を奪われることだろう。思うに儚げな雰囲気も美貌を強調する要素の一つじゃないかしら。近寄りがたいほど美しいくせに、どうにかして傍にいたい、彼女のために何かしたいって思わせちゃうのよ。本人の真意がどうかはともかく、だけどね。

とにかくオデットは綺麗だった。身に纏う空気ごと、他者とは異なる雰囲気《オーラ》を漂わせていた。そして人を狂わせるほどの美貌、それを持つことがオデットの悲劇だったともいえる。

オデットと出会い、父はありとあらゆる手を使って彼女を手に入れようとした。実際、人間たちの中から連れ去るのはいとも容易《たやす》かった。

でも――、問題だったのは手に入れるのが心ごと、魂ごとじゃなければ意味がなかったってことだ。

心を封じた人形状態で手に入れることはいくらだってできる。それこそ魔力を使えば父の言いなりにすることだって簡単だ。魔力で操れば彼女は父だけを見つめ、いくらでも愛を囁くだろう。けれどそれじゃあ意味がないのだ。彼女の美しさは彼女の魂を以て成り立っているのだから。

誇り高く聡明なオデットはそのことに気付いていた。だから決して簡単に父の意のままにはならない。

そんな彼女をそれでもどうしても独占したくて、父は彼女に呪いをかけてしまう。他のどんな者も近付けないように、彼女を白鳥にして、領地内の湖の周囲から出られない呪いを。なるほどこれなら確かに独占できる。

……って、違うでしょ！　結局魂ごと手に入ったわけじゃないんだから！

それでも父は満足らしい。バッカじゃないのかしら！

夜だけ人間の姿に戻して、水晶に映して嬉しそうに眺めてるってんだから、我が父ながら本当になんつー変態《ヤンデレ》！

まあね、かくいう私だって魔族の血が流れているし、綺麗なものに弱いのは同じだから気持ちは分からなくもないけれど。でもでもでも！　そんなの不毛としか言いようがないじゃない！

たとえ多少気持ちが理解できたとしても、私は父とは違うのだ。私は魂なんてものを持っている、面倒くさいことこの上ないものには執着しない。

だってこの世に綺麗なものは人間以外にもいっぱいあるでしょ？　金銀細工や宝石だって、うっとりするほど綺麗じゃない？　それ以外にも痺れるほど美しいものはいっぱいある。

だから動物や植物ならともかく、私は人間にだけは執着しない。だって、手に入るかどうか分からないものに、心が囚われたって不毛なだけだもの。そもそもオデットみたいに綺麗な人間がそういるとも思えないけどね。

私は誰も愛さない。魔王である父の不毛な執着を間近に見ているからこそ。

それが、魔王の娘オディールとしての私の不文律だった。


——筈だったのだけど。

「お呼びでしょうか、お父様」

断崖絶壁にそびえ立つロッドバルト城の、趣味のよい調度品に溢れた父の私室を訪れる。本当は心底来たくはなかったけど、使い魔のアンドリューが怯えながら呼びに来たから無視するわけにもいかなかったのだ。

『お願いしますよ、姫様〜。姫を連れて行かなきゃ私が魔王様にぱっくり食べられちゃうか、石ころに変えられてその辺にポイされちゃいます〜〜〜』

私の使い魔であるアンドリューは、私が物心付く頃から仕えてくれている、ハムスターの体軀に蝙蝠の羽を持つキメラだ。小さくて小回りが利くのが取り柄なんだけど、一定以上のストレスがかかると思わず輪車に入って走りだすのがちょっと難点。なんせ落ち着くまでかなり長い時間回り続ける羽目になって役に立たなくなる。それに正直、輪車を回している音もカラカラカラカラうるさいし。

小動物特有の黒くてつぶらな目を潤ませて、蝙蝠型の羽をばたつかせながらアンドリューは私に縋り付く。髭の震わせ方を見るに、輪車を回しだす寸前だったから仕方なく父の部屋に向かったというわけ。

「おお、オディール！　待っておったぞ」

豪華な石造りの暖炉でぱちぱちと薪が爆《は》ぜ、程よく空気が乾燥した心地よい部屋で、この上なく不機嫌な顔を見せて父は私を迎えた。額には青筋が立っているのに、唇の端は上がっている。あ――、これ、何かロクでもないことを考えている時の顔だわ。やだもう、嫌な予感しかしない。

「どんな御用ですの？」

一応聞くだけ聞いてみた。大したことじゃありませんように。意外にあっさり嫌な予感が外れますように。

「男を誘惑しろ」

「お断りします」

「早すぎるわ！」

しまった、いつもの条件反射が。

「ふざけるのも大概にしてください！　なんで私が！」

回れ右して退出しようとする私に、父は忌々しげに言った。

「せめて話ぐらい聞いても罰は当たるまい。何もただでとは言うておらんのに」

へ？　ただじゃない？　思わず物欲の仮想触覚《アンテナ》がピンと立ち、くるりと身を翻した。

「まあ、何でも仰って下さいませ。お父様のお願いでしたらこのオディール、喜んでこの身を差し出す所存ですわ」

「相変わらず見事な変わり身の早さだな」

半ば本気の感心が混ざる父の嫌味を受け流し、私は優雅に微笑んでみせる。父の頼みごとなんて大抵オデット絡みだし、ロクでもないことに決まってるけれど、成功報酬があるとなれば話は別だ。

腐っても魔王。

自分の戦利品や他者からの貢ぎ物もあいまって、宝物庫には夢のようなお宝が山と眠っている。

私だって魔王の娘として、それなりに所有する財宝秘宝はあるけれど、父のそれには遠く及ばない。

私の脳はたちまち、乱れ咲くお花畑と化した。

「――実はオデットのことだがな」

はい、一瞬で現実帰還。

あー、きたきた。やっぱりそっちよね。

「最近あれに近付く男がいるらしい」

「へー、人間ですか？　白鳥ですか？」

「馬鹿者！　男と言えば人間に決まっておるだろう！」

「お父様のことだから雄の白鳥にも嫉妬するかと思いまして」

肩を軽く竦め、その横で両手をひらひら振ってみせる。正直なのが魔族の取り柄。言い繕ったって、現実主義の魔族の間ではあまり意味がないし。

「まあいい。相手は人間の男だ。旅の騎士で、ジークフリートと名乗っておった。年の頃は二十歳過ぎくらいか……。どんな偶然が重なったか、結界が張ってあった筈の湖に現れて、タイミング悪く呪いの解けたオデットと出会ったらしい。大胆にも儂のオデットに言い寄りおった」

つまりその場面を、ヤキモキしながらずっと水晶玉で覗いてたわけだ。

「だったらその場で取り押さえに行けばよろしかったじゃないですか」

「できるか！　それではまるで私がずっと彼女を見張っていたみたいではないか」

実際、見張ってたくせに。

……あー、オデットに情けない本性を知られたくない的な、変なプライドが邪魔したのね。

「まあ、綺麗ですもんねえ、彼女」

なんというか、オデットの美しさは吸引力が半端じゃない。しかも今は魔王に呪われている身だから、悲壮な雰囲気も手伝っていつもの三割増しになってるんじゃないかしら。そんな不遇の美女を見て、スルーできる男がこの世にいるとは思えない。

「うむ。まあ一介の人間が私のオデットに心を奪われるのも分からぬではないがな。なんと言ったってこの私が見染めた娘であるし」

父は魔王らしからぬ照れた顔をした。寒っ。正直、いい年したおっさんがそんな可憐な表情《かお》をしても気持ち悪いことこの上ない。でもしょうがない。未だに父にとって彼女は至上の宝石なのだ。

「で、その男をどうするんですか？」

邪魔ならさっさと殺せばいい。それを躊躇うような良心をもっているわけではないし、父の魔力なら朝飯前だろう。

「だから、だ。お前が誘惑しろ」

「………はぁ？」

思わず間抜けな声が出る。誰が？　誰を誘惑って？

「だから、オデットに化けてその男を誘惑しろと言ったのだ」

「嫌ですよ、そんな面倒くさい！　お父様がご自分でやればいいじゃないですか！」

父の魔力なら女に化けることも可能な筈だ。それこそ絶世の美女に化ければいいではないか。

「冗談じゃない。人間の男に組み敷かれるなんて、想像するだけでぞっとするわ」

あ、そっちかー。プライド高いもんなー。

「でもなんでそんなややこしいことをするんです？　さっさとひと思いに殺しちゃえばいいじゃないですか」

「そこがお前は浅はかだと言うのだ。自分に言い寄る男を儂が殺せばオデットの心はますます離れてしまうだろう」

そりゃあそうだろう。元々彼女自身は無益な殺生を嫌う、ごく一般的な人間の感性の持ち主だし、ばれたら一生口を利いてくれないかも。自分のせいで罪なき青年が闇に葬られたとなれば、下手すりゃ自害しかねない、……かも？

「浅はかだなんてお父様にだけは言われたくないですわね。そもそもお父様とオデットはそんなに近付いてもいないと思いますが」

白鳥にされる呪いを受けてまで拒否ってんだもの。どれだけ嫌われてるんだか、推して知るべしだと思うけど。

「うるさいわ！　とにかく！　これは私にとってオデットの心を手に入れるチャンスでもある。お前がオデットに化けてその男に愛を誓わせるのだ。そうすればオデットも男の裏切りと愚かさを知って悲嘆に暮れるだろう。人間同士の愛なんて幻想だと気付くに違いない。そこにつけこめばオデットも私の魅力に改めて気づくだろうて」

言いながら自分になびくオデットを想像したのか、お父様の口元がだらしなくにやけた。あー、我が父ながら恥ずかしい。

でもお父様にしては考えてる方かしら。何しろ自分の力で叶わないことなんて殆どないから、普段はあまり物事を深く考えない。要は精神年齢が子供ってことなんだけど。見た目は結構イケてる美形壮年《ロマンスグレー》なのに、中身が微妙に……絶対的に惜しいのよね。

「でもそうしましたら、この私に人間の男に組み敷かれろと？」

これでも男どころか魔族もひっくるめての人間嫌いなのだ。そもそもまともな経験値もない。それなのに知らない男に抱かれるなんて、考えるだけで虫唾が走る。

「いやいや、そこまでする必要はない。こう、オデットのふりをしながら色気をふりまいてその気にさせ、さんざん勿体ぶってお前に愛を誓わせればいい。それを知るだけで、オデットは絶望に打ちひしがれるだろう」

「まあ、それくらいでしたら……」

やれなくもないかしらね。男なんて慣れてないけど、魔力を使えば誘惑フェロモン指数は軽くアップさせられるし、危なくなればやっぱり魔術で眠らせるなり気絶させるなりして逃げればいいし。

「成功したらお前が欲しがっていた家宝のマリンオパールをやってもよいが？」

「やります！　やらせて下さい！」

即答した。

やったー、あれ欲しかったのよ！　オパールとしては拳大《こぶしだい》という滅多にない大きさなのにも拘わらず、海の底のようなグラデーションの蒼味と中で煌めく不思議な虹のような光。滅多に見せてさえ貰えない奇跡のような希少石《レアストーン》。お父様の宝物庫の中でも秘中の宝のひとつだ。この手の輝石は魔力の増幅にも使えるのだ。もちろん一回きりだし勿体ないからしないけど。

あれを毎晩眺めながら眠れたらどんなに素敵だろう。うっとりしちゃう。

「商談成立だな」

にやりと笑った、お父様の口髭が嬉しそうに揺れる。

「ただし――」

私はひとつだけ条件を出す。

「作戦実行中はすべてこのオディールに任せ、覗かないとお約束くださいませ」

「あ？　う、うむ。それは構わんが……何故《なにゆえ》そのようなことを？」

「あら、だって。お父様に見られているかもしれないと思うと気が散りますもの」

気も散るし変に緊張しそう。

もちろん自分でも結界を張るつもりだけど、ここは言質《げんち》をとっておきたい。

「それに変身しているとはいえ、オデットの姿の私とその騎士とやらの甘い場面なんてお父様もご覧になりたくはないでしょう」

これにはお父様も思い当たる節があったらしい。喉の奥でむぅと変な声を出す。

「……分かった。それではおとなしくお前の報告を待つとしよう」

そうそう。下手に覗かれて手出しされたらうまくいくものもいかなくなっちゃう。

父の返事に私はにんまり笑って、頭の中で作戦の算段を始めた。


もちろん。

断るべきだったのだ。

たとえ報酬があの奇跡のオパールでも。それ以上に素晴らしい貴重なフローライトやタンザナイトを鼻先にぶらさげられたとしても。

◇

真鍮の縁飾りが付いた大きな姿見の前で、変化《へんげ》の術をかけた自分の全身を隈なくチェックしながら、私は背後に控えていたアンドリューに問いかける。

「こんなんでどうかしら、アンドリュー？」

「お見事です、オディール様。オデット様に生き写しですよ！」

「んっふー、でっしょお！」

元々は黒い髪を金髪に変え、瞳の色も黒から濃紺色に変色させる。背格好は元々似てるからあまり手を入れる必要はなかった。多少胸を盛ったくらい？　多少よ、多少！

ドレスは淡いブルーの清楚系だけど、コルセットで持ち上げて胸の谷間をチラ見せするのも忘れない。華奢なネックレスとお揃いのイヤリングは、菫《すみれ》をモチーフにした小さなサファイヤだった。

うん、チャームレベル五割増しってとこかしら。

あとは表情と喋り方。まあ、その辺はどうとでもなるでしょ。これでも一応魔王の娘だし。

「じゃあ行ってくるわね、アンドリュー。留守を頼んだわよ」

「畏《かしこ》まりました。上々の首尾をお祈り申し上げます」

アンドリューのお辞儀を横目に、私は移動呪文を唱える。体の周りに淡い光がきらきらと弾け、全身の輪郭がぼやけてきた。

今夜は湖に通じる道の結界をわざと解いてある。

オデットに言い寄るその男が湖に着く前に、待ち伏せして彼を捕らえるのだ。

◇

湖に通じる森の一本道は、下限の半月に照らされて煌々と明るかった。

私はわざと木陰に隠れ、俯いて人の気配が近付くのを待つ。

さくさくと枯れ葉を踏む音がする。人の足より数が多い。馬に乗っているのだろう。

私は木陰からそっと足を踏み出す。

「……オデット?」

問いかけるように呼ばれて、私はゆっくりと顔を上げた。

あのオデットに言い寄るなんて、どんな男なのか好奇心が逸る。でもここは優雅に焦らず。今、私はオデットなんだから。

馬上にある、騎士姿の美しい若者の顔がゆっくりと視界に入ってきた。

——ずっきゅ————ん。

………え？

聞こえる筈のない音が心臓のど真ん中で響く。

何これ？

まるで鋭い矢で心臓を打ち抜かれたような錯覚に、私は慌てて胸の辺りを抑えた。

当たり前だけど、胸には矢なんて刺さってないし血も流れてはいない。それなのにどくどくと心臓が早鐘を打って、耳にうるさいくらいに響く。何なのよこれ!?

「ジークフリート、さま……？」

かろうじて彼の名を呼んだ声が震えていた。おかしいわ。なんでこんな風になっちゃうの？

けれど彼は私がその名を呼んだことで安心したらしく、とても嬉しそうににっこり微笑んだ。

「よかった。あの夜に出会った貴女があまりに美しすぎて……月光が見せた幻だったのではないかと、少し不安だったのです。またお会いできて本当によかった」

彼ははにかんだ笑顔でそう言うと、馬からひらりと飛び降りて私の前に駆け寄ってきた。

やだ、こないで。

私は思わず顔を伏せてしまう。

ばくばくばくばくばく。

相変わらず鼓動は高速で脈打っている。

「どうかしましたか？　お顔が赤いようだが……どこか具合が悪いのでは」

「いえ、あの……、何でもありません」

否定する言葉はやはり蚊の鳴くような弱々しい声だった。おかしい。

彼、ジークフリートの顔を見た時からうまく息ができない。私の理性や知性がちりぢりに砕け散り、どこかへ飛び去ったという、不可解な状態に陥っている。

もしかして彼も実は魔族とか？　知らないうちに何かの術をかけられた？

もしそうだったとしても、対処する方法を思いつかないぐらいに私は混乱していた。

柔かそうな焦げ茶色の髪。通った鼻梁と優しげな瞳。肉付きの薄い鋭角的《シャープ》な輪郭と形のよい薄い唇。あの唇に触れたら……どんな感触がするのかしら。

ジークフリートは美しい男だった。

……ううん、なんていうか美しいだけじゃなくて、高貴で冴え冴えとした雰囲気を持つ男だった。

彼の顔を見たのは一瞬だけで、その後ずっと俯いてしまった筈なのに、なぜか彼の顔がくっきりまぶたに焼き付いてしまっている。

話しかけられたたった二言三言の声は、耳にこびりついて何度もリピートされるほどいい声だった。深みのある、ベルベットのように艶《つや》を帯びた声だ。

「それならどうか、お顔を見せて下さい。お見せ頂けなければ私の心臓は心配で潰れてしまいそうです」

少し悲しげな声に、私はおそるおそる顔を上げる。その途端、ホッとしたように微笑む彼の顔が目の前にあった。

どどどどどどどどど……！

心臓が早鐘どころじゃなく連打を初めて、息ができなくなりそうになる。苦しくて目尻に涙が溜まってしまった。本当にどうしたというの私は！

逃げ出したい衝動に駆られて必死に思い止まる。まだ何もしていないのに、このまま城に帰るわけにはいかない。そう思って溢れそうになる涙を堪えて彼を見つめる。けれど言葉を発することも身動《みじろ》ぎ一つもできない私に、彼は再び悲痛な顔になった。

沈黙に支配されたまま、私たちは暫し見つめあう。彼は困惑しているように見えた。でも私だってどうしていいか分からない。私は一体どうなっちゃったの？

彼、ジークフリートは、何か言おうと何度か口を開けてはまた閉じてしまう。彼も何を言えばよいのかわからないのだろう。おかしな磁力が生じている。全身の細胞が、彼に向かって引き寄せられているような。

私を見つめる焦げ茶色の目が僅かに揺れた。

「何があったか分かりませんが、そんな顔をしないで下さい。でないと私は……」

ジークフリートは切なげな瞳をしてそう言ったかと思うと、目にも留まらぬ速さで私の体を抱き締めていた。

うそ。

広い肩幅と厚い胸板。私の体をすっぽり包み込んだ腕は大きくて、鍛えられた筋肉の固さが服越しにも伝わってくる。

うそうそうそ！　どうなってるの？　なんでいきなりこんなことになってるの!?

こんな風に誰かに抱き締められたことなんて今までなかった。せいぜい幼い頃、母に抱擁されたくらいだろうか。他人の、しかも人間の男性に抱き締められるなんて生まれて初めてだ。

頭の中が真っ白になって、何も考えられなくなった。

どうしよう。少し苦しいけど、温かくてすごく気持ちいい。このままずっと抱かれていたい。

そんな思いが浮かんで更に混乱する。

何考えてるの！　バカバカバカ！

私は父の命令で、オデットの振りをして彼を誘惑しに来たのだ。だというのに、彼の腕の中でぼーっと突っ立ってるだけで動けなくなるなんて！

「泣かないで、オデット」

彼の声ではたと我に返る。

「泣いてません！」

「じゃあ、この美しい瞳から溢れているのは？」

私の肩に手を置いて、彼の瞳が私の顔を覗き込む。ぎゃ――――、顔が近い！

「これ、は……」

確かに頬が濡れている。でもこれは息が苦しくなったからたまたま出てきただけであって、悲しいとかそんなんじゃなくて、でもなんで苦しいのか訊かれたら一体なんて答えればいいの？

そんな動揺にぐるぐると思考を混乱させていたから、彼の顔が近付いてくると気づいた時にはもう遅かった。

――え？

彼の唇が私の唇を塞いでいたのだ。

柔かい唇がそっと押し付けられて私は動けなかった。あらゆる体中の感覚が、只一点に集中する。

何があったのか分からず、私の瞳は大きく見開いて彼を凝視していた。たった今気づいたが、至近距離で見ても彼はやはり綺麗だった。

少し擦り付けるようにして唇が吸われ、ようやくちゅっと小さな音を立てて離れた時、彼は僅かに頬を上気させ、困ったような瞳をして私を見つめる。

「貴女が悪い。そんな、顔をするから……」

え？　それってどういう意味？

問い返す間もなく再び唇は塞がれた。今度はもっと強く押し付けられ、吸われる。正常《まとも》に呼吸ができず苦しくなって口を開くと、するりと彼の舌が入り込んできた。

やだ、うそ！

彼の舌は私の口の中を美味しそうに舐めまわす。苦しくて、どうしてよいか分からなくて彼にしがみ付いた。彼の腕も強く私を抱き締め返す。息が上手くできなくて頭はくらくらし、立っているのもやっとだった。

口の中で逃げ惑っていた舌が彼のそれで捕らえられ、唾液ごと絡み合うと、足の付け根から腹部にかけてずくずくと痛いような鈍い疼きが生じた。

混乱は最高潮に達する。

訳が分からない。なんなのよ、これ――――!!!

ようやっと唇が解放された時には頭の中は真っ白で、息は荒くなり、胸は大きく上下していた。

「――イク、フリート様……」

かろうじてその名を呼ぶ。何をするの。そんな思いが声にならない。

「オデット……」

彼の声も熱く掠れていた。

「オディール、です」

「え?」

「オディール、とお呼び下さい」

「しかし、この間は……」

それは咄嗟に口を衝いて出た言葉だった。

今はオデットなんて呼ばれたくない。彼の瞳に映っているのがオデットその人だとしても。

私は細い指を彼の唇に当てがって、その声を塞いだ。

「お願い、今はそう呼んで……」

悲痛ともいえる声に彼はもういいと思ったのか、溢れるほど優しい声で私の名を呼んだ。

「オディール……」

湧き上がる幸福感にくらくらする。

私はジークフリートの鋭角的な頬にそっと指を滑らせると、彼をじっと見つめた。なんて綺麗な青年なんだろう。白皙《はくせき》の肌には石膏像のようにシミひとつない。

彼は美しい眉間にしわを寄せる。苦悩の表情もやはり綺麗だった。でもなんで苦悩……？

「だめだ、そんな目で見つめては――」

絞り出すような声で、彼は囁く。

「どうしてですの？」

見てはだめ？

見たいだけなのに。彼の美しい顔をずっと見つめていたいだけなのに。

「そんな、熱く潤んだ目で見つめられたら……私が、止まらなくなる」

彼は唇を噛んで苦しげに息を漏らす。

熱く潤んだ目？

止まらないって何が？

もちろん、私には彼の言葉の意味なんて全く分かっていなかった。だからそれを知ろうとしただけだったのだ。

「ジークフリートさま……？」

更に彼の真意を測ろうと見つめると、彼は観念したように肩を落とし、そっと私を草むらに私を押し倒した。

え？　え？　なに？

「そんな目をされたら、男の忍耐力など嵐の前の塵芥《ちりあくた》に等しいと、貴女は知るべきだ」

つまりこれって……？

「あ、あの、」

覆い被さってくる彼を押しのけようと、彼の胸板を押してみたがピクリとも動かなかった。焦ってパニックになる私に、彼はもう一度深い口付けを落とす。

「ん、んん…ん、………ふっ」

彼の唇と舌が、さっきより激しく私の唇と口の中を暴れ回る。口蓋や歯列が舐められ、二匹の蛇のように舌が絡み合った。

だめ、もう息ができない。何も考えられない。

気が付けば彼の大きな手が、私の胸の膨らみをそっと包み込んでいた。

優しくそっと揉まれて、皮膚からじんわりと熱が上がり始める。うそ、気持ちいい。

「やあ、ぁん……っ」

熱い掌に、ドレス越しに胸の中心を押された気がして、私の脳は完全に沸騰した。

もうだめ、何にも考えられない。

理性は崩壊し、瓦解し、霧散して消え、何も考えられないまま、私は彼にしがみ付いてた。

　これから何が始まるかも全く想像できないままに。

◇

　湖面を月が煌々と照らし、月光の道ができている。

　そんな美しい風景に背を向け、オデットは小さく溜め息を吐いた。

「あの若者は来ないようですね」

　一羽の白鳥が彼女に寄り添って声をかける。その白鳥は元々オデットの侍女を務めていた者だった。オデットは彼女に向かい、何事もないように小さく首を横に振る。

　明日の晩、また来ますと彼は言ったのだ。初めて会った日は既に夜明けが近く、呪いが発動すれば口を利くことはもう叶わなかったから。

「怖じ気づいて逃げ出してくれたのなら……それはそれでいいのよ」

　オデットは愁いを含んだ笑みを浮かべる。精悍で誠実そうな青年だった。彼の正義感を疑うわけではないが、こんな自分のために、罪もない者を魔王の怒りの下に晒したくはない。魔王の圧倒的な恐ろしさは自分が一番よく知っている。

「ただ……」

「オデット様？」

寄り添った白鳥は、首を伸ばしてオデットを覗き込む。

「あの魔王が、つまらない画策をしていなければよいのだけど。そう思って」

「オデット様……」

白鳥はそれ以上の言葉を失った。月が沈めばオデットも美しい一羽の白鳥になる。魔王の呪いは強力で簡単には解けない。

「己の非力さでこの湖にいることを悔いてはいないけれど、私以外の誰かを巻きこむようなことはしたくないわ」

その華奢な体から発せられたとは思えぬ、烈しい口調が彼女の意志を示していた。

「あなたも……ごめんなさいね、私のせいでこんなひとけのない湖にいさせることになって」

「いいえ。わたくしは何があってもオデット様のお傍でお仕えすると誓いましたから」

「ありがとう」

月さえも恥じらうようなその美しい微笑みに、白鳥は照れたように首を垂れる。

今この場にいない青年を想い、オデットは祈るように瞳を閉じた。

二章　誘惑の誤算

「オディール様！　どうなさったんですか、その格好は!?」

バサバサと蝙蝠羽をばたつかせるアンドリューに一瞥もくれず、私はロッドバルド城の一角にある、自分の部屋へ飛び込んだ。

「誰も来ないで！　しばらく一人にしておいて！」

そう怒鳴って扉をバタンと勢いよく閉ざす。

目の前には、出て行った時に全身を映した大きな姿見がでんと鎮座したままだ。

鏡に映った姿は、アンドリューの言う通り酷い格好だった。

綺麗に編み込まれていた髪はバラバラに解け、あちこちに葉っぱが付いている。ドレスは土で汚れ、その下のコルセットは辛うじてウエストに巻き付いていたものの、紐が解けて緩んでいた。着ていたドレスも一応胸や足を隠してはいるものの、肌にはいくつもの紅い痕が散り、一度脱がされたことは明白だ。

そして――。

鏡の中に映った姿は既に変化《へんげ》の術が解け、黒髪のオディールの姿かたちに戻っていた。

でもこの術が解けたのは、彼と別れた直後だ。だから正体はばれていない筈。目を閉じて天井を仰ぐ。落ち着け、落ち着け――。まだ心臓をバクバクさせながら、必死で理性を取り戻そうとした。

でもできなかった。

目を瞑るとより鮮明に彼の手の平の感触、彼の荒い息遣い、何より彼の欲望が自分の体に刻んだ、あの不思議な律動が蘇る。足の付け根の奥が痛い。彼自身の熱い昂ぶりが、まだ体内に残っているような気さえした。

（ヤっちゃった………！）

そんなつもりなかったのに。ただ彼をその気にさせて愛を誓わせればよいだけだったのに、……なんであんなことになっちゃったの？

分からない。分からない。

ただ、彼の顔を見た途端、私の中でなにかがおかしくなったのだ。体の中にある小さなネジが一つ、なにかの拍子で外れて、正常に作動しなくなった。体も、心も。

「だ～～～～～～っっっ！　とにかく湯浴み！！！」

雄たけびを上げて、寝室の隣に設《しつら》えてある浴室に飛び込む。そ、そうよ。まずは体中に付いた汚れを落とさなきゃ。土とか葉っぱとか……た、体液、とか……？

うぎゃ！　うぎゃ――――っ！

沐浴室では、壁から突き出ている獅子の形をした彫刻の口から常時浴槽へとお湯が注ぎ込まれ、浴槽から溢れた湯は部屋の隅に作られた排水口から城外へと流れ出る仕組みになっている。ロッドバルド城の地下に湧いている温泉を、配管を使って汲み上げているのだ。

身に着けていたものを、《脱《オフ》》の呪文を唱えて一瞬で床に脱ぎ散らかし、香りの良い花が浮かべられている浴槽へ勢いよく飛び込んだ。黒髪が水面に広がり、ざばーっと溢れた湯が、盛大に浴室の石床を濡らす。温かさに包まれ、私はようやくまともに息を吸って吐けた気がした。

そのままさほど深くない浴槽の中で、膝を抱いて蹲《うずくま》る。

五秒、十秒、十五秒……と静かに経過し、一分超えた辺りでがばっと頭を上げた。

「は――――っ！　死ぬかと思った！」

いくら魔族だって、息ができなければ苦しくはなる。魚とか水棲の生き物に変身していればまた別なんだけど。当然の結果で、私はぜいぜいと肩を上下させ、肺に酸素を送り込んだ。

それでも心臓の辺りはまだおかしいままだ。ショック療法で正常に戻るかと思ったんだけど……そうもいかなかったみたいね。

「ジーク…フリート様……」

唇から無意識に騎士の名前が紡がれ、一気に頭に血が上る。

きゃ――――っ！

今度は心の中で叫びながら、再度お湯の中に顔を突っ込んだ。

ぎゅっと瞑ったまぶたの裏に、彼の笑顔がくっきりと蘇る。月光を纏ったような優しい笑顔と耳に心地よい声。息をするのも忘れて、彼の一挙手一投足をエンドレスでリピートする。心臓がぎゅっと摑まれたみたいに痛かった。

気が付けば、お湯の中だというのに涙が溢れそうになっている。目頭が熱い。

「ぷは――――っ！」

当然のように息が続かなくなって、再びお湯から顔を上げた。何やってんのよもう！

さすがに同じ愚行を繰り返す気にはなれなくて、私は仰向けになり浴槽の縁に頭を乗せて目を閉じる。

まだ鈍い痛みが残る胸に手を当てて、そのまま自分に何が起こったか検証すべく、数刻前の出来事をできるだけ冷静且つ客観的に思い出そうと試みた。

◇

彼の手の平がドレスの上から私の胸に置かれたかと思うと、優しく愛撫し始める。やだ、胸の奥がざわざわする。彼の手の平の熱が布越しに伝わって、心臓を擽っているみたいだ。その間も唇は激しいキスで塞がれたままだった。

「ん……、ぅん……、ぅふ、……っ」

胸の谷間に、長い指がそっと忍び込む。

うぎゃ――――。

声を上げたいけど、激しく舌がもつれあっていてできなかった。この状況で叫んだらどっちかの舌を噛んじゃいそうっ！

でも胸っ、胸の膨らみを覆っている彼の手が！　胸元の生地をずらし始めた！

チラ見せできるって事は当然、脱がせやすいって事じゃない。そんな無防備なドレスを着てきた私のバカバカバカバカ！

そう思った時にはもう遅い。まるで桃の皮をむくように、彼の手はつるんとドレスの胸元を下に引き下げ、コルセットで上向かせた乳房を露わにしてしまっていた。

ジークフリートの唇が、未練を残して少し離れる。ようやっと声が出せた。

「ぁ……、」

戸惑う声はやはり掠れて小さい。怯えている私に、ジークフリートは僅かに頬を上気させ、熱のこもった瞳《め》を蕩けさせて破顔した。

「すごく、綺麗だ」

「………！」

その声があまりにも嬉しそうだったから、胸が苦しくて堪らなくなる。

やだ、なんで泣きそうになってるの。

綺麗？　私が？　そんなことを言われたのは生まれて初めてだった。

彼の瞳の中に、頬を染め唇を震わせた美しい女が映っている。

「嘘です！　見ないで……っ」

「嘘じゃない」

思わず否定してしまった私に、彼は力強い声で言った。

そりゃあ今は綺麗だけど！　だってあの絶世の美女、オデットに化けてるわけだし！

だけど本当の私は――。

過去の記憶が蘇る。チラチラとこちらに嘲りの視線を向けたかと思うと、ヒソヒソ声で囁き始める魔族たち。

『あの魔王様の娘だというのに、なんて醜い子だろう』

『全くだ。見てみろよ、あの艶のない灰色の髪。大きすぎてぎょろぎょろした目』

『貧弱な手足と貧相な体つきで……とてもロッドバルト様のお子とは思えない』

『本当にあの方の種なのか？　そもそも魔族であるのかさえ疑わしい……』

魔族は美を崇拝し、美を魔力の源泉とする者たち。だからこそ魔力が強い者ほど美しくなるし、美しくないものは容赦なく軽視する。父だってあれで人を魅了する外見の持ち主なのである。

それに引き換え幼い頃の私は美しくなかったし、比例して魔力もなかった。

魔族の子は早ければ赤子でも魔力を発動させることがあるが、私が能力に目覚めたのはずっと後の事だ。今より色が薄かった髪の毛はくすんだ灰色で、性質《たち》の悪いくせ毛が縺れまくっていた。肌もかさかさと荒れ、手足はいつ折れてもおかしくない小枝みたいにヒョロヒョロと長かった。

そんな私を優しく抱き締めてくれたのは、母だけだ。父はというと……あんまりその存在を気にかけてなかったってところかしら。私自身にあまり興味もなかったのかもしれない。元々、魔族は親子の情も薄い。

もっとも私自身を父の種かと疑う者は、父自身のプライドと逆鱗に触れた後にいなくなったけど。

とにかく、私は自分が美しくない事を知っている。長じるにつれて魔力は相応に芽生えたし、外見の手入れや化粧の仕方も覚えたからそこそこ人並にはなったと思うけれど、それこそ魔王をも魅了するオデットに比べたら天と地の差にも等しいだろう。

必死に自分に言い聞かせる。

今、私はその絶世の美女、オデットに化けているのだ。何のために？　そう、父の命令でこの目の前の男を誑《たぶら》かすために。

今のところその計画は成功していた。恐らくは想像以上に。彼は今、私を欲して熱くなっている。

問題は。

私自身もおかしくなっているという事だ。かなり、凄まじく。

私は美しくはない。

そう知っていた——分かり切っていた筈なのに、そんな私の過去を覆すくらい、彼は確信に満ちた声で断言した。

「君は……綺麗だ」

否定したかった。そんな事はないと言いたかった。でも言うわけにはいかない。

偽りの現状と分かっていても、彼の言葉が甘い毒のように私の心に沁み込んでいく。

ずっと、誰かに言われたかった言葉だったからかもしれない。決して真実ではないと分かり切っている筈なのに、私はその言葉に酔って、もっと聞きたくなってしまう。

「本当、ですの？」

お願い。もっと言って。そのうっとりするような声で、綺麗だと囁いて。

恥じらいを含んだ私の声に、彼は更に強く言い募った。

「今まで出会った誰よりも。最愛の妹、エリザよりも」

……ちょっと待って。妹って言った？　しかも最愛の？

この人シスコン？

一瞬冷めかけた意識は、塞がれた唇でまたぐずぐずに溶けてしまった。

この人と唇を重ねるのは気持ちいい。磁石のように吸い付いては未練を残して離れるキスが、ますます官能を呼び起こし、触れるだけでは物足りなくなる。

キスが、深くなる。

彼の舌が優しく私の唇をこじ開け、再び中へと入ってくる。それと同時に彼の手は私の胸を両手で掬い上げるように包み込み、まだ熟れる直前の固さの残る膨らみを摑んだ。

「ふぁ……っ」

思わず鼻にかかった声が漏れる。そのまま乳房に彼の指が沈み込む。痛みとそれ以外の感覚に私は怯えた。背筋がぞわぞわし、臍の裏から下腹の奥のほうがきゅっとする。

「や、だめ、こんなの……」

漏れた台詞は自分でも情けなくなるほど陳腐で、しかも泣きそうな声だった。

「……なぜ？」

彼は切なげな瞳で私を覗き込む。

「だって……おかしくなりそうで……こわい」

ぎゃ――――、本当に私の口から出た言葉なの!?　陳腐だ！　陳腐すぎるってば！

だけど彼はホッとした表情で言った。

「それが真実ならば……やめる理由にはならないな」

なんで断定できるの？　どう言えばやめてくれるの？

訊きたいことはいっぱいあるのに、声にならなかった。

再び、彼の熱くて大きな手が私の胸を覆い、今度は優しく揉み始める。一方、彼の唇は私の肌のあちこちを漂い始めた。額、頬、耳朶を嚙まれ、耳孔に舌を差し込まれる。

「……っ、……んっ！」

くすぐったさと切なさが同時に来た。彼の指がそれと同時に胸の先端をきゅっと摘まむ。

「ひゃ……っ」

背筋を雷のような稲妻が駆け抜け、思わず背が反り返った。

「ああ……、オディール、オディール…」

彼は私の名を呼びながら、今度は固く尖っていた胸の先端を口に含み、キュッと強く吸いあげる。

その途端、下腹の奥のほうがずくずくと強く疼き始める。

「やぁん……っ！」

鼻にかかった甘い嬌声は、本当に私のものだろうか。鼓膜が羞恥で壊れそう。それでも彼の唇は私の胸への愛撫をやめず、舌先でころころと転がされたり歯で軽く嚙まれたりして、私の声は止まらなくなってしまった。

「あ……や……、ん、ふ、ぁあん、ジーク、ジーク……リート、さまぁ……っ」

足首まで覆っていた筈のドレスのスカートは、彼の手によっていつの間にか裾がめくれ、両足の間に彼の膝が入って閉じられなくなってしまっている。恥ずかしくも露わになった太腿を、彼の手が優しく何度も撫でまわす。温かい。すっごく気持ちいい。

「穢れなき、私だけの純粋な乙女……」

彼が感極まったような声で言うから、更に混乱は激しくなった。

だって、穢れなきって言っても魔族なんですけど！　確かにまだ処女だから穢れてないって言われればそうなんだけど！　絶対この人、私を買い被りすぎてる！　可憐で儚げなオデットの外見に騙されてる!!

ごめんなさい元々騙してるのは私なんだけど〜〜〜っ！！！

泣きそうな顔で慌てふためいている内に、剣を扱う騎士独特の節の高い長い指が、私の足の間に忍び込んできた。

ぎゃ――――、そんなとこ触らないで！　必死で太腿を閉じようとするのに、そんな抵抗をものともせず彼の指がするすると奥へ潜り込んでしまう。

ちゅぷ。

うきゃ〜〜〜〜〜〜〜、ウソウソウソ！

濡れた音に耳が過剰反応を起こす。何これ？　なんで濡れた音がするの？

私の頭の周りに飛びまくった疑問符になど全く気付かず、彼はぴったりと閉じたその亀裂に沿って、指を上下に動かし始めた。

初めは軽く撫でる強さで。でも段々と沁み出てくる蜜に指を絡めるように。そこに触れられているとどんどん下肢から力が抜けてゆく。くすぐったくてむず痒い。ぬちゅり、と濡れた音が、耳に届いて恥ずかしい。

やがて力強い腕が膝を持ち上げ、大きく割って、彼の頭がそこに沈むのが見えた。

え？　やだ……まさか――。

「ジークフリート様……？」

彼は答えず、指で撫でていたその恥丘に今度は舌を這わせ始めた。

「やっ、だめ！　そんなとこいけませ……ぁん……っ」

唇が恥丘を覆い、蜜を分泌する割れ目に舌が潜り込んでくる。

「ぁん、あぁあ……やぁ……、ぁふ、……だめ、や、だめぇ……っ」

何とか彼の頭をどかせようと両手で押してみるが、彼はぴくりともしない。

尖らせた舌はますますその先へ潜ろうとし、更にちゅぷちゅぷと濡れた音が耳を襲った。

この音は、彼の唾液だけではない。そう、所謂《いわゆる》アレよ、女性が性的に興奮すると分泌される体液。性的なことに関して、魔族はあけっぴろげだから多少の耳知識はあった。愛読している耽美小説にもその手のシーンはあったし。

でも実体験が伴わないからすぐにはピンとこなかったのだ。小説に至っては比喩表現の方が多かったし！

濡れるって、でも、こんなに溢れるくらいの音がするなんて。

つまり、それだけ私は今、極度に性的に興奮しているってこと……？

い、いいわよ、今更だと思うけど認めましょう。

そうよ、感じてるの。恥ずかしいことこの上ないけど、彼の行為が気持ち良くて、体がそれに反応してしまっているのよ、悪い？

自覚してしまえば、もうこの思い通りにならない体は彼に預けてぐったり脱力するしかなかった。

だ、だって、気持ちよすぎてやめてほしくないんだもの。は、はしたないとは思うけどっ！

そうこうしている内に、彼の舌は割れ目の上部から私の淫粒を探り出し、じゅっと強く吸った。

「ぁあああぁあぁあああ……っ!!」

突然の強い快感に、私は空に放り出されたように背中を反らす。足首からつま先までもピンと反り返っていた。おなかの奥の辺りがビクビク震えている気がする。頭の芯が痺れてよく分からないけど。

「……オディール、大丈夫ですか？」

ぐったりと力を失った私に、彼は気遣わしげな視線を投げてきた。大丈夫なわけないでしょ！

誰のせいだと……っ！

そう言おうとしたのに、漏れてきたのは殊勝な言葉でしかない。

「……こ、んな……、恥ずかしいです。わたし、はしたない……はぁ……」

息が乱れていてうまく喋れなかった。

目尻からは涙がとめどなく溢れ、唇の端から涎《よだれ》まで垂れている気がする。それなのにそれを拭おうと、指一本動かせないなんて。

「すみません、私のせいですね」

彼はすまなそうに、でも少しだけはにかんだ笑顔を見せた。

その通りよ！　そう思ったけど、彼の切なげな瞳を見たら何も言えなかった。

代わりに口を衝いて出たのは自分でも信じられない台詞だった。

「もっと……キス、を――」

震える声でそう懇願した途端、彼の頬が目に見えて綻《ほころ》んだ。

何を言ってるの、私は。でも嬉しい。嫌な顔はされなかった。むしろ嬉しそうに笑ってくれた。

彼は私に口付けた。何度も。躊躇いや羞恥はすっかり薄れ、今度は自ら舌を差し出した。角度を変えて深く求め合う。彼の広い背中にめいっぱい腕を伸ばしてしがみついた。

彼が欲しかった。この腕も、背中も、足も指もおなかも笑顔もそれ以外の顔もすべて全部。

私を抱き締める彼の手が、撫でるように背中を滑り、太腿の辺りで少し躊躇ってから内側に入ってきた。

恐怖と好奇心が私の中でせめぎ合う。

彼はそのまま左手で太腿を抱いて、濡れた中心に熱く滾った自分の一部を押し付けた。やだ。熱くて固い。何なのコレ。初めての感触に、私は怯えてしまう。でも――。

ぬちゃり。恐らくはお互いの粘液で淫らな水音が響く。私は息を飲んでそのまま呼吸を止めた。

「少しだけ、我慢して」

押し殺した声で彼は言った。やだ。怖くてぎゅっと目を瞑る。

熱い。

熱くて大きな塊がめりめりと音を立てるような勢いで私の中へ入ってきた。

「んっ、……んんふ、んぅ……っ」

私は歯を食いしばって必死に耐える。蜜口から差し込まれたそれは、想像以上に大きい。蜜道が摩擦熱で溶けそう。やだ、こんな大きいもの、入る筈ない〜〜〜っ！

そう思うのに、それでも彼の雄芯は凶暴に私の中に入り込もうとするのをやめなかった。

「んんっ、ん、んぅん……っ！」

悲鳴を堪えるために、口を押さえた手の甲に嚙みつく。このままじゃあ、私は壊れてしまう。本気でそう思う。だけど。

「オディール……」

低く、掠れた声が私の名を呼んだ。やばい。

それだけで壊れてもいい、そう思ってしまった。

私は強く閉じていたまぶたをそっと開く。私の上で、苦しそうに顔を歪ませているジークフリートの顔が見えた。おかしなことに、汗を滲ませ、苦しげな彼の表情が私の中の官能を強く揺さぶる。

その表情をもっと見たいと思ってしまった。可愛い。

「ジークフリート様は……辛く……ないのですか？」

思わずそんなことを訊いてしまう。私の問いに気付くまで、数秒のタイムラグがあった。

彼は綺麗な琥珀色の瞳を見開いて、奇妙な面持ちになる。

「なぜ、そう思うのですか……？」

「だって……苦しそうなお顔をなさってますわ」

私の答えに、彼の頬がふっと緩む。

「……少し、きつくて痛いです。でも気持ち良くもある。貴女の中は温かくて……もっと包み込まれたくなる。一番、奥まで繋がりたくて堪らない……」

そう、なんだ。私の中に入ろうとする彼の熱さは、求められている証なのだ。

「貴女はお辛いでしょうが……すみません、やめることができない」

彼のすまなさそうな表情に、私は痛みを堪えて何とか笑顔を作る。

「私も……ジークフリート様が欲しいです」

その言葉を聞いた途端、私の中の彼が一層熱く大きくなる。そのまま突き上げられ、内側を強く擦られた。

「んん〜〜〜〜……っ！！」

信じられない痛みに、堪え切れず目尻から涙が零れた。やっぱり痛い！　信じられないほど痛い〜〜〜っ！

思わず彼を強く締め付けてしまったらしい。

彼は「う……っ」と低い呻き声を上げると、まだ隘路の途中でありったけの精を吐き出してしまっ

た。

彼自身が、私の中でどくどくと激しく脈打っているのを感じる。飲み込み切れない精液が、繋がった隙間から滴《したた》り落ちた。

彼はハアハアと肩で息をしながら、荒ぶった彼自身を引き抜いた。

「すみません……」

掠れた声で謝られる。なんで？　何を謝ってるの？

彼はよほど苦しかったのか、私の両脇に手を突いたまま、項垂れた格好で息を整えようとしている。目の前にある彼のつむじが可愛くて、つい汗ばんだ髪を撫でてしまった。

彼が顔を上げる。

息を弾ませたまま私を見つめる彼の瞳の奥には、まだ情欲の焔《ほのお》を宿らせている気がして、恐怖に似た警鐘が脳裏に響き渡る。

彼の欲望はまだ収まっていなかった。

——もう一度？　無理！　絶対無理！　まだ陰部は痛みでジンジンしているし、このまま流され続けたら息ができなくなりそう。比喩ではなく心臓が波打って苦しい。

このままいたらダメだ。

それでもしばらく動けないまま、私たちは見つめ合っていた。

何かを求めるように、探り合うかのように。

だめ、このままもう一度求められたら拒めないかもしれない。怖い。

「オディール。私、は……」

「ごめんなさい！」

何か言おうとした彼を制して、私は《打撃《ヒット》》の呪文を唱える。

ガツンっと後頭部に衝撃が走ったかと思うと、彼は一瞬で意識を失ってその場に倒れ込んだ。期せず渾身の一撃だったらしい。

ごめんなさいごめんなさいごめんなさい!!

心の中で必死に謝りながら、確かに気を失っているのを確認して、私はずるずると彼の体の下から滑り出る。

そして《帰還《リターン》》の移動呪文を唱えた。

最初っからそうしていればよかったのに、あらゆるスペルが頭の中から吹き飛んでいたのだ。

うつ伏せで倒れ込んだ彼を残し、私は宙に消えた。

それでも焦っていたせいか、正確な呪文《スペル》が唱えられなかったらしい。自分の部屋に戻る筈が、城近くの森の茂みに転がり出る。とは言え、このまま帰って誰かに見られるのも面倒だ。これ幸いと乱れまくっていたドレスやコルセットを表面だけ整える。

けれど心は動揺したままだ。手が上手く動かなかった。こんな時に使う呪文も浮かばないままだ。

私は何度か深呼吸するともう一度宙を飛び、自分の部屋へと帰城した。

◇

回想終わり。

……。

………。

……………。

…………………ふー……。

「あのー、オディール様……？」

浴室の扉の向こう、恐る恐るといった声でアンドリューが話しかけてくる。

答えたくないから無視した。

「大丈夫ですか？　もうかなり浸かってらっしゃいますけど、のぼせてませんか!?」

そう言えば途中で意識が飛んでたような気もしたけど……そんなに浸かってたかしら？

ぽちゃりとお湯に沈めていた手を出して指先を見ると、確かにピンク色に上気してふやけていた。

「ここ開けますよ？　開けちゃいますよ!?」

答えない私にアンドリューが痺れを切らしたらしい。とは言え、体に残った紅い痕を見せるわけにはいかない。なんて説明したらいいか分からないし、それすら考えるのも億劫になっていた。

「大丈夫、もう部屋に戻るわ。冷たい飲み物を用意しておいて」

「無事ですね？　よかったー。飲み物、畏まりました！」

扉の向こうでアンドリューの気配が去るのを聞いて、私は湯船から立ち上がる。

さすがに頭がくらくらしていたけど、常備されているリネンを体に巻いて、部屋へと戻る呪文を唱えた。

とは言えやはりのぼせていたらしい。寝室に移動した私は、そのままベッドの上に倒れ込んで意識を失ったのだった。

◇

馬の鞍に括りつけてあった荷物の中から、清潔な布を取り出して、ジークフリートは自分の体を拭い、清める。

意識を失っていたのはどれくらいだろう。

月の移動位置から察するに、半刻も経ってはいない筈だが。

この先の湖に行けば水浴が可能だと分かっていたが、それは躊躇われた。今、彼女は自分に会いたくないだろう。

「オデット……いや、オディール……」

最後に見つめ合った時、彼女は怯えていた。

無理強いしたつもりはない。抱き締めて口付けを交わした時、彼女の中にも燃え上がる恋情が見て取れた。とは言え彼女が純潔だったのも確かだ。初めての愛を交わす行為に、それも乙女にとっては多大な痛みを伴う行為に、恐れを抱いても致し方ない。

男女の情事の経験がなかったわけではない。女性経験豊かな兄たちに色んな経験談や講釈も聞いていたから、女性の扱いに関する知識もあった。しかし——。

もっと、優しく導いてやらねばならなかったのに……。

苦い後悔がジークフリートの胸に広がった。

タガが外れてしまったのは確かだ。

何というか……初めて出会った時の彼女は、もっと物憂く諦念に満ちていた。少なくとも彼の目にはそう映った。その常ならぬ美しさに心を奪われたのも確かだが、何より白鳥にされる呪いを受けていると聞いて憤った。魔の力で自由を奪われることがどれだけ屈辱的で悲痛なことか。

見過ごすことはできないと思った。

彼女を救わねば。何とかして自由を取り戻してあげねば。

そう申し出てみたものの、魔王の恐ろしさが身に沁みているのか、彼女は無言で首を横に振るだけだった。

だから時間をおいて、明晩また訪ねると約束したのだ。まずは、彼女自身が闘う決意をせねば魔王を倒すのは難しいだろう。ゆっくり考えてほしいと思った。

けれど再訪を申し出た彼に、やはり彼女は悲しげに微笑んで「わたしを救う必要はありません」とそう言ったのだった。

抗《あらが》うことの敵わぬ圧倒的な力に触れた者としては当然の反応だろう。

それでも彼女を救いたかった。そして彼自身、彼女の助けが必要だった。

だからもう一度、湖に向かった。


しかし翌日、再会した時の彼女は別人のようだった。

何があったのか分からない。

湖に出る手前の森の小道で、待ち伏せたように木陰に佇んでいた彼女は、彼を見た途端真っ赤になって俯いたのだ。まるで騎士《ジークフリート》と初めて出会ったばかりのように。

明らかに彼女はおかしかった。

落ち着きがなくそわそわとして、そのくせチラチラと自分を見る目が熱っぽく潤んでいる。

息を呑むような美しさはそのままだったが、前回の冷めきってあまりこちらを見ようとせず、その瞳に諦めを貼りつけていた彼女とはすっかり変わっていた。

魔王に何かされたのだろうか。私との邂逅がばれて、手酷い目に遭わされたのだろうか。それにしては翳《かげ》がない。やや怯えた、けれど物問いたげな瞳がこちらを見つめるばかりだ。

今までにない初々しい雰囲気《すがた》は、彼の情欲にも火をつけた。

堪らなくなって抱き締めてしまったのだ。

彼女は拒まなかった。

戸惑ってはいたが、されるがままに彼を受け入れていた。

それ故に情欲は加速した。白い肌、華奢な肩、まろび出た二つの柔らかい膨らみ。

愛撫を施した時の彼女の反応は、どこまでもぎこちなく、しかしそれ故に可憐だった。

その反応が、仕草が、どこまでも彼を刺激し、制止不可能にさせてしまった。

彼女のせいにして責任を逃れるつもりはない。

しかし、彼女に触れ、喘ぎながらしがみ付いてくる彼女を見て、ジークフリートは自分が改めて彼女に焦がれたのを知った。救うべき対象ではなく、愛すべき柔らかな存在として胸に刻み込まれたことを自覚した。

けれど彼女は行ってしまった。

いくら愛するものを抱いていたとはいえ、背後の敵に気付かぬなど、騎士として不覚としか言いようがない。魔王の魔力に護られている筈とはいえ、彼女が無事ならばよいのだが。そんな不安がジークフリートの胸を締め付ける。

無事を確認するためにもやはり湖に行くべきだろう。例え、彼女自身がジークフリートとの行為に傷つき、嫌悪を感じてしまったとしても。どんなことがあっても、彼女の呪いを解かねばならないと、ジークフリートは誓いを新たにする。

そして……。

「エリザ、喜んでくれ。私の呪いを解いてくれる乙女が見つかったかもしれないよ」

彼の脳裏で、艶やかな栗色の髪をした、陽だまりのような少女がいとけなく笑みを咲かせる。

最愛の妹の姿を心に浮かべた時、夜が明けて森にうっすらと光が差し、ジークフリートの呪いは稼働した。

三章　眼前の問題

目が覚めた時には腰がだるかった。それだけじゃない。足の付け根の内側がヒリヒリと痛い。

内側？

ヒリヒリ……？

寝ぼけ眼を何とか開いて、記憶を眠る前に巻き戻す。視界には磨かれて光沢を帯びた木目の、天蓋の裏側が見える。ここは私のベッド。上質なリネンの肌触りもいつも通り。それは間違いない。

えーと……ベッドに倒れ込む前に湯浴みをしたのよね。相当、長く。どうしてかって言うと――。

うぎゃあっ！　思い出したわ！

脳味噌が沸騰して顔が火のように熱くなる。火竜《サラマンダー》のように口から火を吐きそうだった。火竜じゃないから吐かなかったけど。

そのままシーツを頭から被り、ふるふる震えながらベッドの上に蹲る私に、恐る恐るといった声でアンドリューが声をかけた。

「あのー、お目覚めでしょうか、オディール様」

「目覚めてない！　私はここにいないっ！」

「申し訳ありません！　でもぉ……っ」

「いないってばっ！　そう言ってるでしょ!?」

「オディール様ぁ！」

アンドリューの声が悲鳴の様相を呈していたから、私はシーツからこっそり目だけ出してぎろりと彼を窺う。何よ!?

「魔王様が何としてでもオディール様を連れてこいと……」

げ。忘れてた。いたわね、厄介なのが。

「私は戻ってないと伝えといて」

「でもぉ！　もう一昼夜お顔を見せてませんし、これ以上引き伸ばすとお怒りが心頭に発して城を壊しかねません……！」

あー、やりかねない。

っていうか、以前本当にやったのよ、あのバカ父は。

いきなり轟音がして城が瓦解したから、慌てて上空に浮遊避難したら、バカ父の部屋の床だけが宙に浮いていてその上に不機嫌極まりない彼が仁王立ちしてたのよ。なんかムカつくことがあったらしいけど、詳しいことは聞いてないし聞きたく気もない。面倒くさいだけだもの。でも自分のいた部屋が一瞬で粉々になるのは、正直言って精神衛生上よろしくない。

復元魔法があるから本人的には問題ないらしいけど、巻き込まれた者たちのことまで考えてるわけじゃないから迷惑極まりない。

にしても一昼夜？　そんなに寝てたってことかしら。

要は首尾がどうだったか訊きたくてうずうずしてるってことよね。確かに気の短いお父様にしては、一昼夜という時間は長く我慢した方かも。仕方ない、諦めて顔を出すか。

「分かったわよ。身支度して晩餐《ディナー》には同席すると伝えて」

「畏まりました！」

アンドリューは蝙蝠羽をめいいっぱい羽ばたかせながら私の部屋から出て行った。

ふう、少しは時間を稼いだから、着替える間になんか適当な言い訳を考えなきゃ。

◇

「で、例の騎士には会ったのか」

曇りひとつなく磨かれた銀のナイフで肉を切り分けながら、父は長テーブルの向かいに座る私に訊ねた。ステーキは赤味が残る、というより表面以外はほぼレアなのでちょっと切りにくい。

「ええ。会いましたわ」

背後では滞りなく給仕するために、父の使い魔たちが気配を消して控えている。父が望めば喜んで褥《しとね》にも侍《はべ》る美形人形たち。思うにこれもオデットの怒りを買っている要因じゃないかしら。人間て貞操観念があるものね。『やりたいことを、やりたいように』生きている魔族の最高峰、お父様には理解しがたい概念だと思うけど。

「どんな男だった？」

「外見はもうご存知でしょうが……間近で見ても人間にしては充分美形の類じゃないでしょうか。長身痩軀で顔立ちも上品《ノーブル》。でも騎士らしくがっしりとした肩幅で……オデットと並べば美男美女でさぞかしお似合いでしょうね」

父をからかうために自分でそう言っておきながら、二人が並んだ姿がまぶたの裏に浮かび胸の奥がムカムカする。そんな自分が腹立たしくて、赤ワインを一気に流し込んだ。ふう。

「ふ……ん。で、誘惑できたのか」

「……まあ、そこそこ」

できて、なくはなかったわよね？

「なんだ、そのそこそこというのは」

う、つい頭が変な方向にいって、きっぱり言い切りそびれたわ。

とはいえ、お父様も一応遠視《のぞき》はしないという約束は守っているみたい。まあ、あの一連がばれてたら、今頃穏やかに食事なんてできてないと思うけど。

「変化《へんげ》の術は完璧でしたわ。彼は私をオデットだと信じ込んでいました」

「ふんふん」

「だから彼に私をオディールと呼ぶように伝えました」

「ほお？　と申すと？」

父は片方の眉だけを器用に上げる。大丈夫、もっともらしい言い訳は用意してある。私は自分を落ち着かせるために小さく咳ばらいをした。

「私は一言も自分がオデットだとは申していません。言えば彼を謀《たばか》ったことになりますが、初めから真の名を名乗っているのですから、私をオデットだと思い込んだのは彼の勘違いであり落ち度です」

「ふむ。それで」

「その上で彼が私に愛を告げればオデットに対してこう言い募るができるでしょう。『彼は分かった上で貴女を裏切ったのだと』」

「おお、素晴らしい！　さすがに私の娘だ！」

「ほほほ、それほどでもございませんわ」

よっしゃ！　理論武装完璧！

そう、私は嘘は言ってない。自分がオデットだなんて一言も言っていない。けれど、それは本当は、彼の口からオデットの名前を聞きたくなかったからだ。咄嗟に嘘でもいいからオディールの名を呼んで求めて欲しいと願ってしまった。

なあんてね。バカみたい。こんなくだらない自己満足、お父様には口が裂けても言えやしない。

「で、奴はお前を口説いたのか？」

「ええ、そりゃあもう情熱的に」

ちょっと情熱的すぎた気もするけど。

「愛も誓ったと」

「いえ、それは……」

そこを突かれると痛い。何故なら彼は何も言っていないから。というより、言いかけたところで打撃呪文をくらわせて逃げたのだ。

あのまま一緒にいたら何か言ってくれていたかもしれない。でも……聞きたくなかった。だって、それはオデットへの言葉だもの。聞いても嬉しくもなんともない。いやいや、この作戦で私が嬉しい必要なんてこれっぽっちもないんだけど！

「なんだ、誓ってないのか」

お父様は期待が外れた顔をして、大きく切り分けた肉を豪快に口に放り込んだ。

「焦りは禁物です。急いで彼に愛を誓わせたところで、事がばれたらオデットの怒りをお父様が買うのは必定。ですから、ここはじっくり攻めて完膚なきまでに彼を骨抜きにしなくては……！」

言ってる内に興奮して声が大きくなっていた。お父様を誤魔化すためとはいえ、何を力説してるんだか私ったら。案の定、お父様は奇妙な表情になって私を見ている。私は慌てて肉に添えてあったいんげん豆を口に入れて咀嚼した。

「まあ、お前の策略も分からぬではない。しかし……」

「なんですか？」

「人間嫌いのお前にそこまで男を骨抜きにする腕《スキル》があるとは思わなんだな。せいぜい誘惑魔法で一時的に浮つかせる程度かと……」

ぐふっ。更に痛いところ突かれたわね。でもここで引いては魔王の娘の名が廃《すた》る。伊達《だて》にロッドバルトの娘を十数年もしているわけではないのよ。

私はいかにも余裕たっぷりの笑顔で父に答える。

「何を仰いますやら。人間の男如き、私の魔術と魔力を以てすれば簡単ですわ。ほほほほほ！」

――本当はこっちが骨抜きにされたんだけど。

いえいえいえでも！　二度目ならそれなりに余裕は持てるかもしれないし彼だって私にメロメロな感じだったし……っ。……だったわよね？　ちょっと自信がない。

でもそれを顔に出すわけにはいかなかった。実は彼に会った途端おかしくなっちゃって、流されるままに身体を重ねちゃいました、なんて言ったら、城どころかこのロッドバルト城を含む半径百キラル以内が爆発しそう。

あくまでお父様には作戦は順調だと思わせなきゃ。

……思わせたところでその後どうすればいいか分からないけど。

そんなこんなをモヤモヤと考えていたら、予想しない角度からバカ父の爆弾発言をくらってしまった。

「そういえばお前、人間たちの秘密結社から変な本を定期購読しておったな」

「なななななななんにょことですかっ」

慌てる余り言葉を噛んで、思わず皿の上のクレソンをお父様に投げつけそうになった。なんでアレのことを知ってるのよこのバカ親父！

「この城の中で儂の知らぬことなどないわ。いや、アレもその手の色仕掛けを研究するための参考資料かと思っていたが」

「そそそうですわ、そうに決まってるじゃありませんか！」

テーブルの上にあったナフキンで泡を飛ばしそうだった口角を抑える。落ち着いて、落ち着いて。

「とにかくここは慌てずお待ちくださいな。決してお父様の悪いようには致しません。必ず彼を堕落させ、オデットの目を覚まさせてご覧に入れますわ」

私はゆっくりと息を吸い込み、優雅に微笑んだ。

私の破れかぶれのはったりを、お父様は鵜呑みにしていないようだ。それは彼の沈黙が物語っている。やはりどこか挙動不審には見えるのだろう。こういう時は気付かないふりに限る、私は空っとぼけた顔で、上品に皿に残ってる肉汁《グレービーソース》をパンで拭った。

もっとも味なんて全然これっぽっちもよく分からなかったのだけど。

◇

何とか食事を終えて自室に戻り、再びベッドに倒れ込む。あー疲れたー。

疲れたけど、今後どうするかを考えなくちゃ。

お父様を納得させ、彼を殺させずに済む方法。あるのかしら、そんなの。

っていうか、ふと思う。

このまま放置でもよくない？

例えば彼がこの後オデットに会いに行くでしょ？　そうして「あの夜は素敵だった」とか言うと

する（うぎゃぎゃ！）。オデットは何のことか分からずにぽかんとして……でも結果的に彼が他の女と寝たと知ったら彼を見限るんじゃない？

そりゃあオデットは頭がいいから、その裏にバカ父の陰謀がありそうだとか気付くかもしれないけど……でも女だもの、他の女と寝た（うぎゃー！）なんて聞いたら決していい気はしないわよね？

『貴方なんかもう知らない！　顔も見たくない！』ってならないかしら。そうしたら悲嘆に暮れた彼は泣く泣く故郷へ帰ってハッピーバッドエンド。……それが一番平和的展開なんだけどなー。手間もかからないし。無理があるかしら。

……あー、でも！　そこでオデットが引き下がらなかったら？　逆境は恋の絶好の香辛料《スパイス》、『悪いのは貴方を騙したその女、どうぞ真実の愛に目覚めて！』なーんて言って彼に身を投げ出しちゃったりしたら？

ダメ――――！！！！　それは嫌！　絶対にいーやー！！！

あの薄暗い湖の、柔かい下草の上で、二人が折り重なって倒れ込むのを想像しただけで目眩がした。

彼が他の女《オデット》を抱くのは嫌。でも絶対ありえないシチュエーションとは言えない、気がする。

この間届いたばかりの小説にもそんな展開があったし。

そう思って、私はベッドのヘッドボードに作ってある隠し棚をちらりと見た。そこには私のお宝が隠されている。まさかあのバカ父が気付いているとは思わなかったけど。

秘密結社『エルベリア』は厳正なる審査を以て入会した会員のみが購入閲覧を許される、耽美小説倶楽部だ。倶楽部から届く書物の中では麗しい言葉で綴《つづ》られた、めくるめく耽美な世界が展開される。内容によっては背徳的で不道徳なものも含まれるため秘密結社の体裁をとっているけど（人間界には体面があるからね）、私みたいな高位魔族や日常に退屈している上流社会の人間たちに隠れた会員《マニア》は多い、らしい。一応秘密結社だからその辺りの詳細が公にされることはないけれど。

ともかくその世界を偶然知った私は、その『美しさ』に胸を奪われてお父様にも内緒で定期購読を申し込んでたってわけ。

道徳観念のない魔族なんだから別に隠さなくてもよさそうではあるけれど、そこはそれ、やっぱりこういうのは隠れてこっそりひとりで楽しむのが醍醐味だし？

そんなわけで、私の秘密のお宝本の中にも女性から攻める作品がいくつかあったわ。オデットがそのタイプかどうかは分からないけど、恋に狂えば女は変わる。大体大人しそうに見えるタイプこそ内に秘めた情熱は激しかったりするんだから。

ジークフリートを他の女に渡すまいと思ったら、その身を投げ出してしまってもおかしくはない。ちょっと待って、それは最悪のパターン。そんなことになったら彼もオデットもこの私も、一巻の終わりだわ。それだけは避けなくちゃ。

どんな策を講じるかはともかく、オデットとジークフリートは何が何でも引き離さなければいけない。そうしなければお父様はこの大陸を……いえ、下手したらこの星ごと消滅させかねない。彼は伊達に魔王ではない。繊細な力のコントロール能力はともかく、破壊力だけは並外れてあるのは疑いようのない真実なのだから。そうでなければ魔族たちは大人しく彼に従ってはいないだろう。

あ――、そうすると、放置パターンは却下だわね。

彼に気付かせてオデットを失望させるお父様の発案も微妙だな。

もしくは改めて、彼が完全に我を失ってオデットを振り切るくらい念入りに誘惑する？

できるかしら……。正直、もう一度彼に会うのは少し怖い。

けれど改めて彼を誘惑するとしたら、そんなこと言ってられない。

会いたくないのか、といえばそうでもないから面倒くさい。むしろ……会いたい。彼に会ってその瞳と見つめ合い、声を聴き、優しく触れて欲しい。正直に言えばそんなはしたない事ばかり考えている。

でも彼は私をオデットだと思っている筈だ。現時点で真実を知られたら……やっぱり嫌われるわよね。当然じゃない。誇り高い騎士を騙したんだもの。いくら変化の魔術を使ったとはいえ、自尊心も面目も丸潰れだろう。

彼に蔑みや憎しみの籠もった目で見られたら……一瞬視界が真っ暗になった。心臓が握りつぶされる感覚――。

いいえ、そんなの気のせいよ、気のせい！

と、とにかく！　……現実はしっかり認識しておかなきゃ。

私は魔王の娘、オディール。彼が本当に恋しているのは美しいオデット姫。

彼が私を抱いたのは、私をオデットだと信じ込んだから！

……オーケイ。少しだけ冷静になってきたわ。

じゃあ、目指すべき指針は？

いえそれより避けるべき最悪の事態は？

お父様を怒らせること。オデットとジークフリートが想いを通じ合わせ、二人でお父様に逆らおうとすること。そんな羽目になったら父は怒りと憎しみの余り、二人まとめて業火にくべようとするだろう。可愛さ余って憎さ百倍。ううん、千倍にも万倍にも膨れ上がって、こちらに余波が及ばないとも限らない。べ、別にあの騎士がどうなろうと知ったこっちゃないけど。

だとしたらやっぱりあの二人は何としてでも引き離さなきゃ。そりゃもうきっぱりさっぱりと。

だってオデットとの愛が不発に終わったとしても、未練を残してこの付近に居座られたらお父様にとって目の上のたんこぶなのには変わりない。視界でうろちょろされたら叩き潰したくなってもおかしくない。

……あ？

ちょっと待って？　彼がこの地からいなくなればいいのよね？　じゃあ、わざわざオデットに会わせなければいいんじゃない？

つまり、オデットに化けた私が直接彼を振ってしまえばいい。それこそこっ酷く、失意のどん底におちるくらいすっぱりと。

当のオデットに嫌われたら、いくら彼だって諸々諦めるだろう。そうだ、この間の同衾で傷付いたふりをすればいい。『会ったばかりで突然あんなことをする方となんて、二度と会いたくありません』パターンで。よし、これだ！

そもそも。

私がこんな風になっていること自体がおかしいのだ。だって、彼、ジークフリートとはほんの束の間一緒にいただけだ。出会ってから言葉さえまともに交わしていない。それなのにこんな……こんな風にまるで私の頭の中が彼でいっぱいになっているなんて、絶対絶対間違っている。

こ、これはアレかしら。生まれて初めて綺麗だなんて言われて、つい浮かれちゃったところに男女の営みが思いのほか気持ちよかったから……そ、その、快楽に目覚めちゃった、的な？

ま、間違っても恋とかではないわよ、うん。つまりは一種の熱病みたいなもの……アレよ、魔が差したってやつ！　……魔族だけに笑えないわね。

とにかく！

彼に対しておかしくなってる自分が一時的なものだと仮定しましょう。

彼の事なんてなんとも思ってない。だから――

彼の行為を非難してこの土地から追い出すの。

できる……？

できるわよ。だって私は――魔王の娘だもの。

◇

今回の衣装ドレスは黒にした。彼との邂逅を弔う意味もこめて。

それに……黒って一番オデットっぽくない、そして魔王の娘である私に似つかわしいドレスだもの。少しくらいその違いを主張したって許される気はする。わかってる。ささやかな自己満足。

一応若い娘らしさが醸しだせるように、スクエアに開いた胸元にはレースがあしらわれており、そこからさりげなく深く刻まれた胸の谷間が覗く。腰の括れを強調するために、おへその位置から縦中心に編み上げるリボンが付いており、袖の肘から下はやはりレースが広がるスカートのように流れ落ちている。黒が基調だけど品の良いドレスだった。

どうかしら？　私は綺麗？　彼はそう思ってくれる？

しかし鏡の中に映るのは、黒いドレスが背徳感を煽って更に魅惑的なオデットの姿だった。

当たり前だ。オデットに化けているのだから。

鏡の中で自嘲の笑みを浮かべるオデットがいる。でもこれはオデットだろうか。それともオディールなのだろうか。

どちらでもいい。

彼を助けることができるのなら。

違った。私の平穏無事が取り戻せるなら。

それをできるのは私しかいないのだから。

私は瞳を閉じて、移動の呪文を厳かに唱えた。

◇

今ひとつ振る舞いが怪しい娘、オディールとの夕食を終えて、魔王は書斎に置かれた革張りの安楽椅子に身を沈め、オットマンに足を投げ出す。

オデットに似せて作った美少年型自動人形《オートマータ》の執事は下がらせた。元より似ているのは外見だけだ。魂までには及ばない。

百年以上生きていて、決して少なくない貴人や美形との邂逅があったが、彼女はその中でも群を抜いて特別だった。

暖炉ではパチパチと乾いた薪が爆ぜている。

爆ぜる火を見るともなく見ていると、その中に初めて彼女と出会った日の光景が浮かび上がった。


とある宮廷の広間。着飾った人間たちのさざめきと楽師が奏でる軽快な音楽。

気まぐれに、小国の王が催すパーティに顔を出していた。

魔族の中でも突出した能力を有する魔王《ロッドバルト》ではあるが、だからこそ日々は退屈に蝕まれる。彼の力を以てすれば叶わぬことが殆どないのだから、当然と言えば当然なのだろうが。

だからこそ、たまに人間のふりをして彼らの世界に遊びに行っていた。

人間は愚かで、その愚かさにうんざりさせられる場合も多々あるが、だからこそ、はたから眺めれば滑稽な見世物として楽しめた。

信頼と裏切り、追従と打算、欲をかいて騙す者、欲に駆られて騙される者。強者も弱者もいっしょくたになって同じ広間でぐるぐると踊り続けているのを見るのは、透明なガラスの板で作った箱に土と蟻《あり》を入れて、巣を作る様子を見ているのにも通じる面白さだった。

されど人界にあっても、魔王の持つ力を無意識に感じてしまう恐れが敬意と転じるのか、それとも単純に偽装している人間の富裕貴族の姿が功を奏するのか、おべっかを使いに近付いてくる者も多い。彼はそんな者たちを鼻先であしらう。

魔王の目に、世界は曇った雨の日のようにモノクロームに映っていた。

そんな中で、ほんのり光を放っていたのが彼女だ。

招かれた、とある王宮舞踏会の席で、彼女はその美しい顔《かんばせ》に笑みひとつ浮かべず、氷の像のように佇んでいた。

(ああ、あれか。財産目当てに売り出される王女は)

美しいとは聞いていた。この世に生まれ落ちたその日から、その少女は誰の目にも眩《まば》ゆいほど美しかったのだと。

そして父親であるその国の王は、その姫こそ王家の浪費による国の窮乏を、救う資産価値があると断じた。

つまりその舞踏会は、豊富な財を持つ男たちが、絶世の花嫁、あるいは愛人を得るために私財を投じるオークションだったのだ。

　聡明な彼女は当然それを知っていた。彼女が抗えば王家だけでなく、国の民たちが困窮するであろう現実も。だから笑みひとつ浮かべぬのは、彼女のせめてもの矜持だったのかもしれない。

　美しすぎるがゆえに家族に距離を置かれ、至上の売り物であることを義務付けられた娘。

　たった十数年しか生きていないのに、その瞳には老婆のような知恵と諦念が浮かんでいた。それが一層彼女を孤高にし、男たちの征服欲を煽っていたことにはさすがに気付いていなかっただろう。

　魔王は彼女をダンスに誘った。

　水面を泳ぐ白鳥のような優雅さで、彼女は応じた。やはりにこりともしないまま。

　上背のある魔王と並ぶと、彼女は子供に見えるくらい華奢だった。実際、大人とは言い切れぬ歳である。

「オデット、私と結婚しなさい」

　広いフロアの真ん中で、彼女にだけ聞こえる低い声で囁く。

「……命令形ですか？」

　彼女は僅かに瞳を見開きながら、それでも冷静に答えた。父親より年上の男に嫁ぐ可能性も当然認識していただろう。彼女に選択権はない。

「そうだ。私の妻になるのだ」

　少女は彼を見上げて淡々と言った。

「それは貴方が……今この広間にいる誰よりも資産家ということ？」

なるほど、頭の回転も速い。賢い娘も悪くない。正直、自分に追従《ついじゅう》するだけの者たちに、魔王は飽きていた。

ともすれば痛々しさを伴う境遇にあって、彼女は憐れみを拒む強さがある。悪くない。

「それもあるが……」

楽師たちの奏でる音楽に乗り、彼女の細腰に回した手で誘導し、優雅にターンさせるとふわりとスカートが広がった。やはり彼女の動きはなめらかで、その身体は羽毛のように軽かった。

「この場に集まった者たちの中で、本当に君を自由にできるのは私だけだ」

彼より強い男はいないし、彼ほど潤沢な資産を有する者もいない。然るに魔王だけが彼女を所有するのに相応しく、且つ人の世の理と現状から解放し得るのは、彼にとっての自明の理だった。

音楽に合わせて体を揺らしたまま、長い睫毛に縁取られた大きな瞳が、まっすぐ魔王を見つめる。

「それは……この体と引き換えに、という意味ですわね」

若い娘の言葉としては些か直截的《ちょくさい》ではしたないものだったかもしれない。しかし挑むような、いっそ清々しいほど毅然とした微笑みに、心臓を鷲掴みにされた。この少女に、誤魔化しは必要ないし意味もない。

「その通りだ」

大きな瞳が揺れる。それが合図に思えた。

「ロッドバルト殿、私は――」

返事を聞く必要はないと思った。既に答えは得ている。

小さな体を抱き上げて床を蹴る。

そして魔王はそのままその城から、つむじ風のように彼女を浚《さら》ってきたのだった。

あの時オデットが何を言おうとしたかを、魔王は未だに知らない。

◇

《索《サーチ》》の呪文を唱えながら森に降り立ち、ジークフリートの気配を探る。

当然ながら彼、ジークフリートとオデットである私が逢えるのは夜だけだ。陽の出ている間は、彼女は白鳥になる呪いがかかっている。既に彼もそれについては承知の上、会いに来るだろう。

アンドリューの報告によると、彼は昨日は最寄りの村の宿に泊まって出てこなかったらしい。

……打撃呪文が効きすぎたかしら。悪気はなかったんだけど。

とにかく彼のオデットを救う決意を翻《ひるがえ》させ、諦めさせなきゃ。

その一心で彼の気配のする方向に向かった。

森の外れにある村から村人たちには禁足地となっている湖へ続く、細い小道を彼は馬に乗って進んでいた。案の定、湖に向かっているわけね。止めなきゃ。

さすがにドレス姿で森は歩きにくいから、数メルカずつ当たりを付けて移動呪文を唱える。

少し広い道に出たところで彼と行き会った。

「オデット？」

彼は驚いたように私の名を叫ぶと、ひらりと馬から飛び降りて近寄ってくる。

「よかった、無事だったんですね。一昨夜は不覚にも魔王の攻撃を受けたようで……貴女も酷い目にあっているのではないかと案じていました」

私は頷きながら、彼が状況をうまく誤解していてくれたことにホッと胸を撫で下ろす。

「その、……攻撃は魔王の使い魔によるものだったようです。一応馴染みのある者でしたから沈黙を約束させました。だから魔王は私たちの事は知りません」

「そうでしたか。でもその使い魔とやらが口を滑らせる可能性は」

「大丈夫です。もし私たちの関係を魔王が知ったら、それを止め得なかったお前の落ち度として怒りを買うだろうと脅しておきました」

苦し紛れの言い訳だったけど、一応彼は信じたようだ。どこか不安を押し隠しながらも私に優しい笑みを向けてくれる。ダメだ。この笑顔を見ていたらそのまま流されちゃう。

私は必死で次の言葉を紡ぎ出す。

「けれど……これ以上私たちが逢うのは危険です。どうか、私のことはお忘れになって、もう故郷《くに》にお帰り下さい」

言いながら、不覚にも涙が出そうになった。

彼に会えなくなるのがこんなに辛いなんて。でもダメ、今泣いたら逆効果もいいとこ。そしてこのままここにいたら彼はお父様に間違いなく殺されてしまう。

「それは……」

ジークフリートは遺憾を示すように眉間に皺を寄せる。

「貴女の真意ですか？」

「も、勿論です！」

「なぜ？」

「だって……」

ここで魔王に貴方を殺されたくないから、なんて言ったら逆効果だろう。哀れな愛しい娘を何としてでも救い出す決意を、更に固くするに決まってる。

だから全く逆のことを言った。

「正直に申し上げます。私は……、私の純潔をあんな風に簡単に奪った方の顔を、これ以上見ていたくないのです」

「それは……！」

彼の愕然とした顔。傷ついたかしら。ついたわよね。でもここで目を逸らしたら説得力が下がるから、私は堪えて彼を凝視する。苦し気な声を出すのは難しくなかった。

「殿方にとっては……熱情に流される類のものだったのかもしれません。けれど私には……苦しみ以外の何ものでもありませんでした」

痛かったのは本当だ。苦しかったのも。嘘じゃない。

ジークフリートは戸惑うようにじっと私を見つめていた。ここで目を逸らしたら負けだから、私は必死に唇を噛んで彼を睨み返す。

けれどしばらくの沈黙の後、彼はあっさりとした口調で言い切った。

「嘘ですね」

……はあ？

「なぜそう思うのです……！」

ここで否定されると思わなかったので狼狽する。こんな筋書き、考えてない。

「証明してみせましょうか」

想像もしなかった冷静な切り返しだった。えーと、こんなパターン、小説にあったけ？

よく覚えてないけど、今の時点では完全に想定外。でも証明って何？　証明なんかされたら困る。

何とかうまく言い抜けなきゃ。

「証明なんて――」

しかし言い逃れようとフル回転し始めた私の思考はいともはあっさりと停止した。

彼の目に留まらぬ素早い抱擁と、言葉を封じ込める激しい口付けを以て。

四章 魔王登場

「〜〜〜っ！」


抗う間もなく口付けられ、必死に抵抗しようとした腕は全くの徒労に終わった。

唇が揉み合い、無理やりこじ開けられて彼の舌が口の中に入ってくる。するりと忍び込んだそれは、私の舌に触れたかと思うと深く絡みつき、瞬く間に私の意識を征服した。一瞬で思考が停止し、背筋がぞくぞくと粟立つ。

迸《ほとばし》る情熱と欲望が唇を通して伝わり、抗おうとして彼の胸に置かれていた私の手は、いつしか彼の上着を握りしめていた。

やばい。またおかしくなる。もうなりかけている。

舌を絡め合いながら何度も強く吸われ、口中を舐めつくされ、息もできず朦朧とし始めた頃、ようやく私は解放された。

「……どい、こんなの……っ」

彼を責める声は、まるで自分の口から出たと思えぬほど弱々しかった。息が上がって肩が上下してる。胸が痛くて苦しくて壊れそう。目には涙さえ浮かんでいる。

もうやだなんなのこれ！

「これで分かったでしょう？」

目元を欲望で赤く滲ませながら、それでも確信に満ちた静かな声で彼は言った。

分かったたって何が？

「私が貴女の純潔を奪ったんじゃない。貴女が……私に与えて下さったんだ」

「な……っ、詭弁ですわ、そんなの！」

「そうですか？」

彼は憎らしいほど自信たっぷりだ。なんなのよその自信は。こっちはもういっぱいいっぱいで何も考えられないのに。

「じゃあ、今度は逆らっていいですよ」

そう言うと、私の体を縛《いまし》めていた彼の腕から力が抜け、大きな手の平は肩に置かれているだけになった。その上で触れるだけのキスをされる。

――え？　え？

逆に身動ぎ一つできずに固まってしまった。動けない。動いてしまえば危うい綱渡りのバランスが崩れてしまいそうで。

どれくらいそうしていただろう。軽く触れるだけのキスで。ゆっくりと彼の唇が離れた時、胸に突然去来した心細さが私を動揺させた。行かないで。

思わず彼の腕を摑んでしまい、ハッとして手を離す。しかし気付いた時には遅かった。目の前には嬉しそうにはにかんだ笑みを零すジークフリートの顔があった。意地が悪いくせにこんな邪気のない笑顔もできるなんて……なんなのよもう！

そんな顔にも見惚れそうになっちゃうのが、悔しい悔しい悔しい！

「そんな顔をしたら却って逆効果ですよ」

そんな顔って、何？　彼は困ったような、けれど一歩も引かぬ覚悟を秘めた顔をする。

怖い。

「ほら、真っ赤になって震えながら、そのくせ必死で睨みつけて。本当は怖いのに逃げようともしない無防備さが、私を挑発している」

挑発って何を言ってるの？

彼は私の髪に指を絡め、そっと頬の輪郭をなぞる。その動きが、低い声が、指先から伝わる熱が彼の劣情を示していた。

それに気付いた途端、私自身の身体の奥が大きく震える。体温が上がり、呼吸は浅くなり、瞳が熱く潤み始めるのを自覚した。胸が苦しい。

「触れ合ったあの夜から、貴女は私のもので……私は貴女のものだ。そうでしょう？」

そう言われたって、どう答えてよいか分からない。全部嘘なのに。すべてまやかしでしかないのに。

「否定したいのなら……ちゃんと逃げて下さい」

耳元で艶めいた声に囁かれ、理性が木端微塵に砕け散った。ふらりと彼に近付いてしまう。大きな彼の右手が、胸の上に落ちてくる。同時に唇が重なり、深く舌を絡め合う。

軽く押されて大木に背中を押しつけられた。彼の唇が首筋を這い、左手が太腿をまさぐる。

「や……、ダメぇ……っ」

背中をざわざわと快感が駆け上る。与えられる悦びを期待して、体がはしたなく戦慄《わなな》いていた。

彼もとっくに気付いているのだろう。その手を緩めたりはしなかった。

ドレスの胸元が器用な手つきで引き下げられて、白い双丘があらわになる。夜風が触れる冷たさにぶるりと震えた。

首筋を彼の唇と舌が何度も彷徨《さまよ》う。

「あ……、はぁ、ん……あ、やぁ……ん……っ」

擽《くすぐ》ったくて、でも彼の唇や舌が与える感触に我を忘れた。背中がぞわぞわする。

パン生地のように胸を捏ねられ、彼の指が肌に沈み込む。彼はわざと敏感な尖りを避けて触っていた。それがもどかしくて切ない。

「ん……っ、ふ……っ、………やっ」

声を、我慢しようと思うのに、鼻にかかった変な息が漏れてしまう。それを聞かれたくなくて両手で口を塞ごうとしたら、少し汗ばんだ精悍な顔が、私を見て目を細める。

「そうやって……堪えようとするから余計煽られるんです」

全部私のせいってこと？　たぶん酷い言いようなのに、その声は信じられないほど優しくて甘かった。

「本当に、貴女は――」

何を言おうとしたのか、言葉を途切れさせたまま、彼の唇は私の胸の先端に触れてきた。

「ひゃ……っ！！！」

快楽を求めて敏感になっていた蕾を思い切り強く吸われ、目の前がちかちかしてしまう。同時に下腹の奥がきゅうきゅうと疼いて止まらなくなった。

胸の先端は彼の口中に含まれたまま、舌で転がされ、巻き付けられ、激しく翻弄される。

「や、ダメっ……あんっ……はぅ、……あ、あぁあ……やぁ……！」

絶え間なく与えられる快感に、私はあられもない声を上げ続ける。ダメ、気持ちいい。こんなのおかしくなっちゃう。

間断なく愛撫された胸の先端から、細い唾液の糸を引いて彼の唇が離れた。

「はぁ……、はぁ…ぁ」

息も整えられずぐったりと木に凭れかかっていた私の、ドレスの裾を割って彼の左手が内腿へと忍び込んできた。

「今ならまだ……逃げられますよ？」

バカ！　嘘吐き！

確かに私に触れる彼の手に強い力はなかった。

けれど至近距離で私を見つめてくる彼の瞳には、信じがたいほどの拘束力が宿っていた。逃げられるわけがない。彼に捕らわれていたい。力ずくで閉じ込められ、無茶苦茶に壊して欲しい。

背徳的な欲望がこの身を支配する。

もうダメだ。堕ちちゃう。

そう思う一方で、悪魔が囁く声がする。

堕ちちゃえばいい。

嘘にまみれた逢瀬だけど、彼が欲しいのは嘘じゃない。この欲望だけは本物だ。本当の私自身のものだ。

そう思ったら、何かが吹っ切れてしまった。

もういい。堕ちちゃえばいいんだ。

それに……、だって……。

どうせ、これで最後だもの——。

◇

私が抵抗を諦めたと気付いたらしい。

彼はふと綻んだ笑顔になって私を見つめた。

優しい顔。嬉しい。優しくして。いっぱいして。

そんな思いが通じたのか、彼は私の顔中に何度も啄《ついば》むようなキスの雨を降らせた。擽ったい。

その一方で、温かい手の平が体中を愛撫する。気持ち良すぎて熱したバターみたいに溶けてしまいそう。

ドレスはまるで魔法でもかけられたかのようにするすると私の肌から滑り落ちていった。

「貴方、も――」

上目遣いに小声でねだる。

彼の、肌に直接触れたかった。ジークフリートは困ったように微笑むと、自分が着ていたチュニックとシャツを脱ぎ捨てた。硬く鍛え上げられた精悍な騎士の肉体が目の前に現れる。

「これで、いいですか？」

思わず恥ずかしくて顔を背けてしまう。でも、彼の美しい体軀はしっかり脳に刻まれてしまった。戦士らしくあちこちに傷跡があったけど、まるで名工の彫った石膏の戦士象のように、均整のとれた美しい体だった。

自分で言い出しておきながら恥じらう私を、喉の奥で笑う声が聴こえる。どうせバカみたいですよーだ。そーっと顔を戻して彼の顔を窺うと、彼は両手を私に向かって伸ばしてきた。吸い寄せられるように太い首に腕を巻き付け、彼の胸に抱きつく。私の背中に手を回す彼にキスをすると、逞しい胸板で私の双丘が潰れた。少し汗ばんだ肌が、ぴったりとくっつくのが気持ちいい。まるで母親の胎内にいるような、限りない安心感に包まれる。

お腹の辺りに固いものが当たった。

彼の欲望だと気付き、また顔が熱くなる。

「ひとつに、なりたい」

彼の掠れた低い声に、背筋がぞわぞわと粟立った。私の答えを待たず、彼の手が私の内側をまさぐった。いつの間にかはしたないほど溢れていた蜜が、彼の手を濡らす。

くちゅ、くちゅ……。

「あ……んっ」

鍵のように折られた指が、ぬかるんだ茂みの奥に入り込んできた。そのまま花弁やその奥を泳ぎ始める。

「ん……っ、ふ……ぁあ…や、……あ、あぁああ……っ」

親指に陰唇に包まれていた花芽を押し潰されて、嬌声を上げてしまう。や、恥ずかしい。

しかし彼の指は容赦なく熱いぬかるみの中を傍若無人に攻め立てた。

「聞こえますか？　こんなに濡れた音が貴女の中から……」

「や、言わないで……っ」

「可愛い。それに、すごく素敵だ……」

「バカぁ……っ」

彼の指が更に内奥をぐちょぐちょと搔き混ぜ始めた。内壁を余さず擦られ、立っているのさえ辛くなる。

「や、おねが、もうやめ……」

「やめられる筈、ないでしょう？」

どこか余裕のない、でもいとおしげに微笑む彼の顔に、胸の奥をぎゅっと摑まれる錯覚。

私は彼の頰を両手で挟み込んでキスをした。伝わって。貴方が欲しいの。

キスを返しながら彼の手が私の太腿を持ち上げた。

「あ……、」

前回の痛みを思い出し、少し怯えた声になる。

そんな私を慮ってか、ゆっくりと厚い塊が私のナカに入ってきた。

「………んっ、あ、ゃ……あぁぁっ」

悲鳴がキスで塞がれる。息までも飲み込まれそう。私は彼の背中にしがみついた。

「すごい……キツいけど、熱くうねってる……」

熱に浮かされたような声は彼のものだった。私も圧倒的な肉塊に翻弄されていて、意味なんか分からない。

「あ、ジ、ィク……、ジークフリート様ぁ……」

無我夢中で彼の名を呼ぶ。

「愛してます、私の白鳥……」

え……？

ぽつんと浮かんだ疑問符は、大きく突き上げられた快楽の大波に一瞬で掻き消された。

「あっ、ぃや、やぁん……、あ、あぁぁ……っ」

蜜道を彼自身が激しく行き交う。ダメ、壊れちゃう……っ。

何度も穿たれる度に、彼自身は奥へ奥へと入り込み、激しくぶつかる感触で、私は自分の底を知る。

「や、や、ぁああん、あ……ぁあああああっ！」

パンパンと激しい音を立てながら、一番奥を何度も激しく突かれて、全身に悦びがせり上がってきていた。じわじわと近付いてくる大波に、飲み込まれそうな感覚。ヤバい。きちゃう。

「あぁあああああ…………っ！」

腰を捕まれてひときわ強く叩き付けられ、激しい奔流を身の内に感じ、閉じた瞼の裏が真っ白になる。

何度かビクビクと全身を震わせながら、私は彼の胸の中に崩れ落ちた。

彼に強く抱き締められ、私たちは繋がったまま甘い熱の余韻に身を浸らせていた。

◇

彼が、私のナカからいなくなる感覚で目が覚めた。ほんの数瞬だが、意識を失っていたらしい。

「大丈夫ですか？」

静かな声に小さく肯く。倦怠感に包まれた上半身を起こし、彼に背を向けて身繕いをした。背後で彼も衣擦れの音をさせている。

「水をいかがですか？」

ちょうど身嗜《みだしな》みを整え終った辺りで声をかけられて、すごく喉が渇いていると気付いた。あんなに喘いで声を上げていたのだから、当然かもしれない。

「頂きます」

私は振り返って、彼が差し出した革の水袋を受け取った。水は冷たくて、心地よい潤いが喉と体を満たしていく。

「ありがとう」

そう言って返すと、彼も残っていた水を喉を鳴らしてごくごくと飲んだ。上下する喉仏に零れた水滴が流れ落ちるのが見えて、なぜか恥ずかしくなって目を逸らす。

「やっと……落ち着いて話ができそうですね」

一息つくと、彼は落ち着いた声で淡々と言った。

落ち着いて、か。

そうかもしれない。さすがに二回目のせいか、私自身は不思議なほど落ち着いていた。

さあ、魔王の娘に戻らなきゃ。狡猾で打算的な悪女に。

「先程――貴方が口になさった件ですが」

「え？」

彼は記憶の片鱗の在り処を探すように私を見つめる。

「愛している、と」

「……ああ」

質問の意図を得て、彼は少し照れた顔で微笑んだ。

「確かに。そう申し上げました」

「私は白鳥ではありません」

彼は少しきょとんと目を見開く。

「その、……ええ、貴女は本当は人間だ。あの時は――」

言い繕おうとする彼の言葉を遮って、私は艶然と微笑んだ。

「私は白鳥になったことはありません。つまり、貴方のオデットではないと申し上げているのです」

上手く笑えた、だろうか。悪役らしく、小馬鹿にした態度を滲ませて。

「何、を――」

まだ要領を得ぬ顔のジークフリートに、最後通牒を突きつける。

「初めに申し上げたでしょう？　オディールとお呼び下さい、と」

同時に、解呪スペルを口の中で唱えた。髪の色が金から黒に変わる。眦《まなじり》が上がり、頬にそばかすが散って、唇も薄くなった。

「改めて挨拶申し上げますわね。オデットに呪いをかけた魔王ロッドバルトの娘、オディールと申します。お見知りおきを」

眉間に深く皺の刻まれた彼の頬に手を伸ばし、口付けようとしたが、手首を摑まれて寸前で阻まれた。

「そう……いうことか」

射抜くような瞳を間近で受け止める。動じるな。平然と受け止めてみせろ。私は魔王の娘なんだから。

「どうなさいます？　オデットを……貴方の白鳥を裏切った今、この地に留まるのは賢明と思えませぬが」

唇が震えそうになるのを必死で堪えながら、私は険しい顔の彼を見上げた。

そりゃそうよね。騙されてたって、やっと気付いたんだから。怒ってる？　傷ついてる？

でもここで彼を去らせる決意をさせねば。

「私に、この地を去れと？」

低い声が私に問うた。

「未練たらたらに留まってどうなさいます？　貴方はオデットを裏切って私を抱いた。そして――愛の言葉さえ口にした。この事実をオデットが知れば、彼女はもう貴方の顔を見たくはないでしょう。今なら……今立ち去れば、彼女は何も知らないまま、傷は浅くてすみましょう」

正義感に突き動かされてみたものの、魔王の強大な力に慄いて尻込みするなんてよくある話。自ら犯した失態を目前にすれば尚更だ。騎士としては屈辱的だろうけど、誰だって命は惜しい筈。そうじゃない？

「貴女は……オデットではないのだな？」

彼は私に念を押す。

「然り、と申し上げた筈」

私は微笑を浮かべて彼を見つめた。

「二度とも私に抱かれたのは貴女だと」

よもやその前にオデットと深い仲になっているんじゃないでしょうね。ちらりとそんな不安が胸をよぎる。

「身に覚えがあるのが、その回数ならば」

それでも平静を装いながら私は更に唇の端を上げた。

彼は摑んでいた私の手首を離すと、はーっと大きな息を吐いた。胸にちくりと痛みが走るの無視する。

「ならば仕方がない」

……は？　仕方がない？

「君に……私の呪いを解いて貰おう。それしかない」

ちょっと待って、何の話？

呪いがかかってるのはオデットでしょ？

「とりあえずオデットに会いに行かねばな。状況がこうも変わってしまっては、彼女にも説明するしかない」

「ちょっとお待ち下さい！」

「待たぬ」

うっわー、即拒否。

「いいの？　私とのことをオデットに知られても！　貴方の名誉は汚されるしオデットだって傷つくかもしれないのよ!?」

予想外の彼の冷静さに、こちらのほうが慌てた。だって……貴方はオデットが好きだったんじゃないの？

っていうか、さっきまでと性格《キャラ》変わってない？

しかし彼は問答無用で私を馬の背に放り上げると、自分もその後ろにひらりと飛び乗った。

「君にも同行して貰う。異論はないな、オディール？」

なんかもうタメ口だし！　そりゃ敵認定なら当たり前なんでしょうけど！

「オデットに知られてもいいの？」

「構わない」

彼はそう言い捨てると、いきなり手綱を強く打って、馬を走らせた。逃げたくても、呪文を唱えようと口を開けば舌を噛みそうだった。私の肩の辺りから回る彼の腕と背中に当たる胸の感触を頼りに、私は馬の背にしがみつく。

もう〜〜〜〜、知らない！　勝手にしてよ！！！

◇

鮮やかな手綱さばきで馬の足を止める。

気が付けば眼前には湖が広がっていた。煌々と光る月を映すその湖面には、十羽に満たないであろう数の白鳥が身を滑らせている。幻想的で美しい世界だった。

「ジークフリート様……？」

その湖岸に近い下草の生える小さな広場に、幽玄の世界に相応しく、夢のように美しい女性が佇んでいる。

オデット。

魔王に愛された、人間の娘。

ジークフリートは私を馬上に残したまま、ひらりと地面に飛び降りた。

「しばらく訪《おとな》えず、申し訳ない。貴女が胸を痛めていなければ良いのだが」

「私《わたくし》のことなぞ忘れ、遠い地に旅立って下されば良いと、そう願っておりました」

そう言って、彼女はそれが本心であると証明するかのようににっこりと微笑んでみせる。

「それは有り得ないと、ご存知の筈だ」

「ええ、残念ながら」

なんだろう、この二人のやたら親密な雰囲気。やっぱりもう深い仲なの？　一度や二度の過ちなんか、乗り越えるべく用意された試練としか思えないくらいに？

胸が、ムカムカする。

あんなに優しくしてくれたくせに。あんなに激しく求めてきたくせに。

そりゃあ、オデットに化けてたんだから、彼女相手だと信じていれば当然かもしれないけどっ！

頭の中では分かっているのになぜか感情は御せなくて、わざと大きな音を立てて馬から飛び降りた。

二人の視線が私に集中する。

ジークフリートは剣呑な表情を浮かべてオデットに語りかけた。

「実は色々と事情が変わりまして、その説明に参りました」

え？　本気で言う気？　でもどんな風に？

「オディール」

ジークフリートの背後に立つ私を見て、オデットは眉間に僅かに皺を寄せた。

「なぜ、貴女が……」

言いながら、彼女は何かに気付いた顔になった。

「ロッドバルトね？」

そう言った途端、美女には似つかわしくない険悪な形相になる。ひゃ〜〜、怖っ。背後に黒雲が立ち昇るのが見えるんですけどっ。

そんな女二人の間に割って入ったのがジークフリートだった。

「紹介します、オデット。どうやら顔見知りのようだが……私の恋人、オディールです」

「ええええっ!?　!?　!?」

思わず大声を上げてしまったのは不覚にも私自身だった。オデットにも予想外の言葉だったらしく、鳩が豆鉄砲を食らったようにぽかんとしている。

いやでもそれどころじゃない！

「な、なんでそうなるのよ！」

「違うのか？」

ジークフリートは平然と聞き返した。

「当たり前でしょ！　私は貴方を騙したのよ!?　オデットの振りをして」

「ああ。でも私と愛を交わしたのは君だろう？」

「！！！」

愛って、愛って、愛って……っ！

分かってるわよ！　性行為の比喩表現でしょ!?　でもそんな言葉を真顔で口にできるなんてバッカじゃないの!?　騎士ってそういう人種？

あ――――、顔が真っ赤になってるのが分かる。火を噴きそうに熱いもの。

っていうか、何言ってるのよこの人！　確かに寝たけど、それだけで恋人なんて……っ、信じられない！

「そうなの？」

どこかおっとりした美女の声がダメ押しした。やはり黒雲を背後に背負ったまま。うげ。

「あ、貴女はいいの、オデット!?　いい加減魔王のやり口に嫌気がさして、この騎士と逃げたかったんじゃないの!?」

「それもありかな、って一瞬思ったのは事実だけど」

オデットはチャーミングに小首を傾げてみせた。

っていうか、一瞬なんだ!?

「人間嫌いの貴女に恋人ができるなんて、そのほうが……」

ちょっと待って。

恋愛話《ロマンス》にはしゃぐ乙女みたいに頬を染めて嬉しそうに話さないでよ！　さっきまでの黒雲はどうしたの？　背後がピンク色のお花畑になってるわよ!?

「こ、こんな人、恋人じゃないから！」

「そうなの？」

「当然よ！　お父様の命令だったから仕方なく誘惑しただけで、す、好きでもなんでもないんだから！」

言いながらちらっと横目でジークフリートを盗み見ると、彼は感情の読み取れない無表情になっていた。せめて怒るとか詰《なじ》るとかしてくれたらまだ楽なのに、何考えてるか全然分からないんですけど！

「そう……。どっちにしろ魔王の差し金には変わりはないのね？」

怒りを押し殺したような、底冷えする声がする。うん、こっちは分かる。間違いなく怒ってる。

「だ、だったら何？　どっちにしろそこの騎士が貴女を裏切ったことには変わりないでしょう？」

情けないことにちょっと声が震えそうになった。必死で拳を握りしめて堪えたけど。

そこに沈黙を守っていたジークフリートが割り込んでくる。

「彼女の言う通りです。オデット、もう私の愛を貴女に捧げるわけにはいきません。けれど、貴女を自由の身にして差し上げたい気持ちにも変わりはありません。どうか……貴女の望みを仰って下さい」

彼は今まで以上に真摯な眼差しでオデットを見つめる。

なんだ、やっぱり今でもオデットが一番好きなんじゃない。思わずまぶたの奥が熱くなって、潤みそうになるのを歯を食いしばって阻止した。本当に嫌い。ジークフリートなんて大っ嫌い。

「本気ですの？」

オデットもまっすぐ彼を見つめ返し、冷静な声で彼に問う。

「魔王の力は強大です。彼を怒らせれば貴方の命は風前の灯。私は……私のために命を落とす方を見たくはありません」

そうそう、よく分かってる。彼女はこんな時でも決して自分に都合の良い楽観なんてしないのだ。こういう冷静さ、伊達に魔王に見初められたわけじゃないのよね。

「魔王が強敵なのは重々承知。それでも——、貴女の自由が奪われていい理由にはならない」

あ——、こっちは完全にバカだ。義憤に燃える騎士道バカ！

彼のあまりの青臭さに、私は思わず怒鳴ってしまう。

「言っとくけど！　人間が誰しも自由で公平だなんて思ってるわけじゃないでしょうね？　あまねく世の中は不自由で不公平なものなんだから！　自由であるためには力がいるの。そして貴方みたいなただの人間、お父様の手にかかれば一捻りなんだから！」

だから尻尾を巻いてさっさと逃げなさいよ、殺されるよりマシじゃないの。

腰に手を当てて言い切った私に、ジークフリートは一瞥をくれる。

「オディール。君が私の命を心配してくれるのは嬉しいが……私にも成し遂げねばならぬ事情があってね」

「な……っ！」

心配って、心配って……してないし！　ってか、なんでそんな風に分かった口で言っちゃうのよ、この男！

「ジークフリート様、オディールにあのことは……？」

彼に寄り添う距離でオデットが問いかける。

あのこと？　あまりに予想外の発言が続いて忘れていたけど、そういえば事情がどうとか言ってた？

っていうか、この二人、変に仲良すぎない？　男を寝取られたっていうのに、オデットったら全く気にしてない風だし、ただの友人関係にしては親密すぎる気もするんだけど。まだ出会って間もない筈よね？

「いえまだ。てっきり彼女を貴女自身だと思っていましたので」

あ、やっぱりオデットだと信じて私を抱いてたんだ。そもそも会った途端に、え、えっちなことばっかして、殆どまともに話なんかしてなかったじゃない！　いや、気絶させて逃げたのは私だけど！

「オディール、改めて君に話がある」

「な、何よ」

聞きたいけど聞きたくない。

そんな私の複雑な感情を、大きく揺るがすように背後でもう一つの声がした。

「その話、ぜひ私にも聞かせて貰おうか」

その場にいた者すべてが声の主に振り向き、湖にいた白鳥たちは逃げるように一斉に空へと羽ばたく。

急激に辺りの空気がずしりと重くなった気がした。

「お父様……！」

「ロッドバルト……！」

オデットと私が同時に声を漏らす。

ジークフリートの表情が険しいものになった。

そこには、諸悪の根源である魔王ロッドバルトが、魔王の名に相応しい極悪な笑みを浮かべて佇んでいた。

◇

ジークフリートもかなり上背のあるほうだけど、魔王は更に頭一つ分背が高かった。肩幅も広い。

華奢なオデットと並べば大人と子供にも見えてしまうだろう。

身長の高さが本人の人生にどんな影響を与えるかはともかく、威圧感が増すのは確かだ。魔王はただ佇んでいるだけなのにも係わらず、並々ならぬ貫禄でその湖畔一帯の空気を支配した。

初めに我を取り戻したのはオデットだ。

「……何を、なさりに来たんですの？」

ここにいる中で一番儚げな風情なのに、毅然とした態度で魔王に向かっていた。

「何を、と？」

魔王は面白そうに唇の端を上げる。

「夫が妻に会いに来るのに理由が必要かな？」

「仲睦まじい夫婦なら必要ないでしょうね」

バチバチバチっ。

怖っ。今二人の間で火花が散った気がしたんだけど、気のせいかしら。緊迫感が異様にレベルアップしてる。

「で？　私のものに手を出したという不埒な小僧はそいつか？」

魔王は私の隣に立っていたジークフリートを、値踏みするようにねめつける。

普通の人間ならこれだけで失禁ものなのだけど、彼は敢然と視線を受け止めていた。

やはり彼は只者じゃないのかしら。それともただのバカ？

ジークフリートは臆する様子も見せず答える。

「そうだと言えば？」

あ――――、そうだった、バカのほうだ！

血管がブチ切れそうになって、つい言葉を挟んでしまう。

「お父様！　彼とオデットには何もありません。ええ、誓って。そもそも彼は私に愛を告げましたわ」

嘘じゃない。私の正体を知っていたかどうかはともかく。

慌てて説明する私に目もくれず、魔王は騎士を更に睨み付ける。

「お前ごとき卑小な人間と言葉遊びをする気はない。事実だけを述べるがいい」

その眼光はよく研がれた伝説の剣のように鋭利で、どんな人間をも竦ませるには十分だった。

「オデットに自由を与えて下さい」

にも拘らず、ジークフリートは決して怯まずズバリと核心を突く。

言葉遣いこそ丁寧だが、その口調には有無を言わせぬ力がこもっている。

「お前には関係ない」

魔王の返事は素気なかった。でもだからこそ幸運だったとも言える。普通、人間ごときにこんな指図をされたら、一瞬でムカついてその場で相手の息を止めるだろう。つまりお父様自身、無意識のうちにこの騎士に一目置いた部分があるらしい。

「そうね、これは私の問題だわ」

話を元に戻したのはオデットだった。

「ロッドバルト。貴方が私に執着しているのは知っています。けれど所詮は人と魔族。価値観が違いすぎる。私はこれ以上、貴方の元にはいられません」

「ふ……ん、よく言えたものだな。生国にいた時だって、お前は不自由に喘いでいたではないか。私が連れ出した時、僅かでも喜んでいなかったとは言わせんぞ？」

オデットと初めて会った日を思い出したのだろう。魔王の目に遥か遠くを見つめるような、狂おしくも複雑な光を帯びる。その視線を正面から受けてオデットは対峙した。

「確かに。生まれた時から私に自由はなかったのかもしれません。だからこそ……僅かとはいえ貴方の妻として過ごした時間があったからこそ、私は私自身の人生に自由を求めるようになったのですわ」

「ならばなぜ――」

魔王は理解できぬという顔をする。

「何が不満だった！　寝食に不自由させず、ドレスも宝石も最高のものを与えてやったではないか！」

「ええ、犬や猫のような愛玩動物を可愛がるようにね」

「犬も猫も飼ったことはないわ！」

「そういうことを言ってるんじゃありません！」

彼女に不自由させなかったのは本当だ。ロッドバルト城にいた頃、彼女の手に入らぬものはなかった。と言っても彼女自身が何かを望んだりは殆どしなかったんだけど。

「あの屈辱的な場所から連れ出して下さったのは本当に感謝しております。だからこそ、貴方の妻になるのも一度は承知しました。でも――貴方は、本当に私が欲しいものは与えて下さらなかった」

私の追想をよそに、オデットは悔しそうに唇を嚙む。

「それはなんだ！　欲しいものがあるならその口ではっきり請求するがいい！」

「ちゃんと言いました！　取り合って下さらなかったのは貴方でしょう!?」

……どうでもいいけど、なんかこれって痴話喧嘩染みてきてない？　そっとジークフリートの顔も窺うと、彼はまた意思の読めない無表情になっていた。とりあえずは静観する構えかしら。

ジークフリートの真剣な視線の先に、戦意をあらわにするオデットがいる。美人って怒ってても綺麗よね。

「儂に望みがあるのならもう一度はっきり言うがいい！」

「そう思うのならどうぞ私の呪いをお解き下さい。首を鎖に繫がれたまま望みを言えと言われても、それが本心か分かりますまい」

「お前はそう、いつも小賢しい物言いを……！」

お父様の額に青筋が立っていた。オデットの主張はもっともだけど……お父様の忍耐もとっくに限界値は振り切れてる。それでもこの辺一帯を焼失させずに済んでいるのは、彼女に言い負かされたくないという己のプライドゆえか、はたまた純粋にオデットへの執着ゆえか。

白熱している二人に気付かれぬよう、私はそっとジークフリートに近付き、彼の袖を引っ張った。

「逃げるわよ」

「え？」

問い返す彼に考える間も与えず、私は彼ごと離脱呪文を唱えた。とりあえず半径約三百キラル外へ。

湖を囲む森に繋がる険しい山脈の反対側、流れる川が激しい滝を作ってるその岸辺に着地する。

ふわりとその場に足を着けた途端、ジークフリートは烈火のごとく怒り出した。

「何をするんだ！」

「何って、逃げたのよ。あのままあそこにいたって意味がないでしょ？」

今更取り繕う気にもなれず、私は地のままで喋り出した。

「戻せ！　私だけでいいから、あの湖に私を戻すんだ！」

「戻ってどうするのよ！　貴方に何ができるっていうの!?　ただの人間でしかない貴方に！」

騎士として人間たちの中でどれだけ腕が立つとしても、魔王相手にそれが役立つとは思えない。

「無駄死にしたいんなら勝手に歩いて戻ればいいわ。辿り着く頃にオデットがどうなっているかは知らないけど」

「オディール、君は――！」

彼が私の肩を摑もうとした瞬間、慣れた浮遊感に全身が包まれる。あちゃ。

あっという間に浮遊感が解かれて、バランスを崩した私たちは抱き合うようにして草むらに転がった。

「退出は許しておらんが？」

数歩先にはまだまだこの上なく見事な怒り顔のお父様の顔がある。耳に届くのは湖面をなでる風のせせらぎ。

どうやら魔力で強制的に連れ戻されたらしい。ちっ、三百キラルじゃ足りなかったか。

「お二人の話し合いにお邪魔かと思いまして、気を利かせたつもりですのよ？」

とりあえず私を庇って草むらに転がったジークフリートの腕から這い出し、私はさも無邪気そうににっこり微笑んでみせた。

お父様の表情は永久凍土のように凍り付いたままだ。オデットとの話は平行線のままだったみたいね。

やれやれと首を竦ませようとした瞬間、ひゅんっと空を切る音が二回して、私のすぐ脇を激しい衝撃波が駆け抜けた。

ずさ……っ！！！

え？

思わず振り返ると、草むらから立ち上がろうとしたジークフリートが魔王の発した衝撃波によって強く吹き飛ばされ、勢いよく地面に叩きつけられたところだった。

五章　真実の賭け

「ジークフリート！」

倒れ伏している彼に思わず駆け寄ろうとした私のすぐ脇を、魔王の指先から放たれた光の矢が駆け抜ける。

ひゅん！

「ぐ、ぅっ」

今度は目に見えない力が彼の身を浮き上がらせたかと思うと、木の幹に背中から勢いよく叩き付ける。彼は為す術もなくどうっと地面に崩れ落ちた。端正なジークフリートの顔が苦痛に歪む。唇の端から血が流れているのは唇を切っただけ？　それとも——。

「お父様！　おやめ下さい！」

私は咄嗟に父とジークフリートの間に立って、両手の平を開いて真っすぐ父に向ける格好で、透明な魔力の壁を作る。

「どけ、オディール」

怒りに満ちた父の低い声が、本気で私を威嚇する。

今度は私たちめがけていくつもの衝撃波が襲ってきた。私は奥歯を噛みしめてそれに対抗する。

けれど魔王の力は強大で、地面に踏ん張っていた両足が押されそうになっていた。

私の魔力では抑えきれなくなった衝撃波が一線、礫となって頬に紅い線を付ける。

「く……っ」

それでも私はその場に立ち続ける。今逃げたらジークフリートが死んでしまう。

「やめろ、オディール」

背後で掠れた声を出したのはジークフリートだった。

肋骨が折れたらしく、右手で胸を押さえて喘ぎながら、彼は立ち上がって私の肩に左手を置く。

私たちに向けられていた魔王の人差し指が握りこまれ、衝撃波が一旦止んだ。でもまだ油断はできない。

「ほう……、まだ立てるのか、若造」

魔王の声に獲物を嬲《なぶ》る愉悦の響きが混じる。

「私のためにオディールを傷付けるわけにはいきません」

ジークフリートはやや前屈みになりながらも、魔王を睨み付けて言った。

「それがお前を騙した女でもか？」

「だとしても、そう指図したのは貴方でしょう、魔王？」

「言うな、小僧」

お父様はにやりと笑って再び指先を彼に向ける。私は無意識にまた父の前に立ちはだかった。そんな私を優しい手で脇に押しやり、ジークフリートは薄く笑った。

「何がおかしい」

お父様の声が更に一段低くなる。

「そんなことをしてもオデットの心は手に入りませんよ？」

「ジークフリート殿！」

オデットが彼の名を叫んだ。

お父様の額にピクリと青筋が立つ。

「分かったような口を利くではないか。ならばお前はオデットを手に入れる方法を知っているとでも？」

「――少なくとも、彼女が何を望んでいるかは分かります」

「なぜだ？　オデットを愛しているからか？」

私の心臓が微かに締め付けられる。バカな。

ジークフリートは僅かに自嘲を漏らすと、おもむろに口を開く。

「私も……彼女《オデット》と同じですから」

何？　どういう意味？

「回りくどい！　はっきりと申せ！」

お父様も同じことを思ったらしい。

「私自身、かつて呪いを受けて白鳥へと化身していました」

突然ジークフリートが始めた告白に、オデットは絶望にも似た細いため息を吐いた。

「そして今も、呪いの一部はこの身に宿っています」

……え？　そういえばさっき、自分にも呪いがって……それのこと？

「間もなく夜明けの陽が差せば、我が左手は白鳥の翼となるでしょう」

魔王は僅かに目を見開く。私も驚きに口を噤んだ。

沈黙が、この場に満ちる。オデットは知っていたんだろうか。だから彼に惹かれたの？

「古来より魔族に受けた呪いを解く唯一の鍵は『真実の愛』だそうですね。事実、我が身の左手以外はその愛で人間に戻りました。しかし解ききれず残った呪いが、愛をくれた者を傷つける。だからこの左手の呪いを解くために私は様々な地をさまよってきました。そしてここに、白鳥の姿にされたオデットのいるこの湖に辿り着いた。彼女に奇縁を感じたとしてもおかしくはありますまい」

魔王の背後に轟々と燃え盛る炎の幻が見える。当たり前よね、自分の妻《もの》を運命の相手呼ばわりされたんだから。怒りや嫉妬の炎が燃え盛ってもおかしくない。

とはいえやけに冷静な口調とは裏腹に、ジークフリートの唇から血の気は消え、顔は蒼白になっていた。息も浅く早い。肺に折れた肋骨が刺さっているのかもしれない。何とかして彼に治癒呪文を施さねば。

「騎士よ」

魔王が冷たい声で彼を呼んだ。

ジークフリートは視線だけで返す。下手な発言は控えたのだろう。

「お前、オディールに愛を告げたと言ったな？」

ぎゃあ！　言ったのは私だけど！　彼は何も言ってないけど！

「……それが？」

……答えるのに間があったわね。まあ彼自身がそう言ったわけじゃないから当然よね。

「確かに我らが魔族の呪いを解く鍵は『真《まこと》の愛』だと言い習わされてきた。もっともこの目で見たことはないがな。お前は、左手以外は『真実の愛』で呪いが解かれたと？」

「ええ」

「ずいぶんと半端な『愛』とやらだな」

嘲る口調だったが、ジークフリートが動じる気配はなかった。

「ならば残りの呪いを解き、完璧な『真実の愛』を私に見せてみるというのはどうだ？　それが叶えば……オデットの呪いを解くことも考えなくはない」

先程の怒りはどこへ行ったのか、お父様の口調は冷静なものだった。だからこそ本音を語っているのだと思わせた。これでもお父様なりに、オデットを得るきっかけが欲しいのだろうか。

ジークフリートは目を逸らすことなく真っすぐ魔王を見つめ、背後で俯くオデットに目をやり、最後に私を射抜くように見た。

な、何よ。

あまりにも強い視線に一瞬足が竦む。

彼はその場にいた全員を見つめ終えると、再び魔王に対峙して言った。

「私はただの一介の騎士、詩人でも哲学者でもなく、ましてや愛のすべてが何たるかを語れるほどの英知は持ち得ませぬが……」

けれど、彼はそこで一旦皮肉気に唇の端を上げる。

「『真実の愛』を示してオデットの自由が得られるというのならば、それを明かすために努力は厭いません」

きっぱり言いきった騎士を、私は呆れた目で見つめる。この人、本当にバカ？

「三ヶ月《みつき》やろう」

音もなく詰め寄ったかと思うと、お父様はジークフリートに顔を近付けて囁く。

「その間に呪いの解けた左腕を見せよ。それが真の愛に寄るものならオデットの呪いさえも解くかもしれん。但し――」

魔王は悪辣さを滲ませてにやりと笑った。

「もし明かすこと叶わねば……オデットもろともお前の命はないと思うがいい」

蒼白な顔のまま、ジークフリートは腰の剣を杖代わりにして立ち、姿勢を正して直立した。

「ジークフリート殿、そんな約定受ける必要はありません！」

オデットが悲壮とも思える声で叫んだ。確かにどう考えても分の悪い賭けだ。負けて失うものの差が大きすぎる。いっそ約束するふりをして逃げたほうがまだマシだろう。まともに受けるのは無謀としか言いようがない。

けれどジークフリートの態度は一貫していた。

「無理に、ではありません。貴女のために、そして我が身に残る呪いを祓うために――」

ジークフリートは改めて魔王と対峙する。

「魔王よ、貴方の申し出を受けよう。しかしそれでオデットの呪いも解くことが叶えば、彼女を自由にするとお約束頂きたい」

そりゃそうよね。呪いが解けてもそのまま殺されたら元も子もない。もっともここで約束したところでお父様がそれを守る保証もないんだけど。

「……良かろう。オデットは解き放つ」

「では三ヶ月後に」

お父様は無言で頷くと、身にまとっていたマントを翻す。小さなつむじ風がその足元に舞ったかと思うと、魔王ロッドバルトの姿はその場から消えていた。

ふいに静寂が訪れ、遠くから小鳥の囀りが聞こえ始める。夜明けが近い。

ぐらりとジークフリートの体が揺れ、片膝をついてその場に崩れた。

「ジークフリート！」

私は慌てて駆け寄ると、彼を抱きかかえて治癒呪文を唱える。

あ――、やっぱりかなり無理をしていたらしい。それともそれが騎士道ってやつなのかしら。命を懸けて美女や世界を救いたがる英雄症候群《ヒーローシンドローム》。

首筋に触れた指先から脈を辿り彼の体内を探ると、あちこち骨が折れたり内出血を起こしたりしていた。そこに魔力を注ぎ、丹念に繋ぎ直す。彼は私が何をしているか気付いているのかいないのか、されるがままになっている。単に気を失いかけてるのかもしれない。これ、半端じゃなく痛い筈だもの。剣を杖代わりにしたとはいえ、立てたのが不思議なくらい。

大まかに負傷を治癒すると、ようやく彼の頬に赤味が差してきた。

苦し気に寄っていた眉間の皺が開き、ぎゅっと瞑っていた瞼がゆっくりと開く。

「オディール……？」

「バッカじゃないの？　騎士っていう人種が死にたがりっていう噂は本当みたいね」

「今更だが……本来の君は口が悪いんだな」

「な！　だ、だったら何よ！」

こんなに簡単に魔王に殺されそうになってるくせに！

「でも……手伝ってくれるんだろう？」

「はあ!?」

今度こそ心底、呆れ返った声が出てしまった。何を言ってるの、この人!?

「て、手伝うわけないじゃない！　なんのために私がそんな……、そもそも私はあんたを殺そうとしている魔王の娘なのよ？」

「ああ、それは聞いた。しかし……」

そこで彼は少し言いにくそうに口を噤む。

「何よ！　言いたいことがあるならはっきり言えばいいじゃない！」

自棄《やけ》になってがなり立てている私を、彼はじっと見つめた。吸い込まれそうな焦げ茶色の瞳に、心臓がどくんと一拍跳ねる。魔王にぼこぼこにされて顔も自分の血や土で汚れているのに、彼の高貴さはみじんも損なわれていない。こんなにも綺麗だ。

彼の言葉を待って口を噤んだ私に、ジークフリートは優しく微笑んでとんでもないことを言った。

「君は——私のことが好きだろう？」

「ばばばばばばばばかばかばかばかばかばかぁっっっ！！！！！」

カーッと顔が火を噴く。何を言ってるのこの人！！！

「そそそそんなわけないでしょうっ！！！」

「命がけで助けてくれたのに……違うのか？」

「あ、あれはたまたまっていうかなりゆきで——」

何も考えていなかった。体が勝手に動いただけだ。

「そうか……。しかし私には君の手助けが必要だ」

考え込むように眼差しを伏せて、ジークフリートは静かな声で言った。鼓動がまた早くなる。

「必要？　オデットじゃなくて私が？」

「オデットはこの湖から離れられない」

あっさり言い放たれた言葉に、すっと強張っていた肩の力が抜けた。

そうか。そりゃそうよね。単純に機動力や実働力でもオデットより魔力を持つ私のほうが役には立つだろう。期限も切られてるしね。

「勝算は……あるの？」

努めて冷静な声で言った。

「君が助けてくれれば」

彼は端的に答える。本当かしら。その根拠は？

でも口を衝いて出たのは別の言葉だった。

「まさかタダ働きとは言わないわよね？」

ジークフリートは言葉の意味を推し量るように右の眉を上げる。

「当たり前でしょ。私は魔族よ？　しかも魔族の中で一番強い魔王の娘。なーんの得もなく力を貸すわけないでしょ」

いっそ、彼には到底入手不可能なアイテムを挙げてみようかという思いが脳裏をよぎる。だって……彼を手助けしなきゃならない義理なんて何もない。……筈。

「良かろう。無事に愛を証した折には……君が望むものを差し出そう」

「…なんでも？」

「我が心臓でも」

「……」

いらないわよ、そんな猟奇趣味なもの。もっともお父様だったらオデットの細胞一個でも凍結させてコレクションしそうだけど。

「いいわ三ヶ月後までに考えとく。その代わりもし真実の愛を証明できできなかった時は――」

「ん？」

彼は続きを促すように視線を投げた。もし証明できなければ魔王は彼を肉片一つ残さずこの世から消し去るだろう。その時私は……。

「巻き添え食わないようにとっとと逃げさせてもらうから」

「ああ。それで構わない」

なんだそんなことか、そんな顔でジークフリートは首を縦に振った。まあそれくらいは当然の要求よね。元々私自身はお父様に逆らう理由なんかないんだし。でも……本当にそんなことになった暁には、私は――。

「オーケイ。じゃあその勝算とやらのある方法を聞きましょ」

「オディール……」

その時、オデットの思いつめた声が私を呼ぶ。私は振り返ってオデットのほうを見つめた。話しかけた相手が自分ではないと知り、ジークフリートは身を引いて馬のほうに歩き出す。

私を見つめる彼女の中には苦悩と葛藤が見えた。自由を得られるとしたら嬉しいが、だからといって自分自身のために誰かを危険に晒すのが本意ではないのだろう。その時、少し離れたところにいた馬の手綱を引いて連れてきたジークフリートが割って入る。

「大丈夫ですよ、オデット。必ず貴女を自由にして見せます」

力強い笑み。オデットの表情が少し和らいだ。そして私のほうを振り向く。

「オディール、あなた……」

けれど改めて何か言おうとした彼女を振り切って、私はジークフリートの腕を取り素早く移動呪文を唱えた。

視界が歪む。オデットの声が遠のく。そのことに私は密かに安堵する。

彼女からは、何も聞きたくなかったのだ。

◇

「とりあえず、予告もなしに魔力で移動するのはやめてくれないか」

湖を囲む森を外れた辺りに着地した私に、彼は聊《いささ》か仏頂面でそう言った。

まあ、ちょっと着地体制が悪かったかしらね。またもやなぜか彼は私のクッション代わりになっている。一応、下が柔らかい草原を選んだのよ？　それに馬をちゃんと着地させたのはお手柄だと思わない？　だって馬のほうがよほど繊細な生き物だから、気を遣って運んだのよ？　その分、人がおざなりになっちゃったのは否めないけど。

っていうか、ちょっと待って。

「ジークフリート、貴方その手……」

「……ああ、夜が明けたからな。呪いが戻ったんだ」

そう言いながら彼は自分の左腕を見下ろす。朝陽が差し込み始めた草原で、その腕には外側に真っ白な白鳥の羽が生えていた。さすがに手首から下はちゃんと人の腕だ。例えれば仮装パーティの鳥の扮装、みたいな？　ちょっと綺麗。精巧なキメラ、異形の美しさ、とも言える。

「これって……腕から直接生えてるのよね？」

柔らかい羽毛を摘まんでつんつん引っ張ってみると、意外にしっかりとした手応えがあった。

「痛いからやめてくれないか。それに……この腕は先日までこんな半端な体裁ではなかった」

「え？　どういうこと？」

私はまじまじと見つめていた羽の生えた腕から彼の顔に視線を移す。

「肩から先は完全に白鳥の翼だった。こんな風に、人間の腕と混ざった形になったのは――」

そう言って、彼は私の顔をじっと見つめた。え？　何？

「一昨日の夜、君と契りを交わしてからだ」

「……っ！」

予想もしなかった言葉に私は絶句した。同時に顔が熱くなる。

「つまり、君と愛を交わしてから、腕に残っていた呪いが半端に解け始めたということだ」

「わざわざ言い直さなくてもいいってばっ！」

顔から火がっ！　もう〜〜〜っ！

「貴方の言ってた勝算って、それのこと？」

話を無理やり引き戻す。

「ああ、それもある。君との愛情を無事に強固にすることができれば、この呪いは解ける可能性が高い」

それで私に付き合えって言ったわけか。簡単に移動できるだけじゃなく？

「……肝心なことを聞いてないわ」

胸の前に腕を組みながら睨み付けるようにして投げた問いかけに、ジークフリートは眉を上げる。

「オデットに、私のことを恋人だと紹介してたわね」

「ああ」

「貴方は？　貴方は私のことが好きなの？」

平静を装っていたけど、かなり勇気を振り絞った問いだった。

でもまたもやジークフリートの顔が無表情になる。即答できない時点でアウト。

「……いいわ。私だって貴方のことが好きなわけじゃないもの」

「そんな筈ないだろう」

「なんで断言できるのよ！」

「そりゃあ……」

その時、少し離れていた場所にいた馬が近づいてきてひひんと鳴きながら彼のマントを引っ張る。ジークフリートは忠実な友にするように目を細めて馬の首を優しく撫でた。

「ああ、分かっているよ。時間がない。さっさと動かねばな」

……こっちの質問には答えないくせに、馬との意思疎通は完璧なワケね。ムカつく。

「馬と私をバランスを崩すことなく運べるか？」

私はあんたたちの運搬係じゃないんですけど！

「できなくはないけど、私は手ぶらでいいわけ？」

三ヶ月きっかりかかるかどうかはともかく、一日で終わるようなことではない筈だから、着替えとか食料とか要らなくない？　まあ、必要があれば魔力で作れなくもないけど。

「必要なものがあれば道々調達しよう。もっとも、今日中に目的地に着けばそれも必要ないと思うが」

「目的地？」

「ああ。私の生まれた国だ」

◇

彼が持っていた地図で場所を確認しつつ、いざ移動を開始しようとしたその矢先だった。

「あー、貴方がオディール様の！　お初にお目にかかります！　アンドリューと申します！　どうぞお見知りおきを」

突然宙に現れてはしゃいだ声をあげるアンドリューの、首根っこを摑まえて剣呑な目で睨み付ける。

「ちょっと、アンドリュー！　何しに来たの？　彼が私のなんだっていうのよ！」

「え？　恋人なのでは……いひゃ、ひゃひゃひゃ！」

よく伸びる頰袋を摘まんだら彼は大人しくなった。代わりにシクシク泣き出す。

「オディール様、ひどいですぅ。せっかく何かのお役に立てるかと急いで馳せ参じてきたのにぃ」

「嘘おっしゃい！　どうせお父様に監視でも頼まれたんでしょ!?」

「ぎくり」

今、現れるなんてタイミングが良すぎる。このままジークフリートが逃げないよう、見張りを命令されたに違いない。

「いいんじゃないか？　どうせ魔王はやろうと思えばいくらでも我々を監視できるんだろうし……無事に呪いが解けた暁には報告の手間がなくて助かる」

「え？　それでいいの？」

確かに合理的っちゃー合理的だけど。一応敵サイドの生き物よ、これ？

「君は使い魔なのか。それで羽が生えてるんだな。ジークフリートだ。よろしく頼む」

「わーい、お優しい方で嬉しいです！　こちらこそよろしくお願いします！」

……なんで初対面なのに普通にフレンドリーなのよ、あんたたち！

あー、もしかして（見た目）キメラ同士親近感が湧いたのかしら。

内心で突っ込み続けることに疲れた私は、脱力して無言になる。

まあいいわ。

せっかくだから先程立てた移動計画に伴い、アンドリューを先行させて場所の安全を確保した。

魔力で移動と言っても簡単ではないのだ。例えば方角と距離が分かっていたとしても移動先が安全とは限らない。いきなり人の多い往来や水の上なんかに現れたらまずいでしょ？　だからそれに適した位置《ポイント》を絞らねばならない。けれどアンドリューを先行させて移動先に結界を貼っておけば、リスクはぐんと減るわけだ。

魔法移動ばかりでは彼と馬に負担がかかってしまうから（慣れていないと距離が長いほど軽い酩

酊状態になるのだ）、折々休憩を兼ねて馬でも移動する。

ちなみに左腕は長いマントですっぽり覆われているから、誰かに見られても問題はなかった。完全に翼だった頃はそうもいかなかったみたいだけど。


私を乗せた馬を引きながら、彼はおもむろに自分の呪いの経緯を説明し始めた。

「私には十人の兄と妹が一人いて――」

「……多産な一家なのね」

目を丸くしてちょっと息をのんだ私に、彼は顔を上げてふっと笑った。少しはにかんだ笑顔に一瞬、心臓がきゅんとなる。やだもう、可愛い顔なんかしないでよ！

「父上には正妃の他に愛妾が二人いたんだ。私自身は正妃だった母上の三番目の息子だな」

「え？　お母様が妃ってことは――」

父親が一国の王ってこと？　そっか、正体が王子様なら品がいいのは頷ける。

「大きくはないが、緑に恵まれた美しい国だ。のんびりとした田舎で、母親同士も仲が良かったから、兄弟睦まじく暮らしていたよ」

ふーん……。私は兄弟なんていないから想像できない世界。

「正妃である私の母と義母たちは、私が十歳の時に流行り病で相次ぎ亡くなってね。その後添いとして妃になったのが末の妹、エリザの母だ。エリザは――、義母の連れ子だった。男ばかりの兄弟で女の子は初めてだったから、私たちは競うように妹を可愛がったよ。エリザも、素直でとても愛らしい少女だった」

遠くを見つめるような眼差しで、口元を綻ばせる彼を見ていると、本当に仲が良かったのだと思わせる。十一人の兄に可愛がられる愛らしい少女。『魔王の娘のくせに醜いなんて』と常に後ろ指をさされ、可愛げもなくいつも一人だった私とは正反対。

とはいえ、彼が言うにはこの最後の妃が諸悪の根源だったのだ。

彼女は実は魔女だった。優し気な笑顔の裏で、こっそり王子たち兄弟に白鳥になる呪いをかけて城から追い出し、そのことに気付いた自分の娘も、王を言いくるめて遠い農家の養女に出してしまう。魔女の娘が魔女とは限らないから、娘はただの人間だったのかもしれない。

魔女はやがて一人残った王を骨抜きにして、国中を好きにし始めた、ということらしい。


「更にエリザが殺されそうになって逃げ出した後、私たちは異国で再会した。エリザは何とか我々の呪いが解けないかと必死に調べてくれてね。結局イラクサで編んだ帷子《かたびら》を着せれば呪いが解けることを知ったんだ」

もっともその解呪方法には条件があった。イラクサを編んでいる間は一言も口を利いてはならない。一言でも声を漏らせば兄たちは白鳥の姿のまま絶命するだろう。

それを知ってから彼女は沈黙した。何があっても決して声を出すことなく、イラクサを摘んでは糸を紡ぎ、帷子を作り始めた。イラクサの生えている場所が暗い墓場が多かったが、臆せず摘みに行った。摘んだイラクサの棘は鋭くて彼女の指を血だらけにしていく。けれど決して彼女はやめようとしなかった。

墓場にイラクサを摘みに行く少女を、人々は不審がる。けれど理由を聞いても少女は答えない。答えられない。

そのせいで彼女自身、悪しき魔女の疑いをかけられ処刑されそうになった。

結局、処刑される寸前まで編んだ十一枚の帷子で王子たちの呪いは解けたけれど、最後の一着の片袖だけがどうしても間に合わなかった。

晴れて口が利けるようになったエリザ姫は処刑を免れて兄たちの無事を喜んだが、間に合わなかった末の王子の姿だけは彼女の心を苦しめることになった。

「『自分がもっと早く編み上げることが出来れば』そう言ってエリザは泣くんだ。イラクサの棘で傷だらけになって、しかも魔女の疑いをかけられて牢に閉じ込められてまでいたのにね。私自身、妹を責めるつもりは毛頭なかったけれど、彼女が私の左腕を見るたびに悲しそうな顔をするのがつらかった。だから――、国のことは兄たちに任せ、残りの呪いを解くべく旅に出たというわけさ」

なるほどね。確かに彼女の献身は真実の愛と呼ぶに相応しいのかもしれない。命を賭して兄たちを救ったのだから。

「でもその妹の母親は魔女だったんでしょ？　彼女はどうしたの？」

彼の琥珀色の瞳が少し苦し気に曇る。

「処刑された」

……あっそ。

言葉少ない中に彼の苦悩が見える。大好きな妹の母親ですものね。でも生かしておくには国にとって後顧の憂いが大きすぎたわけだ。

「邪魔だから消しちゃったのね。人間のそういうところ、嫌いじゃないわ」

わざと辛辣に言った。これでも魔族だもの。エゴイズムには慣れっこだ。けれど予想通り彼はむっとした顔をする。言い返さないのは当たらずとも遠からず、だからだろう。

「王様であるお父様は？　彼も処刑されたの？」

「いや。父はその前に病でお亡くなりになっていた」

「……お気の毒に、と言うべきかしら」

「気遣いは無用。女色に溺れて国を危うくした身だ。弾劾されなかっただけマシだろう。今は長兄が国を引き継いでいる」

まあ、それが妥当でしょうね。何しろ王子が十人もいるんだもの。小国のひとつくらい何とかできるでしょ。ジークフリートの兄弟なら美形だろうから国民にも愛されやすそうだし。

「でもいいの？」

私の問いに、彼は首を傾ける。

「貴方の国って結局魔女に引っ掻き回されたんでしょ？　それなのに魔族である私を連れていくのって、かなり禁忌《タブー》な気がするんだけど」

魔族同士は基本個人主義だからあまり互いに干渉しないし、私もその魔女は全く知らないけど、人間サイドから見たら同族よね。もちろん黙ってりゃばれないだろうけど……万が一魔王の娘を連れて帰ったなんてことが明るみに出たら、一悶着あるのは火を見るより明らかだ。

「困難と試練は承知の上だ。それでも、君しかいないんだからしょうがない」

しょうがないって……意味が解らない。だって、私たちはたまたま、その、なりゆきでしちゃっただけで……。

「その、せめてオデットにでも化けましょうか？」

馬上からジークフリートに囁く。彼はきょとんと変な顔になった。

「なぜそんなことを？」

「つまり……貴方が兄弟に私をなんて説明するか、の問題だけど……」

言いながら私は俯いた。やっぱり恋人って紹介するのかしら。その場合、その、もっと美人のほうが受けがいいんじゃない？

「アレですよ、オディール様はご自分の目付きが悪いのを気にしていらっしゃるんです」

それまで大人しくしていたアンドリューが、潜んでいたジークフリートのマントの陰から余計な一言を放つ。

「う、うるさい！」

怒鳴ってから私はぶすっと押し黙った。

私だって別に凶悪な顔、というわけではないと思う。一応若い娘ではあるし。

そもそもガリガリだった幼い頃に比べれば肉付きは良くなったし、荒れやすくて掻き毟っていた肌も成長と共に丈夫に瑞々しくなったから瘡蓋《かさぶた》もなくなった。でも目尻が吊り上がり気味の瞳は三白眼に近く、魔王である父と同じ属性の高圧を感じさせる、らしい。少なくともオデットみたいに守りたくなるような顔ではない、という自覚はある。

「気にしているのか？」

淡々とした声でジークフリートは尋ねる。

「べ、別にっ、気にしてなんかないけど……一般的に婦女子としての好感度は低いから……っ」

ついつい怒った口調になってしまうのはなぜだろう。困るとしてもそれは彼で私ではないのに。

「君が気にしていないなら別に構わない。それに」

「それに？」

「オディールは充分可愛い」

「な……っ！」

耳の穴から熱風が噴き出す気がした。頬が燃えるように熱い。これは彼のバカな発言に対する怒りのせい！　きっとそう！

「オディール」

ベルベットの声が私を呼ぶ。

「な、何よ!?」

心臓が爆鳴りするのを知られたくなくて、つい語調が荒くなった。

「確かに、魔力を持っているという点では私より君のほうが格段に強いだろう。しかし……たぶん、私は君が知らない本当の強さと美しさを知っているよ」

「……はあ!?」

開いた口が塞がらないとはこのことだろうか。本当の強さと、う、美しさって何!?

「ごめんなさい、一つだけ言っていいかしら」

「何なりと」

「貴方は……私が今まで出会った中で一番バカな人間だと思うわ」

かなり冷淡な声で言えたと思う。実際、頭の中は寒さでいっぱいになってたし。そうよ、だいたいこの人バカだって思うのももう何回目だか。こんな人の言うこと、まともに聴いてはいけないってことよね。

そんな私の侮蔑がこもった言い方にも、彼は全く動じなかった。やっぱ、バカだから？

その代わり、自信ありげな笑みを浮かべてこう言ったのだった。

「いずれ、分かるさ」

◇

行ってしまった。

騎士とオディールが魔力によるつむじ風を巻き上げて姿を消すのを私は結局ただ黙って見ていた。

その直後、湖畔に陽が差して私の体が包まれる。純白の羽毛が私を包み込み、姿を白鳥へと変化させた。

残っているのは頭上の小さな冠だけだ。

何を思って魔王はこの冠を残したのだろう。彼ならこんなものがなくても私と他の白鳥の見分けはつくだろうに。まあ分からなくはない。これは彼のささやかな所有印なのだ。私は彼の観賞用の白鳥。

そう、衝動的に彼の手を取ってしまったあの日から。

『我が妻に――』

彼はまだ幼さの残る私の手を取ってそう言った。人間のふりをして父の城に現れた、魔族の王ロッドバルト。

あの頃、私の精神《こころ》は膿んでいた。あの城から逃げられるならどこでも良かった。

幼い頃から会う人ごとに口々に美しいと褒めそやされ、弟妹たちとは分け隔てられて育てられた。父や母に甘えた記憶もあまりない。

『姫様はこんなにお美しいのだから、きっと素晴らしい殿方の花嫁になれますよ』

お付きの侍女や侍従だけが、壊れたオルゴールのように同じ言葉を繰り返す。なんの悪気もなく、無邪気に。実際彼らにとって、私は金の卵を産むガチョウ以外の何物でもなかった。

国庫の困窮がどれほどのものだったのか、詳しいことは分からない。誰も教えてくれなかったし調べることも叶わなかった。

姫様はお知りになる必要ありません、それだけを異口同音に言われた。どんな理由があるにせよ、他の弟妹や臣民たちに比べて、高級な香油や肌にいい食事、美しいドレスなど贅沢な暮らしをさせてもらっていたのだから、文句も言えない。

私に求められたのはふたつだけ。日々容姿を磨き、決して怪我や傷を作らぬこと。殿方を不快にさせぬよう、従順に傅《かしず》くこと。

自分がうんざりしていることにも気付かぬほど、心は麻痺し、鈍化していた。そうしなければ真夜中に暴れて叫び出しそうだった。

いよいよその身をできる限り高値で売る、社交界デビューが決まったのは十三歳の頃だ。

適齢期には聊か早いが、王族の早婚は珍しくない。年端もいかない青い果実を好んで抱く男性もいるそうだから、愛玩物として差し出される意味を、一応理解できる程度の歳まで待ってもらえたことには感謝すべきだろう。

毎晩のように夜会が開かれ、各国から名だたる王侯貴族が招かれ、私は求められるままにっこり笑い、ダンスを踊る。汗がれる欲望の視線に背筋を震わせまいとしながら。

王である父は、一年後に姫の花婿を決めると宣言していたらしい。それまでに、どれだけ娘の値段を吊り上げられるか検討する気だったのだろう。

夜会という名のオークションの出品物でありながら、私はだんだん笑わなくなった。しかし皮肉なことに、その無表情が却って男たちの征服欲を煽ってしまったのだ。『笑わぬ美姫の心を我が手に』。そんな風に。

ねえ、魔王。確かに私は誰でも良かった。

あの人間たちの中から連れ出してくれるなら、どんな相手でも構わなかった。

自由を、なんて言ってみたところで、望むのは下らないことばかり。

裸足で草むらを駆け回り、木に登り、馬を乗りこなして平原を駆けてみたらどんな風かしら。気持ちいい？　目を回す？

けれど、貴方も結局は新たな城という箱に私を入れて飾っておくだけだった。豪華なドレスや宝石で埋め尽くした、棺桶のような箱の中に。

ねえ、魔王。それでも私は——貴方なら、そう思ってあの時その腕に縋ったの。何者をも屈服させる、強い瞳と力強い腕を持った孤独な王。貴方と踊った時、何かが変わる予感がしたのも嘘ではない。それとも……あれは現状に抗おうとしなかった私自身の弱さが見せた幻だったのだろうか。

黄色い白鳥の足でぺたぺたと草むらを歩き、湖に向かう。裸足で草の上を歩くという夢がこんな形で叶うなんて皮肉だわ。

ふとオディールの怒ったり慌てたりしていた顔が頭をよぎる。

私は小さく笑った。私が城にいた頃は自室から出てこようともしなかった痩せっぽちの娘。

「あの娘《こ》が……恋をするなんてね」

侍女だった白鳥がそっと寄ってくる。

「オデット様？」

「なんでもないわ」

そう言って、頭上に小さな冠を乗せた私は湖面へと滑り出た。

第二部　湖水城の魔女

六章　騎士の帰還

その城は、大きな湖のほぼ中央にあった。それ故に『湖水城』という異名を持つのだと、ジークフリートが教えてくれた。

なるほど、その二つ名がぴったりの、お伽噺に出てきそうな佇まいだ。

陽が昇る頃に出発して、何度かの転移魔法を繰り返すこと半日、そろそろ陽が暮れそうな頃合いである。私がいなかったら馬を飛ばしても二ヶ月近くはかかった距離ではないだろうか。つくづく私の魔力万歳《グッジョブ》。

湖岸から石造りの橋が架けられており、張り巡らされた城壁の中に、いくつかの尖塔が並んでいる、尖塔と尖塔の間にも回廊がかかっているらしい。お父様が作ったロッドバルト城ほど絢爛豪華ではないが、洗練された造りの城だった。明け方、朝靄がかかれば、湖上の城はかなり幻想的な眺めになるだろう。

馬上で私を自分の前に座らせたまま、ジークフリートは湖に架かった橋を渡っていく。アンドリューは人間たちに見つからぬよう、蝙蝠羽を隠し、ジークフリートのマントの中に忍び込んだ。

……私の使い魔のくせに、なんで彼に懐いてるのよ。（『だってこっちの方が隠れやすそうですしー』とのたまった。）

城門を守っていた衛兵が、馬上の私をちらりと見、そのままジークフリートに視線を移して驚きの声を上げる。

「ジークフリート様！　お帰りで……！」

「ああ。先触れが出せなくて済まない」

「いえ！　すぐ開門致します！」

その言葉通り城門は開かれ、彼は城壁の中へと馬を進める。わらわらと、一目王子の帰還を見ようと集まってきた兵士たちに馬を預け、慣れた足取りで王城内へと入っていった。さすが美形の末っ子王子、家臣にも人気あるみたいね。

先行する小姓の後について、いくつかの階段を上り、通路を通り抜ける。

「この先が謁見の間だ。そこで現王である兄上との対面になる。心の準備はいいか？」

「誰に言ってるのよ？」

君主が持つ威圧感にはお父様で慣れている。ちょっとやそっとで萎縮するほどやわじゃない。

私は意識して取り澄ました顔になると、ジークに従って小姓が開けた扉の向こう、彼の兄弟たちが待つ部屋へと入っていった。

◇

「ジークフリート！　よく戻ったな！」

謁見の間には十人の麗しい若者が顔を揃えていて、異口同音に彼の帰還を言祝いでいた。

うっわー、案の定、美形揃いなのね。と言ってもタイプは様々だ。短髪精悍系、上品優美系からやんちゃっぽい赤毛&茶髪（同じ顔が二つってことは双子だろう）、知略に長けそうな癖アリ系、逆に実直そうな純朴系、やや童顔の金髪天使系……等々、総勢十名のかくも美しき青年たちに出迎えられる。心なしか、空気までキラキラと眩しくまたたいて見えた。

えーと、多種美形《イケメン》見本市なの、ここは？

そんな彼らに向かって、ジークフリートは膝をつき、正式な騎士の令に則《のっと》って深々と頭を下げる。

「兄上方、まだ完全に呪いの解けぬ身での帰還をお詫びします」

謁見の間は、扉から見て正面の壁際の床が一段高くなっており、そこに豪華な玉座と左右に正妃や世継ぎの座る、少し華奢な椅子が並べてある。しかし座っていたのは一番年嵩《としかさ》らしい青年だけで、後の九人は玉座の両脇に並んで立っていた。椅子に腰かけている黒髪短髪の精悍な男性が現王の長兄オズワルドだろう。

左肩にマントをかけたまま、堅苦しく頭を下げる末の王子に、玉座の王は鷹揚に声をかける。

「何を水臭いことを。大事な弟の元気な顔が見られて嬉しくないわけがあるまい」

そう言った青年王の声は温かみに溢れ、弟の帰還を心から喜んでいるのが伝わってきた。他の兄王子たちも同様だった。白鳥となってさまよっていた時期の共に味わったであろう苦楽が、彼らの絆を更に深めたのだろうか。

「本当に、お前が戻ってきてくれて嬉しいよ。して……そちらの娘子《むすめご》は？」

ジークフリートの背後に控えていた私に興味津々と言った体で、一番若そうな金髪の王子が言った。

「わざわざ城に連れてくるということは……お前の呪いを解く鍵をもつ娘とみてよいのであろうな」

ジークフリートはかけていたマントを床に落とす。そこには白鳥の羽毛の生えた人間の腕がある。

「この通りです。彼女と出逢ったおかげで呪いの半ばは解けたように思います。が、まだ完全ではない。だから改めて呪いを解く鍵がないか、エリザに尋ねるべく帰還したのですが……エリザは今何処へ？」

その質問を機に、謁見の間に重苦しい沈黙が満ちる。

そう、この部屋に、ジークが言うところの「素直で愛らしい妹」の姿はなかった。王子たち以外にいるのは壁際や扉の前に立った衛兵だけだ。王族の女性が謁見に同席しないのは珍しいことではないけれど、仲の良い兄妹ならいてもおかしくはなかった。

「もしや、エリザに何か――」

ジークフリートの目が険しく細められた。

「そう事を急《せ》くな。ちゃんと説明する」

輪の中心的な兄王が威厳のある声を出す。

彼も整った容貌ながら、ジークに残っている線の細さのようなものは完全になくなり、骨太さが前面に押し出されている。移動中に受けた説明ではジークより十歳上と言ってたから三十一歳か（十一人兄弟で年の開きが少ないのは間に双子や異母同年兄弟がいるから、らしい）。深みのあるバリトンで、王は説明を始めた。

「お前がこの城を出て半年ほど経った頃だ。国に奇妙な病《やまい》が流行った」

「病、ですか」

「ああ。最初のうちは患者数も少なく、病としても不確定なものだったから、始まりはもっと早かったのかもしれん。ともかく、国民の間で働かぬ者が出てきた」

はあ？　何それ。どうやらジークも同じことを思ったらしい。私たちは無言で顔を見合わせる。

「それが病、ですか？」

「確かに病とは言い難いかもしれん。朝、だるくて起きられなかったり、働く気力が湧き出なかったり、とかそういうことだな。食欲不振の者もあったから軽い風邪や食あたりの類かと医者や薬師にも診せたのだが、原因が杳《よう》として知れん」

押し黙るジークフリートに、重ねるように他の兄王子が続けた。

「どんな理由にせよ、前日まで元気に働いていた者が急に床から起き上がれなくなったのだ。しかも一人や二人ではなく。原因が分からぬ以上、名目上の流行病《はやりやまい》、だな」

「………」

「病としては死に至るものではないのだ。だからこそ発見と対策が遅れたともいえるが……とはいえ実質的な労働力の低下は国の収穫減に繋がる」

「我々も躍起になって井戸水の異常やキノコの変種など原因を探しているのだが……そのうち変な噂が立ってな」

「噂？」

「これは魔女の呪いではないか、と言う者が出てきた」

王の右に立つやはり年嵩の王子の、ひそめられた言葉に、ジークのこめかみがピクリと脈打つ。

「しかし義母上《ははうえ》は既に身罷《みまか》られた筈」

「だからさ、処刑されても尚残り続ける呪いを放ったかあるいは――」

言葉を放った童顔金髪王子の声が逡巡を含んで止まった。そんな声を引き継ぐように赤毛の王子が続けた。

「魔女の娘が呪いをかけたのではないか、とな」

「バカな！　エリザはそんな娘では……！」

激昂するジークフリートを宥めるように、近くにいた優し気な風貌の王子が彼の肩をたたく。

「我々とてそれは充分に分かっている。例え魔女であった義母上の娘であろうと、エリザ自身は優しい娘だし、昔から魔力を持つ気配はない。そしてなにより、彼女の献身があってこそ、我らは呪いが解かれ、人の身に戻れた。我々兄弟の中でエリザを疑う者はおらん。しかし体調不良が正気を失わせ、思い込みが間違いを起こすこともある」

「バカな――、死者が出ているわけでもないのに、兄上たちの考えすぎでしょう」

一笑に付そうとするジークの視線を避けるようにして、何人かが目を逸らした。

重々しく口を開いたのは、王の横にいた双子の王子たちだ。

「死者が出ていなくとも、働き手や一家の主婦が倒れた家は不便になり困窮する。例え年寄りや子供が罹ったとしても介護に手を取られるからやはり生活はきつくなる。できるだけこちらで補助を出したり近所同士で助けあったりはしているが……結局原因が分からぬからと近付きたがらない者も出てくる。最悪その病が出た家は村八分になりかねん」

「そもそも死ぬわけじゃないから、と周りの目が厳しくなることもある。単に怠けているだけではないのか、とな」

「……確かに、単純な話ではなさそうですね」

「そんな中、妻が病に倒れ、体の不自由な親と幼子を抱えて孤立した男が、酒をあおって狂気に駆られ、事もあろうにエリザに襲い掛かったのだ。魔女の娘が、と逆恨みしてな。元々は気の小さな男だったらしく……日々の抑圧に追い詰められたらしい」

苦々しい声に、ジークフリートの目が激しく吊りあがった。

「浅はかな……！　それでエリザは……！」

「大丈夫だ。すぐにエルバートと衛兵たちが気付いて助け出した」

ジークフリートは安堵の息を漏らす。が、その表情は強張ったままだった。

「ならばあの子は今どこに――」

「その時は事なきを得た。しかし原因不明の病が消えぬ限り、いつまた無辜《むこ》の民が乱心するとも限らん。かわいそうだが城の奥に部屋を用意し、我々兄弟と一部の信用できる者しか会えぬようにしてある」

あらら、つまりは籠の鳥ってことね。母親の因業を背負ったかわいそうなお姫様。

「しかしお前の帰還は伝えてある。顔を見せてくるがよい。喜ぶだろう」

王の言葉に、ようやくジークの肩から力が抜けた。彼は私を振り返る。

「オディール、エリザに紹介する。君も共に……」

何人かの王子がジークの発言を止めるような仕草が目の端に映る。だから王子たちが何かを言い出す前に、肩を竦《すく》めて彼の言葉を遮った。

「やあよ。そのお姫様がどうしても私に会いたいって言うなら考えるけど？」

玉座の王が面白そうに、しかし本意を推し量るように私の顔をじっと視ているのを感じた。

だって、兄弟たちの信用できる者以外面会禁止なんでしょう？　それに久しぶりの再会に、水を差す邪魔者はいない方がいいに決まってる。

「……ああ、そうだな。エリザの意向も聞いてみよう。済まないが少し待っていてくれるか」

ジークも平静を取り戻したらしく、それ以上無理強いはしなかった。

私は軽く唇の端を上げて彼を送り出す。

謁見の間に、ジークの兄たち（各種美形十人）と残された。

改めて、含みを持った二十の、宝石みたいに綺麗な瞳が私に集中する。

「それでは……オディール嬢？　良かったらそなたたちの話を聞かせてもらおうか」

そう声をかけてきたのは、王の右隣にいたいかにも暗躍系みたいな抜け目のない目をした、細身の美青年だった。にこやかだけど目は笑っていない。

大事な大事な末の弟が突然連れてきた、どこの馬の骨とも知れない胡散臭い女が目の前にひとり。うん、まあ、当然そう来るわよね。

「何からお話ししましょうか、お兄様方？」

私はとっておきの猫かぶりな微笑を浮かべて見せた。

さて、どこまで事実を婉曲に話すべきかしらね？

◇

友達がいたことはない。それで困ったことも特にない。

絶対的な力と美が至上とされる魔族たちの中で、たとえ魔王の娘といえども醜い私は大抵の魔族たちの視界の外だった。当然ながら、地続きに住んでいても人間たちは私たちに近づかない。

それでも私を利用して魔王である父に取り入ろうとする輩も皆無ではない。私に近づくことで、魔王である父ロッドバルトの側近となりおこぼれに預かろうとする者。まあそういうのってつまりは魔力の弱い小物なんだけど。当然、彼らは私にとっては害虫に他ならない。

そう教えてくれたのは主に母だった。父でないのは確かだ。自身が最強の彼には、そんなことを気にかける必要はなかったのだから。

しかし幼い頃の私は脆弱で、自衛の必要があった。魔力だけではなく他者の本質を読み、退け、時には渡り合う知恵が。護衛の使い魔もいたけれど、それに依存しきってしまうのも癪だった。

『自信を持って堂々としていなさい。たとえ何の根拠がなくてもね。まずはそれが付け込まれないコツよ』

私の目を覗き込むようにして厳かにそう言ったのは、間違いなく母だった。それが一理あったのは確かだ。こちらが強気に出ることで、相手を落ち着いて観察する余裕ができたから。

それが、こんなところで役に立つとはね。

「オディール殿、弟とはどこで？」

にっこり笑いながら私の本質を推し量ろうとする王に、私も悠然と微笑み返す。

「私のことは呼び捨てで結構です。ジークフリート様とのことをお話しするのはやぶさかではないのですが……少々長旅で疲れております。このまま立ち話というのも聊か無粋では？」

兄王子たちの反応は様々だった。王に対して不敬では、と眉を顰める者、目配せを交わし合う者、面白そうに事の成り行きを見守る者、素早く動いたのは王の左側に立っていた知的な印象の銀髪の青年だった。

「食堂に酒と料理、果物を用意してあります。ジークが戻ってからと思っていましたが、先に始めていてもよろしいかと」

王は鷹揚に頷く。

「ではあちらへ、オディール」

十人の各種美形にエスコートされて、私は城の食堂へと向かう。これってちょっと悪くない気分。しょせんは私も美しいものに弱い魔族ってことね。

ジークはなかなか戻ってこなかった。

最愛の妹と、何をしているのかしらね？

◇

「ジークフリート様、そんなに急がれなくても――」

息せき切ってついてくる小太りの小姓を振り切り、尖塔の間を繋ぐ回廊を渡り、教えられた東側の塔に向かった。そこは確か、高貴な囚人などを留め置くための部屋で、扉も頑丈な鍵付きの二重扉になっている筈だ。

部屋の前にはものものしい衛兵が二人。

「ただいま鍵をお開けします」

扉には大きくて頑丈な錠前が付いており、衛兵の一人が腰のベルトから丈夫な鎖で繋がっている鍵束を取り出しながら言った。

妹《エリザ》を民衆から守るため、と頭の中で理解はしているが、これでは囚人のようではないかと心がいきり立つ。今、エリザはここから気ままに出る自由もないのだ。

「ジークフリートお兄様！」

部屋の中央に置かれたテーブルに向かって、縫い物をしていたらしきエリザがその双眸を大きく見開き駆け寄ってくる。私は背後で閉められた扉の前で、彼女の華奢な体を固く抱き締めた。エリザと共にいたらしき中年の侍女が、気を利かせて続きの間へと姿を消した。

「ご無事で良かった……。ずっとお会いしたかった、です……」

涙を堪えた声を漏らされ、小さな手で背中を抱き締められて胸が締め付けられる。

「さあ、私にもその可愛い笑顔を見せて安心させておくれ」

顎を軽くつかんで上向かせると、涙に濡れた顔でエリザはにっこりと笑った。

「私は恙《つつが》なく元気ですわ」

肉体的にはそうだろう。少なくとも無言でイラクサを編んでいた日々に比べれば肉体的な痛みはないし、衣食住は充分に足りている筈だ。しかし母親のために民衆にあらぬ疑いをかけられ、行動の自由を奪われて、微塵も辛くない筈はないだろう。

そんな気苦労を一切見せず、旅に出ていた兄のために微笑んでくれる。エリザは昔からそういう少女だった。

「お兄様、その左腕は……」

「…ああ、まだ完全とはいかないがね。でも少なくともこうやってお前を抱き締めることはできる」

「よろしゅうございました……」

エリザは嬉しそうに子猫のように私の胸に頬を擦り付ける。幼い頃からこの仕草が愛しくて、私は何かにつけては彼女を抱き締めていた気がする。

「ある女性と出逢って……半分呪いが解けたんだ。お前にも、彼女に会ってもらいたい。そう思って連れてきた」

「女性、ですか」

僅かにエリザの瞳が曇る。しかし見間違いだったかのように、再び明るい笑顔を咲かせた。

「もちろん、お兄様の望みでしたらいつだって」

「そう言ってくれると思っていたよ」

そう言いながらも、私は久しぶりに見つけた陽だまりを惜しむようにエリザを抱き締め、彼女の豊かで艶やかな髪を撫でていた。

◇

食卓にはなかなか豪勢な食事が並んでいた。炙《あぶ》った肉や香草と蒸し焼きにした魚、新鮮な野菜や果物、パンとチーズ。お酒も何種類か揃えてある。

「ほう……、我ら兄弟以外にも、白鳥になる呪いを受けた者がいたと」

王は興味深げに頬杖をついて少し遠い目をした。

一番体格がいい訳ではないのに、兄弟たちの中で一番精悍に見えるのは、短く刈り込んだ黒髪のせいだけではないだろう。王として担っている重責があるのだ。視線が遠くなったのは自分が白鳥になってた頃を思い出しているのかもしれない。

他の王子たちも神妙な空気で酒を満たした錫の杯を傾けていた。

「ええ。正義感の強いジークフリート様はとても放っておけなかったらしく」

私は上品にチーズをつまみながら無難に相槌を打つ。あらこれコクがあって結構美味しい。

ちなみに私のことは、件の湖がある領地の、領主の娘だと説明した。一応お父様は領主としての爵位を得ているから嘘ではない。地元では「魔族の城」として知られているから近付く者はいないけど。

「あいつは昔からそういう無謀で無鉄砲なところがあったからなあ」

そう言ったのは兄弟たちの中でもひと際筋骨逞しい、どこか陽気そうなワイルド美形、エルバートだった。

「そうなのですか？　エルバート殿下」

四番目の王子に私は聞き返す。彼らの自己紹介と事前のジークの説明とを照らし合わせると、オズワルド王とこのエルバート王子が、先代の正妃を母に持つジークフリートの同母兄だった。

「ああ。自分より強い者にも平気で向かってゆく奴だった。私もかなり相手をしてやったがな。でもわざと挑発してたのはグレンとダレンだよな？」

「え〜〜〜!?」

異口同音に反論したのは同じ顔をした赤毛と茶髪の王子である。

「怖いもの知らずはエルバート兄上が筆頭じゃないですか」

「そうそう、こっちに振らないで下さいよ」

第二妃を母に持つ六番目と七番目の双子の王子。私たちを食堂へと促した銀髪知性派宰相の第二王子ディルクと、眼光鋭く暗躍顔の第三王子エッカルトが同母の兄で、第九王子のユーゼフが同母弟だという。こちらの五人が同母兄弟として人数が多いのは、双子が含まれるのと、正妃が長兄オズワルドを産んだ後、体調を崩しがちになっていたせいらしい。母親同士も姉妹で、病がちになっていた姉のフォローを妹姫がしていたわけだ。

「でもからかうならジークが一番面白いと言ってたのは事実ですよね？　グレン兄上とダレン兄上」

にっこり笑ってそう続けたのはジークのすぐ上の兄で十番目の王子、クリストハルトだった。その名のごとく天使のような金髪巻き毛の持ち主だ。きっと少年時代もかなりのイノセント系美少年だったに違いない。

「そろそろそれくらいにしなさい。オディール嬢が困っているだろう」

真面目に諫めたのが第三妃の長男で五番目のバーナバス王子だった。学問系の彼は医術の心得もあるらしい。兄弟の中ではやや地味目の癒やし系ランベルト王子（八番目）と金髪天使系のクリストハルトが彼の同母弟だった。

……ったくもう、ややこしい！　腹違いだとしても兄弟多すぎ！

「困るだなんて……ジークフリート様の幼少時代のお話を聞けるなんて、嬉しいですわ」

私がにっこり笑ってそういうと、更に過去の話を語ろうと腰を浮かしかけたダレン王子を、知性的な瞳のディルク王子が窘める。

「今はそんな話をしている場合ではないだろう。三ヶ月以内に『真実の愛』を証明して見せねば、ジークとオデット嬢は命が危ういのでは？」

「そう申しましても……わたくしとジークフリート様の関係は……何と申しますか……」

つい口ごもる。体だけの関係、とはやはり言いづらい。かと言って、固く愛し合っているかと言われればそれも違う気がする。ジークは私を好きだとは言ってないし。

か、可愛いとは言われたけど……？

「はしたないと思われることを覚悟で正直に申し上げれば、なりゆきで男女の係わりが全くなかったとは申し切れません。けれど、それも結局あの腕のままですから――」

あんな半端な呪いの解け方では、『真実の愛』を交わしたとは言い難い。

一同に沈黙が落ちる。とは言え決して非難的な沈黙ではなかった。ここに道徳観念や倫理観の厳しい女性がいるのならともかく、男性陣からしてみたら、ゆきずりの恋やなりゆきでの係わりなんて受け入れ難いことではないのだろう。

「まあ…そもそもが愛なんて曖昧なものだしな」

「確かに。我々の時はエリザが献身的な愛を命がけで示してくれたわけだが……、あれは言ってみれば家族として見返りを求めぬものだったし、そもそもいつでも命を代償にできる状況があるわけではない」

ディルク王子とエッカルト王子がそう語る。この二人は母が同じで年が近いから、とりわけ仲もよいのかも。ダレン王子とグレン王子もそんな感じだけど。上二人が二十九歳と二十八歳で双子が二十五歳だそうだ。

「命を懸けるような状況が必要だということか？　それは人為的なものでも構わないと？」

「断定はしにくいですね。ジークは既にオデット嬢のためにを命をかけようとしてきたわけでしょう？」

「オデット嬢自身はどうなのだ。ジークのことを思っているわけか？」

十対の目が私に注がれる。私は両手を上に向けて肩を竦めると、目をぐるりと回して見せた。よくわからないというゼスチャーだ。

私のことを恋人と紹介されてショックを受けた様子はなかった気がするけど。オデットとジークフリートの関係、というかお互いに抱いている真情もよく分からない。同じような呪いを受けた者同士の共感？　同情？

「やはり様々な要因が曖昧すぎるな」

オズワルド陛下は椅子の背に持たれてため息を吐く。

「オディールがジークの心情のどの辺りにリンクしたかも不明ですしね」

あー……、さすがにオデットに化けてヤッちゃいましたとは言ってない。言えないでしょ。私のことはあくまで通りすがりに係わりを持ってしまった、程度の説明だ。

なんて誤魔化そうか逡巡していると、扉の開く音がしてジークが戻ってきた。

「兄上方。オディールに下らないことをふきこんでないでしょうね」

……ああ、ベルベットの声だ。濃褐色の髪、同じ色の瞳。兄君たちよりはいくらか細い顎の線。

離れていたのはほんの数刻だというのに、そして目の前には色とりどりの美形が揃っていたというのに、彼の姿を見ただけで、ぶわっと体中の細胞が歓喜に沸き立つ感じがした。一体何なのかしら、これは。

「妹君と感動の再会はもういいの？」

「ああ。状況は説明してきた」

ん～～……？　なんか彼の態度がちょっと素っ気ない感じがするのは気のせいかしら。神経過敏？

「君に会いたいと言っている」

「あら光栄」

「歓談の途中のようだが構わないか？」

「ええ、私は」

そう言って兄君たちを見回したが、特に異論はないようだ。一番上座にいた王が軽く頷く。

これって一応信用されたのかしらね？　別に大事なお姫様を傷つける気は毛頭ないけれど、私の正体が魔族ってばれたらこの綺麗な王子様たちはどんな顔になるのかしら。

そんな思いをおくびにも出さず、それではとにっこり笑って私は宴もたけなわの食堂を一旦辞去した。

◇

「貴女が……オディール様」

可憐な笑顔で私を出迎えたエリザ姫は、なるほどオデットとはタイプの違う美形だった。美女と

言うより美少女と言った方がいいかもしれない。ジークの三歳下だと言ってたから、十八歳になる筈だが、もっと若いと言われたらそう見えるだろう。ちょっと童顔？　ふっくらした頰に浮かぶえくぼがチャーミングだ。

囚われ人の孤独を身に纏い、氷のような美しさで他者を寄せ付けない雰囲気を持ったオデットに比べ、春告げの菫のような笑みを零すエリザ姫は、兄たちに愛されて育ったことを体現しているかのごとく、思わず抱き締めたくなるような愛らしさだった。

明るいライトブラウンの髪は艶を帯び、薄い緑色の瞳は陽だまりに萌え始めた若葉のようだ。白い肌もピンク色の唇も人形のように整っているが、ふんわりとした優しい空気が彼女をちゃんと人間に見せていた。人間嫌いの私でさえ、思わずぎゅっと抱き締めたくなってしまう。

なるほど、ジークや兄君たちが可愛がるわけだ。それとも溺愛した結果がこれなのかしら。

「初めてお目にかかります。ジークフリート様とは奇縁があってこのお城に参上いたしました。以後お見知りおきを」

「そんな……、お兄様のお友達なのですもの。どうぞ堅苦しい物言いはおやめになって」

ドレスの裾を摘まんで頭を下げる私に、エリザはあながち社交辞令には聞こえない、親しみの込もる声で言った。

タメ口でいいってこと？　ジークフリートの方をちらりと見ると、彼も軽く頷いたので、それでいいのだろうと解釈する。

にしてもなるほど。確かに人を呪いそうには見えない。おっとりと優しそうな雰囲気の持ち主だ。

もっとも人も魔族も見た目だけじゃ分からないけど。

「それで……呪いを解く方法をお聞きになりたいんですよね？」

あら、いきなり核心を突いてきたわね。もう少し社交辞令が続くかと思ったのに。でも話が早いのは有り難い。

「ええ。貴女が真実の愛でお兄様たちの呪いを解いたと聞いて……」

するとエリザの顔がみるみる曇る。

「申し訳ありません。ぜひお力になりたいと思うのですが……、私がイラクサの上着について知ったのは夢の中なのです」

「夢の中、ですか」

えー……。

つい落胆したのが顔に出たらしい。エリザはますます申し訳ない顔になる。

「あの頃の私は、何とかお兄様たちの呪いを解けないか必死で、そのことばかり考えていました。だから現実には叶うとも限らない夢に、藁にも縋る思いでイラクサを編み始めたのです」

彼女の声はどんどん小さくなり、隣でジークが私を睨み始めた。

仕方ないでしょ！　そこを訊かないことには始まらないんだから！

「……分かったわ。それでも貴女は必死だった。お兄様たちを助けるために、自分が殺されそうになっても必死にやり遂げた。その行為自身がきっと貴いものだったのよね」

私はエリザの手をそっと握り、できるだけ優しい笑顔を作って彼女の顔を覗き込む。

「オディール様……」

「私も様はいらないわ。オディールって呼んで？」

「……はい。ごめんなさい。ありがとう、オディール」

美しい若草色の瞳が涙で潤む。純真そう？　ちょっと引っかかることはあるけど。

「最後にもうひとつだけ。お母様は魔女だったのよね？　ってことは、イラクサの夢を見ることができたのは、その血に負う部分もあるのでは？」

「オディール！」

ジークの咎める声を無視した。だって事実は事実でしょ？　魔女の娘だからこそ呪いを解く夢が見られたっておかしくはない。

「そう、なのかもしれません」

エリザ姫はあっさり肯定した。

「けれど……本当に私にもお母様のような力がもっとあったのなら……お兄様たちを白鳥にせずに済んだのに。そちらの方がよほど悔しいですわ」

当時の悔しさを思い出したように、エリザ姫はきゅっと唇を噛む。自分の非力さに臍《ほぞ》を噛む思いは知っているから、それ以上は何も言えなくなった。今日はここまでかしらね。

「よくわかりましたわ、エリザ姫。わざわざ私と会うために時間を取ってくれてありがとうございます。でも……ごめんなさい、旅が長かったもので少し疲れてしまって……」

遠回しに辞去を申し出る。収穫がないのならこれ以上いたってしょうがないし、実際疲れてなかったわけではない。

「あ、そうですよね。ごめんなさい、私ったら気が利かなくて。どうぞ、今日はもうゆっくりお休みになって。でも……お元気になられたらまた会って下さる？」

小柄な少女が上目遣いで私を覗き込む。やだ、可愛いじゃないの。こういうの、慣れてないからドキドキしちゃう。

「ええ、もちろん。後でまたゆっくりお話しましょう」

私はめいいっぱいの作り笑いでエリザの手を強く握った。そうして、私の後ろで無言のまま不機嫌そうになっているジークフリートの袖を引っ張り、深窓のお姫様の部屋を後にした。

◇

「長旅で疲れているとは知らなかったな」

「あら、そう言うけど魔力を大量に使って消耗してるのは本当だもの」

運ばれっぱなしの貴方とは違ってね。そんな嫌味が彼にも通じたらしい。暫し沈黙が横たわる。

もっともそれ以上に、昨日の夜から殆ど寝ていないのだ。オデットに化けて森でジークを待ち伏せし、説得に失敗して湖でバカ父と対決コース。疲れていないわけがない。

エリザ姫の部屋を辞去してから、改めて今度はジークが兄王たちと食事や酒を酌み交わし、けれど早めにお開きとなって食堂を出た。

兄弟たちはまだ色々話したそうだったが、当然魔力で移動したことは言ってないので、やはり旅の疲れを慮ってくれたらしい。私たちは割と早々に解放された。

実際、お父様の領地を発ってから半日、この城に到着して数時間。長旅というには時間的にちょっと語弊があるかもしれないけど、距離は結構あったから魔力を消耗したのは本当だ。

「で？　私の泊まる部屋はどこ？」

「こっちだ。君には私と同じ部屋で寝泊まりすると家臣たちに言ってある」

「え!?」

ちょっといつの間に！　っていうかなんで!?　普通は結婚前の男女なら別々の部屋が当然じゃないの？

「君ひとり泊める部屋くらいいくらでもあるが、客間に泊めれば詮索好きの侍女たちにあれこれ付きまとわれることになると思うが……それでいいのか？」

「あ」

あー、確かにそれはありそう。兄君たちも相当だったけど、女性陣なら更に手強そうよね。なんてったって美形兄妹の一番末の王子じゃあ、城内においてはアイドルに違いない。好奇心で色々訊いてくるとか搦め手で探りを入れられるとかありそう。それは確かにちょっと面倒。

「幸い私の部屋ならベッドは大きいし、君ひとり泊まるくらい問題ない。余計な詮索も最低限に抑えられる筈だから、必要に応じて魔力も使いやすいだろう。必要なものがあれば用意させるが」

「あー、あー……、まあそれはいいんだけど……」

必要があれば魔力で調達できる。でもそれより……。

「他にも何か問題が？」

あるでしょうよ、肝心な問題が！

「……ベッドはひとつなんでしょ？」

普通、子供部屋ならともかく成人した王子様の個室にベッドが二つあることはないだろう。そうしたらその、一緒に寝るってこと？　……よね？

いや、別に嫌なわけじゃないけど！　ジークフリート自身はそれでいいの？

「兄上たちには恋人だと伝えたから問題ないが、君が同じベッドが嫌だというなら私は長椅子で寝よう」

「そんな！」

「気にするな。野宿には慣れているから、どこで寝ようと平気な体だ」

そりゃそうかもしれないけど。

「そういうことじゃなくて！」

そうこう言っている内に彼の部屋に着いてしまった。

男性の部屋らしく華美な装飾は一切ないが、さっそく家臣たちが整えたらしく、暖炉には赤々と薪が燃えている。調度類や敷物やリネンも上等そうだ。そしてなるほど、ベッドは大の大人でも二、三人は余裕で寝られるほど大きいし、長椅子もかなりゆったりしている。

だけど部屋の主たる彼を長椅子で寝かせるってのは……少し躊躇われる。いや、彼が私を連れてきたんだし、彼自身がそう言ってるんだから躊躇う必要はないんだろうけど！

べ、別に彼が気の毒なんて思ってないしっ。

で、でも、ジークだって全く疲れてない筈はないし、かと言って私が長椅子で寝ると言っても彼は聞き入れないだろう。

う〜〜〜、なんでこんなことで私が悩まなきゃいけないのよ！

仕方なく覚悟を決めて言った。

「いいわ。同じベッドで寝ましょ」

「それでいいのか？」

「確かに大きなベッドだし……貴方は問題ないんでしょ？」

さっきそう言ったわよね？

「……ああ」

「じゃあいいわよ」

そう言って私は口の中で呪文を唱え、一瞬で柔らかい寝巻きに着替えると、さっさとベッドの端に潜り込んだ。

だって本当に疲れてるんだもの！　べ、別に誘ってるわけじゃないし！

奇妙な緊迫感に包まれ、柔らかな羽根布団に潜って息を殺していると、服を脱いでいるらしい衣擦れの音と部屋の明かりが消される気配がし、反対側のベッドが軋む音がする。

緊張で、息がうまくできなくなりそうになった。彼の方に向いている背中に、全神経が集中する。

彼との距離は……片腕　本分くらい？　それとももっと近い？

けれど彼の気配はぴたりと止まり、そのまま動かなくなる。

やがて静かな寝息が耳に届いた。

……寝ちゃったんだ。そりゃそうよね。彼だって魔王と対決するとか色々あったんだし。

私はゆっくりと息を吐いた。そのまま何とか体の力を抜く。寝巻きの下にはコルセットも何もつけてなかったから、羽根布団の感触が心地よかった。

ふう……。

布団の中でこっそり溜め息を吐いた後、小さく自嘲する。

何を怖がってたの？

それとも何を期待していたの？

バカなオディール。

彼こそ長い旅暮らしから自分の生国に戻ったばかりなのだ。しかも故郷は不穏な空気に支配されていると知らされたばかり。馴染んだ自分のベッドに潜れて、気が抜けたっておかしくない。

そもそも彼が、本来の姿の私を抱こうとするわけないじゃない。彼がなりゆきとはいえ二回も私を抱いたのは、あの絶世の美女、オデットの姿だったからでしょ？

わかっていたはずなのに、熱くなる目頭をぎゅっと瞑ることで押さえつけ、私は体を丸めて眠りに就いたのだった。

七章　姫君の告白

東から吹く風が、湖面に小さなさざ波を立てている。

水面が揺れる音はゆったりと、けれど少しだけ物悲しい響きに聞こえた。

オデットが捕らわれている湖からも、時折こんな音が聞こえた気がする。

「オディール様！　こんなところで……眠れなかったんですか？」

パタパタと蝙蝠羽を羽ばたかせてアンドリューがやってきたのは、湖水城の一番高い尖塔の屋根の上だった。鋭角的な六角錐の屋根は、やや末広がりになっていて裾部分に腰かけるだけの幅がある。私はそこに腰かけてこの国を見下ろしていた。

塔はかなり高く、見下ろした先の地平線には太陽の輪郭が姿を現し始めている。

格好は薄い寝間着のままだったけど早朝の冷たい空気は遮断してあるし、人には見えない術もかけてあるから誰かに見つかって騒がれる心配はない。もっともこんな時間帯に起きて屋根の上を覗き込む物好きはそうそういないだろうけれど。

眼下には城を囲む湖とその周りの森。城から放射状に何本かの道が延び、ところどころ拓けた部分に民家が点在している。東側にある平野部分が一番近い街だろう。民家の影が密集していた。その先に見えるのは麦畑かしら。牛や羊を放牧できそうな丘も見える。ただ、例の『病』のせいか、どこかさびれた感じがするのも確かだ。網目のようにうすい靄《もや》がかかってるせいもあるかもしれない。

「寝たわよ。……少しは」

覗き込んでくる使い魔に、私はぶっきらぼうな声を出す。

「でも風邪でも召されたら」

アンドリューは心配そうに髭を震わせた。

「あんた、変なところで人間臭いわね」

私は呆れた口調で笑いを漏らす。

「だってオディール様……」

言いながらアンドリューは小さな体をぶるりと震わせた。彼（？）とて使い魔の筈なのに、小動物属性が残っているのか寒さには弱いらしい。

「それよりエリザ姫の部屋にあんたも来てたわよね」

「はい。ジークフリート様の懐は心地よくて、つい」

そこ？　照れたように頭を掻いてるんじゃないわよ！

「それよりあの子の部屋……気が付いた？」

彼女の部屋がある方角に頭を巡らす。まだこんな時間じゃ彼女もベッドの中だろう。

この城の中でも起きている者がいるとしたら、夜勤の衛兵か朝支度の竈番《かまどばん》くらいかしら。

「ええ。結界が張ってありましたね」

アンドリューはなんでもないことのように言った。まあ、人間の城では珍しいだろうけど、魔族の城では結界なんて平常運転だし、使い手がいれば不可能ではない。

「この城で他にも結界が張ってあるところは？」

「今のところございません」

「彼女の部屋を探ってきて」

「畏まりました」

アンドリューは使い魔らしく理由も聞かずに軽く一礼すると、小さなつむじ風と共に姿を消す。元々小型齧歯類の属性だから、壁の隙間などからあちこち忍び込むのは得意中の得意だった。当然、ネズミに化ける時には靴を脱いで蝙蝠羽も隠してある。


エリザの部屋には、結界が張ってある気配がした。と言っても本格的なものではない。人間たちの中でも勘が良く、ある程度修行をしたものなら使えるレベルの結界だ。

もちろん彼女自身魔女の娘なんだから簡単な魔術なら使えるのかもしれない。ジークは幼い頃から彼女に魔女らしき気配はないと言い切ってたけど、それでも元来の素養があってもおかしくない。もしくは本人でないにせよ、例えば兄王が彼女の様子を慮《おもんぱ》かって術師を呼ぶこともあるだろう。

魔女とは別に、人間たちの間にも術師は少なからず存在してる。エリザは人々の目から隠れて生活しているのだから、安寧を守るべく結界くらい張ってあってもおかしくない。

決しておかしくはないけれど。

「問題は……」

陽が昇り始め、明るくなっていく森を眺めながら、私はぼんやりと呟いた。

この森は、お父様の領地の湖に少し似ている。

ジークの腕にはもう羽が生えているのだろうか。天使みたいな純白の、柔らかい羽毛。

「ジークにもこのことを告げるべきかどうか、かしらね」

わざと身の回りの結界を解く。森から吹いてくる風が、私の黒髪を掻き乱していた。顔に巻き付く髪の毛を、右手で掻き上げながら頭を巡らせると、視界の端に動くものが見える。

——え？

まだ夜が明けたばかりの早さで、起きているのはせいぜい階下で働く者たちだと思っていたのだが。

今、私がいる中央の尖塔よりやや低い位置に、中央塔を囲むようにいくつかの尖塔が建っており、それぞれが階段状の回廊で繋がっている。その中でも一番低い塔と本城を繋ぐ回廊の上に、歩く少女の姿を見た。あれは——

「エリザ姫？」

こんな朝早くにどこに向かっているのだろう？

そもそも彼女は城の奥にある隠し部屋から、勝手に出られないのではなかったか。

「んー——、やっぱ追っかけて本人に訊くのが一番早い、かしらね」

素早く口の中で呪文を唱えると、彼女の気配を追って私は城内を移動した。

◇

城と呼ばれる建物に、あるといわれるものなら大抵揃っているロッドバルト城にもない部屋が、そこにはあった。

礼拝室だ。

魔族には信仰心なんてないから、祈るための場所は必要ない。ましてや自分こそ全能だと思っている魔族の王にとっては、無用の長物以外の何ものでもない。まあ、中には美術的造形を気に入って持っている魔族もいるんでしょうけど、それはあくまで趣味としてだ。

けれど人間たちの城には少なからずそれがある。信仰も生活の中心にあるということなのだろう。

その礼拝室は決して広くなく、華美な装飾も一切なかった。装飾といったら祭壇奥の壁の上部にあるステンドグラスくらいだ。城の主である王族のごくごく身内だけが使う程度のものだから、せいぜい二十人前後入れればいいのだろう。けれど信仰に見合う清潔さと敬虔な雰囲気は充分に保たれている。

祭壇の前にはたった一人、少女が頭を垂れていた。

真実の愛で兄たちを救った少女、エリザ姫。

私は魔術で出したショールを羽織り、気配を殺してそっと近付き、彼女の横顔を観察する。一心に祈りを捧げる姿は、まるで宗教画のように清廉さに満ちている。

完全に気配を殺していた筈なのに、エリザ姫はふと顔を上げて私の方を見た。うすくそばかすの散った頬に、驚いた様子はない。

「貴女も……お兄様の為に祈りにいらしたの？」

不純物を一切含まない透明感のある声で彼女が訊いた。なるほど、礼拝室は祈る為の場所だものね。エリザ自身を追いかけてきたとは夢にも思わないらしい。

「貴女こそこんな時間に？　ずいぶん朝が早いのね」

「今は――あまり人目に付くわけにはいかないから」

穏やかな笑顔で事実だけを淡々と述べる口調が気になった。

「不自由な思いをされていて、お気の毒に」

「誤解なさっているようだけど……私は別に閉じ込められているわけではないわ。望めば外にだって出られます」

「あの厳重な鍵付きの扉を開けて貰って、ね」

「ええ」

いとけなく笑って返事をするエリザを見て、ため息を吐きそうになるのを堪える。挑発には乗らないってわけね。血の繋がりはないとはいえ、ある意味マイペースなジークの、いかにも妹って感じだわ。敵意や害意のある相手より苦手なタイプかも。

「それに……」

私の沈黙をどう受け取ったのか、エリザは淡く微笑みながら言葉を続けた。

「農家に養女に出されていた時期があるので、早起きには慣れてるんです」

お天気が良かったから、くらいの軽い口調だったけど、そういえばジークもそんなことを言ってたわね。母親に疎まれて農家の養女にって。形式上のことだと思ってたけど、稼業を手伝ってたってこと？

柔和な印象につい忘れそうになるけど、見た目より芯は強い。なにせ無言を通して十一枚ものイラクサの帷子を編んだのだから、並大抵の根性の持ち主ではない。

「最初の質問の答えだけど、ジークの為に祈りに来たわけじゃないわ」

兄君たちと違って婉曲な話し方では埒が明かないと、私は直球をぶつけることにした。

「エリザ姫、貴女を見かけたから追いかけただけ」

「そう……ですか」

それでも彼女の反応は希薄だった。

「せっかく二人っきりだから忌憚のないところを訊いてもいいかしら」

「なんですか？」

小首を傾げて見返す姿は小鳥のよう。本当に邪気がなくて天使みたい。もっとも天使なんて存在には出会ったことはないけれど。

「――なぜ、この国を呪っているの？」

祭壇側に当たるステンドグラスには幼子を抱く聖母をかたどった色ガラスが嵌めてあり、早朝の礼拝室の床に綺麗な光を落としていた。

エリザはガラス玉のように綺麗な瞳を大きく見開き、両手を胸の前で祈りの形に組んだ。

「貴女も、そう思ってらっしゃるのね。オディール」

少し悲し気な、けれど淡々とした冷静な声だった。

「だって魔女の娘なんでしょ？」

私は端的に念を押す。貴女だって遠回しに疑われているより、はっきり聞かれた方が良かったでしょう？

エリザの瞳が大きく揺れた。

魔女だった母親が彼女を城から追い出した理由は、エリザを見ていれば分かる気がする。彼女は純真で無垢な美しさを持っている。恐らくは愛され過ぎたのだ。兄王子たちだけでなく、国王自身にも。もっと愚鈍で平凡な娘だったら、また状況は違ったろうに。もっともそんな娘だったら、兄たちの危機を救うこともできないか。

「私、は――」

何か言おうとしたエリザを、止めたのは闖入者の声だった。

「やめろ、オディール」

半ば開いていた樫材の扉から、礼拝室に入ってきたジークフリートは怒りを抑えた低い声でそう言った。彼らしからぬ、怒りに任せた睨む感情的な顔。ふうん、エリザの為ならそんな顔もするんだ。大事な大事な『妹』だもんね。血は繋がってないけど。

「ごめんなさい。ちょっとカマをかけてみただけよ。気を悪くしてないといいんだけど……エリザ？」

私は凍ったように動かなくなっていたエリザに、朗らかに話しかける。

彼女は一度俯いたが、顔を上げた時にはいつもの柔らかい笑顔に戻っていた。

「オディール。私はこの国を呪ってはいないわ」

「あら、そうなの？」

「だって、呪う理由なんかないもの」

「この国の人はそうは思っていないみたいだけど」

「オディール！」

またもやジークの鋭い叱責。ったく、邪魔者がいたら誘導尋問もできやしない。

「貴方は、ジーク？　部屋からいなくなっていたお姫様を探しに来たの？」

「……そんなところだ」

「女同士の話に割り込むなんて無粋もいいとこ」

「君が最低限の礼儀を弁《わきま》えていてくれれば私も退散しよう」

彼の言葉に思わず吹き出す。

「何がおかしい」

あー、まだ本気で怒ってる顔。エリザに関しては本当に絶対聖域なのね。

「言っとくけど。私をここに連れてきたのは貴方よ、ジークフリート？　まさか私を自分の思い通りにこき使うだけのつもりだったわけ？　それ以外は大人しくじっとしてろって？　私にだって自由に動き回る権利も、誰かと自由に話す権利もあると思うんだけど」

「それは……君を拘束するつもりは毛頭ない。しかしエリザを侮辱する態度をとるなら話は別だ」

「事実しか言ってないわ。今のところ」

「しかし……！」

「お兄様！」

今度はエリザが割って入る。

「彼女の言う通りです。オディールは思うところを素直に述べただけだし、私は気分を害してもいませんん。だから彼女を責めるのはやめて下さい」

「エリザが……そう言うのなら」

少し傷ついた顔。

いかにも渋々といった体だったけど、彼は怒りを引っ込めた。

「朝食までにはまだ早い。私はエリザを部屋まで送っていくが、君はどうする？」

エリザを庇うように肩を抱きながら、私に向かってジークは尋ねる。

「部屋に戻って寝直すわ」

一緒に行っても邪魔でしょうし。

「……分かった」

エリザも私の方を向いてもの言いたげな顔をする。私はにっこり笑って小さく手を振った。別に私だって気分を害してはいない。

寄り添う二つの影に背を向けて、私はしばらく床に映るステンドグラスの影をじっと眺めていた。

◇

ジークフリートに言った通り、このまま寝直そうと思ったのに邪魔が入る。

主のいない部屋で、大きなベッドに潜り込んで目を閉じようとしたら、ガシャン！と窓ガラスの割れる音が響き渡ったのだ。

なんだってのよ、もう！

起き上がって音がした方を見ると、部屋の窓際には拳大の何かと、ガラスの破片が散らばっていた。

「オディール様！」

ジークの部屋に、部屋付きらしき下僕や衛兵が飛び込んでくる。

「何が……！」

私は肩をすくめ、黙って窓際の床を指さした。

「目覚ましにしてはちょっと物騒かしらね？」

「申し訳ありません！　すぐ片付けさせます！　それよりお怪我はありませんか？」

「私は平気。でも……」

言いかけた時、がやがやとジークの兄たちがやってくる。

「今度はよりによってジークの部屋か……」

いかにも忌々しそうな声は茶髪の八男ランベルトだった。兄弟の中では比較的地味な方だ。彼の背後から黒髪の九男ユーゼフと金髪の十男クリストハルトもやってくる。三人とも兄弟の中では下の方だから、ジークとも部屋が近いのだろう。

まあ、母親別でなく年功序列で部屋が並んでいれば、の話だけど。

「今度はってことは……初めてじゃないのかしら？」

私は寝間着姿を上掛けで隠しながら呟いた。そこに私がいると思わなかったのか、三人はぎょっとして固まる。

「これはご婦人のいる寝室に失礼した。すぐに立ち去るから安心されよ」

黒髪のユーゼフがそつなく紳士的に背を向ける。他の者もそれに倣った。その隙にベッドの上にあったジークの物らしき厚手のガウンを羽織る。これで一応対外的にはセーフ、よね？

私はベッドから滑り出た。

「ご心配なく。それよりこんなことが以前にも？」

「……隠してもしょうがないな。ああ。この城は見ての通り回廊が多い。国王陛下や上の兄上たちの部屋は湖側に面しているから安全だが……我らの部屋のように西側にある部屋は外郭回廊から狙いやすい。衛兵に見張らせてはいるが……例の『病』の件で人の出入りが激しくなっているからな。いつの間にか入り込んで、こういう嫌がらせをした者がいるのだ」

彼らが言うには、王に相談や陳情を求めてやってくる民が少なからずいるらしい。それにしたって、中には嫌がらせに来る者もいるなんて――。

「それって、王族の命を狙う重罪人じゃないですか。捕まえて刑に処すのが当然では？」

「それはそう、なのだが」

三人はお互いの顔を見合わせて奇妙な沈黙を落とした。

「なんですの？」

「その……最初の犯人は幼い子供でな」

「子供？」

「森に住む猟師の子だ。父親が例の『病』に罹って、エリザのせいだと誰かに吹き込まれたらしい。狩りで肩を鍛えているから、子供の割に投石の腕も達者だった」

「割られたのは普段使われていない客間の窓で、どうやらエリザの部屋と間違えたらしい。……幸い怪我人もいなかったので、よく言い聞かせて森に帰した」

「しかし似たような者が後からも現れて……」

「それも子供だったんですか？」

交互に語る彼らに、思わず口調が呆れ気味になったのは否めない。相手が浅はかな子供だからといって看過するのもどうかと思うんだけど。

「いや、子供とは限らぬ。が、内容が……城の前に大量の悪臭を放つものを撒いたり、深夜一斉に鍵笛を吹き鳴らしたり……」

悪臭って……汚物とかだとかなり嫌だな。思わず眉間に皺が寄ってしまう。

鍵笛は硬い木を繰り抜いて作るのだが、遠くまで聞こえるようにかなり甲高い音が出る笛だった。ぶっちゃけガラスを爪で引っ掻くような。

城の王族への、あるいはエリザ個人への嫌がらせってこと？

「平常時であれば引っ立てて見せしめに懲罰を与えれば他は大人しくなりそうなものだが、今の状況では却って燻《くすぶ》る者たちを煽りかねないと兄王が申されて、寛大な処置で済ませてたんだ」

「しかし今回はオディール殿が危うく怪我しかねなかった。捨ておくわけには……」

「陛下に報告してご裁断を仰がねば」

部屋に重苦しい空気が立ち込める。

その時、廊下の方でばたばたと人が走り回る音がした。

「どうした！　何かあったのか？」

ランベルト王子が廊下に出て、騒ぎの原因を聞き出そうとした。

「いえあの、大したことでは……その、エリザ姫の部屋にネズミが出たようで……」

「ネズミ？」

「驚いた侍女がテーブルを倒してしまい、足を挫いてしまったようで……お騒がせして申し訳ありません！」

「分かった。いいからもう行け」

ホッと安堵したような、どこか釈然としないような、わだかまりが残る顔。

にしても、ネズミって……アンドリューが失態をおかしたんじゃないでしょうねえ。

エリザはジークが送っていったから一緒にいる筈。何かに気付いて変に勘繰られてないといいけど。

「あの……お兄様たちももうお行きになって。私は大丈夫ですから。片付けもほぼ済んだようですし」

ガラスの破片を片付けるべく忙しく立ち回る下僕たちに目線を向けて、彼らに辞去を促す。訊きたいことはもう聞いたから、これ以上いられても邪魔なだけだ。

「それより……今は一刻も早く今回の犯人も追及した方が良いのでは？」

「ああ、それはもちろん。二度とこのようなことはないように善処しよう」

「良かった。お兄様たちがいれば私もエリザ様も安心ですわね」

「そうありたいと思っているよ」

お互い軽い会釈を交わし、三人の王子たちは部屋から出て行く。私はにっこり笑って送り出した。

そのまま兄君たちと共に出て行こうとする、塵取りに割れ物を持った下僕の少年を呼び止めた。

「ちょっと待って。それを見せてくれないかしら」

ガラスを割った小さな塊は、よくよく見れば拳大よりやや小さめの汚い革袋だった。中に何か入ってる。膨らみの形からすると石、みたいな？

「お待ち下さい、革袋にもガラスの破片が付いているかもしれません！」

「大丈夫よ。気を付けるしすぐ済むから」

私はなるべく破片を触らぬよう塵取りから革袋を摘み上げ、中身を確かめようと小卓の上に出した。

ころんと転がり出たのは、案の定小さな少しごつごつとした石である。

あら？　でもこれって……。

「ありがとう。もういいわ」

「すぐに窓を塞ぐものを用意して参ります」

下僕の少年は一礼して退室した。

私は壁にもたれて半眼になる。

原石だから一瞬それと分からなかったけど……あれは天眼石《アイアゲート》じゃないかしら。

城の前に撒かれていたのはなんだったんだろう。汚物とかじゃなくて異臭を放つ木の根、とか、だったとしたら……？

例えばバレリアンとか——。

そして鍵笛。

それってつまり……。恐らくは魔術に携わる者だけが知っている、すべて魔除けのアイテムだ。

隠れていた符丁が見えてきた気がする。彼らも気付いているのだろうか。

その時、割れた窓の外から吹いてきた風がガウンの裾を揺らした。

ガウンを着ていたジークの微かな匂いに包まれている気がして、一瞬肌がざわめく。

……気のせい、気のせいよ、何でもないってば！

私はぶんぶん頭を振って、誰もいなくなったのをいいことにガウンを脱ぎ捨ててベッドに放った。

にしても……割れたガフス窓に目をやって細くため息を吐く。

うーん。

あれって、魔力使えば一瞬で直せるんだけど、やったらやっぱまずいわよねぇ？

◇

エリザの部屋に、お茶に招かれたのはその日の午後だった。

ジークはどこに行ったのか、朝食にも昼食にも戻ってこなかった。結局その後、眠る気にもなれなかったのでちょっと寝不足だったんだけど、ネズミ騒動がアンドリューかどうか確かめときたいのもあって、招待に応じることにしたのだ。

有能には見えにくい私の使い魔は、どこに行ったのか呼んでも戻ってこない。食糧庫でチーズを齧ったり、もしくはストレスに陥って輪車作ってカラカラ回してなければいいんだけど。そんな想像をすると少し頭が痛い。

「ご招待にあずかり光栄ですわ、エリザ姫」

厳めしい鍵を開けて入ったエリザの部屋で、私はドレスの裾を摘まんでお辞儀する。

「招きに応じて下さって嬉しいわ、オディール。ウルリケ、あとは私が」

地味な顔立ちの中年の侍女は、あらかじめ言い含められていたのか、お茶の準備を整えると一礼して部屋から出て行った。

話しやすくて有り難い。

相変わらず結界の気配あったが、不快に感じるほどのものではなかった。多少魔力が使いづらくなる程度のものだろう。

「さ、こちらにおかけになって」

部屋の真ん中に置かれた、両手を広げたくらいの円卓の上には、銀のティーセットと焼き菓子やチーズが綺麗に並べられている。エリザは私を嬉しそうに見ながらニコニコと笑って椅子に腰かけていた。部屋の女主人に私も倣う。

薄いブルーの生地にミモザを散らした柄のドレスを着たエリザは、ウェーブのある長い髪の両サイドだけを細く編んで後頭部で結び、大半を背中に垂らしていた。くっきりと見える耳の形が綺麗だ。

華奢な石の耳飾りを付けていたが、お化粧はしていない。していなくても透けるように綺麗な肌だった。

対して私は紅珊瑚色のドレスに髪は緩く編んで纏めてある。髪留めもドレスもこの城で用意してくれたものだ。センスは悪くない。

「今朝は……ごめんなさいね、ジーク兄様が」

エリザは済まなさそうにそう言って、私にお茶を注いでくれた。

「気にしてませんわ。私としては正直に思うところを申し上げたつもりでしたが……礼を失した部分もあったのかもしれません」

「そんなこと……ジーク兄様は昔から私に過保護なのよ」

……へえ。自覚はあるんだ。

「ジーク兄様だけじゃないわね。お兄様たちは皆そう。特に呪いを解いた件があってから、私を真綿で包《くる》んだ真珠のように扱うの」

エリザは少し恥ずかしそうに苦笑した。

「それが不本意？」

エリザの目がぱっちりと見開かれる。

「まさか。大切にされているんだもの。不満なんて言ったら罰が当たりますわ」

「誰に？」

「え？」

「誰が罰を当てるの？　神様とか？」

ここで信仰の対象を上げてしまうのは、人間界的にはちょっと不遜な言い方だったかもしれない。でも模範的過ぎる彼女の答えに、反発したくなったのも確かだった。

エリザは大きな瞳でしばらく私を見つめ、それから自分の胸の内を正視しているようにしばらく考えて、答えを口にする。

「そうね。お母様、かしら」

「……！」

それはちょっと意外な答えだった。自分の娘や義理の息子たちを追い出し、王を陥落して国を乗っ取ろうとした末に、処刑された魔女。そんな彼女が、エリザにとっては神に等しい存在ってこと？

——今でも？

私の驚きを感じ取ったのか、エリザは再び柔らかい笑みを浮かべる。

「母が……先代の王であるお義父様と結婚なさらなければ、私もお兄様たちと兄妹の縁を結ぶことはなかったわけですから」

それは……そうだろうけど。

「悪い方じゃなかった、……なんて言ったら嘘になりますわね。少なくとも善人ではありませんでした。ただ……魔女というのは自分の欲望に忠実な存在だから、正直ではあったのかもしれません」

ものは言いようね。

私も魔族だし、その頂点を間近に見ているからすんなり納得できるけど、人間界の大半は眉を顰めそうな意見であることは否めない。

でも……。

「お母様が……好きだった？」

思わずそんな言葉が口を衝いて出た。

母親の罪業を知っても尚、肉親を慕わしいと感じるのが人の情なのだろうか。

エリザは曇りのない瞳で私を見つめると、「貴女は？」と小さな声で聴き返す。

私？　私が自分の母親をどう思うかってこと？

よもや自分の母親について訊かれる羽目になると思わず、僅かに動揺が胸をよぎった。

好きかと訊かれれば、少なくとも幼い頃はそうだったと言えるだろう。まだ母が側にいてくれた時は。

自分を生んだ存在への、感情を手探りしながら私は答えた。

「……私の母が、私を置いて出て行ったのは五年程前よ」

エリザの瞳が再び大きく見開かれる。

「彼女は……父が、自分の夫が自分以外の者に心を奪われるのが我慢できなかったの。たとえ父にとっては一時的な遊びだったとしてもね」

人間なんて高々百年も経たずに死んでしまう。悠久ともいえる時間《とき》を生きているお父様にとって、永遠に続く感情があるとは思えない。それなのに。

馬鹿な女《ひと》――。

『オディール、ごめんね』

そう言って彼女はロッドバルト城から姿を消した。私は彼女を止めなかった。

「ごめんなさい、私――」

エリザの顔が申し訳なさそうに歪む。

「別に――昔のことだわ。でも母がいなくなった後、私は彼女に対して感情を持つことをやめたのよ」

これで答えになるかしら。

軽く肩を竦めて見せたが、エリザは硬い表情のまま視線を床に向けた。何を、考えているのだろう。

「でも――貴女はそうでもなさそうね、エリザ？」

エリザはようやく顔を上げると、どこか哀しみを織り交ぜた笑顔を見せた。

「血も繋がってないのにね」

――へ？

血が繋がってない？

ちょっと待って。そんなの誰からも聞いていないけど。

「私は……道端に捨てられていたところを彼女に拾われたの。もちろん彼女が魔女だなんて知らなかったんだけど」

「でも！　それじゃあ……」

彼女の嫌疑なんていくらでも晴らせるではないか。血が繋がっていないのなら彼女が魔女である可能性は限りなく低くなる。

「あーあ、お義父様やお兄様たちにも言ってなかったのに。貴女は不思議な人ね、オディール」

妙にせいせいとした声でエリザは語る。

「私が？　どうして？」

「なんていうか……貴女からは人の世のしがらみが感じられない気がするの。だから何の偏見もなく私の言葉を聞いてくれそうで」

……まあ、そりゃあ魔族だし。

自らの欲望を倫理や正義でコントロールするのが人間だとすれば、その対極にいるのが魔族と言える。

「確かに道徳観念とは縁が薄い方だけど……」

躊躇いがちに言った私に、エリザはゆっくりと口を開いた。

「まだ物心付くか付かないかの頃よ。詳しいことは覚えていないけど……たぶん家が貧しかったんでしょうね。私は着の身着のままで道端に捨てられていた。どれくらいそこに座り込んでいたかは分からないけど……お腹が空いて動けなかったのは覚えてるわ。家に帰っちゃいけないことも。ただ膝を抱えてしゃがみこんでいるしかなかった。その時たまたま通りかかった彼女が、私を抱き上げてこう言ったの。『おや、可愛い子が落ちている。拾えば何かの役に立つかねえ』」

魔女や魔族が人間の子供を拾うことは珍しくはない。下働きとして使ったり愛玩用に飼ってみたり。特に外見が美しければ磨き立てて身近に置き、観賞用にもなる。

「彼女は人の世に紛れて、人の財を掠めて生きていた。だから子供連れというのはなかなか具合が良かったのよ。だって幼い子供連れの『母親』を疑う人はあまりいないでしょう？　彼女の気まぐれと打算で私は生き永らえた。その後、彼女は夫に先立たれ苦労した美しい寡婦として、お義父様にも取り入ったの」

道義的にはかなりヤバいと思われる話を、エリザは何の気負いも感じさせず淡々と語った。

窓からは明るい日差しが差し込み、小鳥たちが囀っているのが聞こえる。

彼女が淹れてくれたお茶に口を付けると、ほんのり甘く爽やかな味がした。カモミール。

「そして私には十一人の兄ができた。皆優しくて……私はこの上もなく幸福な子供になった」

遠い過去に思いを馳せる目で、エリザは眼差しを窓の外に向ける。

そこに見えるのは、美しい兄たちに可愛がられる幼い頃のエリザだろうか。

「特に……ジーク兄様はとても可愛がってくれたわ。それまで自分が末っ子だったから、年下の兄妹ができて嬉しかったんでしょうね。野原でかけっこしたり木登りに連れて行かれたり」

過去を回想しながらエリザはクスリと笑った。

「……意外とお転婆だったのね」

かけっこや木登り？　今のおっとりと見える彼女からは想像もつかない。せいぜいお花畑で花を摘んでるイメージだ。

「それは……ジーク兄様はそれまで男兄弟しかいなかったから、そうして遊ぶのが当然だと思ってみたい。後から乳母やたちに怒られてたって聞いて慌てたのよ？」

「あらら、彼らしい……のかしらね」

そりゃあ、年端もいかない男の子なら、女の子相手に人形遊びなんて思いつきもしないでしょうけど。

「だからその後はこっそり連れて行って貰うようになったの」

うふふ、とエリザは声を出して笑った。

おっとりした外見と裏腹に、思ったよりしたたかなのかしら、エリザって。まあ、親に捨てられて魔女に拾われたなんて経緯があれば、多少なりとも知恵を巡らすようにはなるかも。でも……

「なるほどね。だけど――」

私の正体も何も知らないのに、見た目の印象だけで打ち明け話なんてちょっと無謀。

「さっきの言い分からすると、貴女が魔女のお母様と実の親子でないのは誰も知らないことよね。そんな重大ともいえる話を、私にしちゃって良かったの？」

素朴な疑問だった。色々な苦労を経験してきている筈なのに、まだ会ったばかりの私を信用するとは思えない。彼女は思ったほど天然《バカ》じゃない。

「そうね」

頷きながら、エリザはお茶に角砂糖を三個入れてかき混ぜる。うわー、甘そー。

「貴女には、聞いて貰いたかったのかもしれない。あのジーク兄様が——兄弟の中でも一番純粋なジーク兄様が選んだ女性《ひと》だから」

そう言ってエリザは真っすぐ私と目線を合わせた。それは今までのおっとりとかふんわりとか、そういう雰囲気とは全く別の表情で。

兄たちの中でも、ジークはエリザにとって特別だった？

あー、でもちょっと待って。私と彼はそういう関係じゃないと思うんだけど。なんというか……成り行きで寝ただけの？

ちなみにこのエリザ姫はオデットのことは知ってるのかしらね。

事情が複雑に絡み始め、私は眩暈がしそうになった。

「私が、今の話をジークやお兄様たちにしてしまったら？」

「……それならそれで、仕方がないことでしょうね」

どこか覚悟を秘めた笑み。しかしふっとその表情から強張《こわば》りが抜け、悪戯めいたものになる。

「それより……どうやって貴女がジーク兄様の心を射止めたかの方が気になるわ」

「それは……！」

父親に頼まれて美女《オデット》に化けて誘惑しました、なんてそれこそとても言えない。

「言い難いなら言わなくても構わないけど、――これだけは聞かせて。ジーク兄様が好き？　他の誰よりも愛してると誓えて？」

エリザの目が、気が付けば笑っていなかった。どこか思い詰めた、真剣な視線が私に注がれる。

これって、つまり。

――宣戦布告？

私は飲みかけていたティーカップを受け皿に戻し、エリザと真っすぐ対峙した。

「エリザ、私は――」

答えようとした時、窓の外で一斉に小鳥たちが羽ばたく音が聞こえていた。

八章　城下の村へ

窓の外に目をやると、小鳥の群れが一斉に遠ざかっていく。

異変に気付いたのはその時だった。

「エリザ姫？」

いつの間にか彼女の顔が青褪めている。息が苦しいのか両手で口元を抑え、エリザは今にも前かがみに卓に突っ伏しそうになっていた。

「ごめ、なさ……侍女、を、ウルリケを呼――」

「誰か！　エリザ姫が……！」

私が大声で叫ぶと、隣室の扉から中年の侍女が慌てて駆け込んでくる。彼女がウルリケだろう。

「姫様！　しっかりなさって下さい！　姫様！」

扉の前にいた衛兵たちも駆け込んできたが、どうすればいいか分からずおろおろと立ち尽くしている。一人が慌てて「陛下にお伝えして参ります！」と出て行った。

「姫様を奥のベッドに！」

侍女の鋭い声を聴いて、もう一人の衛兵が慌てて彼女を抱き上げる。そのまま壊れ物を扱うような慎重さで、彼女を奥の部屋へと運んだ。私も付いて行こうとしたら侍女に制止される。

「申し訳ありませんがオディール様、後は私が姫様を診ます。多少の心得はございますし。ですから今日はこれでお引き取り下さい」

有無を言わせぬ断固とした口調だった。

「分かったわ。落ち着いたらお大事にと伝えて」

「畏まりました」

侍女は私に向かって一礼すると、慌てて奥の寝室へ駆けていく。少なくとも彼女の忠義は本物のようだ。私自身、ジークの時にやったような多少の治癒力はあるけど、ここは大人しく任せた方が良いだろう。

私が部屋から出ようとすると、三男のエッカルト王子（腹黒系外見）と五男のバーナバス王子（温厚医術系）が先程の衛兵を連れて速足でやってきた。これで入り口警護の問題も終了だ。

私は王子たちに通り道を譲るべく一歩下がって頭を下げる。

エッカルト王子は鋭い視線で私をチラリと一瞥したが、何も言わずにエリザの部屋へと消えていった。

彼女の問いに、私はまだ答えていない。

わだかまるものがないでもなかったが、私はそのままエリザの部屋を後にした。

◇

「エリザが倒れたと……！」

朝から姿を見せなかったジークフリートが、顔色を変えて部屋に飛び込んできたのは夕食も済んだ後のことだった。

彼の外套《マント》はうっすらと埃を帯びていて、城の外に出ていたことが分かる。城に戻った途端、兄か家臣から聞いたのだろう。

「ええ。午後のお茶に呼ばれて、話をしていたら急に青褪めて」

「その時、なんの話をしていたんだ？　侍女は側にいたのか？」

「侍女は続きの間に控えていていなかった。私とエリザの二人っきりよ。なんの話をしていたかは――」

そこで口籠もる。魔女だった母親と血が繋がっていなかったなんて、私がジークに話したところでエリザに恨まれるとも思えないけれど、それでも彼女が抱えてきたものを思うと安易に話すのは躊躇われた。

「大したことじゃないわ」

仕方ないからそんな風に誤魔化した。しかし、納得できなかったのかジークの眉間に皺が寄る。

「それとも、何？　私が彼女にショックを与えるような話をしてたとか？　あるいは彼女に魔術をかけて倒れるように仕向けたとか」

二人っきりの時に体調を崩したのだ。私が疑われてもおかしくはない。今朝、ジークには彼女に脅すような言葉をかけたところも見られたばかりだった。エッカルト王子の一瞥にもそれは含まれていたと思う。

——お前が何かしたのか？

しかしジークはそのままベッドに腰を下ろし、両手で頭を抱えるような姿勢になった。

「済まない。私は——エリザのこととなると我を失いやすくなるんだ」

「……そうみたいね」

ここは彼に疑われなかったことを喜ぶべきかしら。でも失意に陥っている彼を見ていると、そんな気分にもならなかった。魔王と対峙した時でさえその平静さを失うことはなかったのに、妹のこととなると冷静じゃいられなくなるのよね。

『——これだけは聞かせて。ジーク兄様が好き？　他の誰よりも愛してると誓えて？』

エリザのひたむきな瞳を思い出し、体の芯のどこかがしんと冷えるのを感じる。

ジークフリートとエリザが兄妹になったのは、十一歳と八歳の時だったらしい。一番歳が近く、子犬のように無邪気にはしゃぎ合った少年と少女。彼らが兄妹として過ごした時間が、やがて二人の間にそれ以上の感情を育まなかったと、なぜ言える？

——分からない。私には兄弟はおろか、歳の近い友人さえいなかったのだから。

「悪いけど、今夜はどこか別の部屋で寝かせて貰うことにするわ」

ジークフリートは抱えていた頭を上げて私の顔を見た。

「気を悪くさせたのなら謝る。しかし——」

「そうじゃないから気にしないで。適当に使ってない客間を借りるわ。結界を張れば誰も入ってこないようにできるし、明日の朝にはちゃんと戻しとく。それに……小さい頃からかくれんぼは得意だったのよ？」

ジークの目は、私の真意を探るように直視したままだった。

「私の顔は見ていたくないと？」

「そうじゃないけど……」

「じゃあ、なぜ？」

彼の問いに、私は悪女的な笑みを浮かべ、舌で唇をぺろりと舐めた。

「だって……このまま同じベッドで寝ていたら、貴方を襲いたくなりそうだもの。それとも合意の上で同衾してみる？」

ジークの端正な顔が気まずそうにふいと横に背けられた。

……やっぱりね。

「済まないが……」

申し訳なさそうな彼の声を遮って、わざと軽く笑い飛ばす。

「あら残念。まあ、嫌がる貴方を無理やりってのも楽しそうだけど……またの機会にしといてあげる」

「オディール……」

私を引き留めようとする彼を無視して、口の中で急ぎ移動呪文を唱えた。

移動先は朝いた尖塔の屋根の縁の上で、そのまま膝を抱えてしゃがみこむ。

夜は暗くて、ところどころ城の窓から灯りが漏れる他は、あまり何も見えない。城内で働いている者たちの気配が微かに立ち上ってくるだけだ。唇からふう、と細い息が漏れた。

彼を無理やり、というのは物理的に不可能ではない。魔力で拘束してしまえばいいだけだ。

仰向けに寝かせ、服をはぎとり、偽りの快楽を注ぎ込んで彼の肉体を思うがまま堪能しようと思えばできた。

でもさっきの彼に言ったのは、単に逃げ口上だ。本当にそんなことをしたら泣いてしまうかもしれない。

膝を抱えて背中を丸め、蹲《うずくま》る。

彼に、心の底から求めて欲しいなんて……バカげた望みが胸の裡にある。

「本当に、バカみたい……」

お父様も、オデットを連れてきた頃、こんな思いをしたのだろうか。

自嘲と共に目の端に滲んだものに、気付かないふりをして、私はずっと膝を抱え込んでいた。

◇

かくれんぼが得意なのは本当だ。

あの広いロッドバルト城で、私は誰にも会いたくなくていっつも隠れていたからだ。父を訪ねてくる魔族や使い魔、あるいは父と交流のあった人間たち。父は気まぐれに彼らと会い、歓談し、あるいは撥《は》ねつけた。

その誰とも、私は会いたくなかった。魔王ロッドバルトの娘でありながら、醜く脆弱な私を見る彼らの目は、一様に同じだったからだ。

嘲《あざけ》るような、揶揄《からか》うような、それでいて強大な力の従属物におもねるような視線。顔を合わせれば嫌な思いしかしないと分かりきっていた。

ならば自室に籠もっていれば良さそうなものだが、いればいたで父を介して呼ばれたり部屋を訪ねられたりもするので、面倒だったのだ。

隙間となる空間を探して結界を張り、身を小さくして息を殺す。

そんな私を探し出せたのは母だけだ。

『まあ、オディール。こんなところにいたのね』

母は私を見つけると、そう言って小さな体を抱き上げた。私が隠れていたのは母に見つけて欲しいという気持ちもあったのかもしれない。

彼女が城を出た頃から私は隠れるのをやめた。もう、母に抱き上げられるほど幼い子供ではなくなっていた。

長じるにつれて魔力を使えるようになってきたのも隠れるのをやめた理由の一つだ。その頃には会いたくない客を躱《かわ》す方法も身に着けていたし。

自室の結界を強化し、ひたすら引きこもるようになったのはこの頃からだった。

そんな昔のことを思い出したのは――、久しぶりにひとけのない客間に結界を張って、こっそり隠れるようにして眠ったからかもしれない。

◇

記憶を遡《さかのぼ》る。

何年前のことだったろう。まだ大人とは呼ぶには尚早だった時期。体力的にも体格的にも兄たちに付いて行くのが精一杯で、自分の非力さと未熟さに焦燥と悔しさばかり募らせていた頃だ。

茂みの中に、気配を感じたから近付いた。誰かいる。誰だろう？

果たしてそこにはひっそり隠れるようにして、幼い少女が膝を抱えている。肩が震えているのは泣いているのかもしれない。

そっと脅かさないように近づいたのだが、葉擦れの音に少女はビクッと顔を上げる。案の定、頬は涙で濡れていた。

まっすぐこちらを見る目が警戒心に満ちていた。全身から棘のように緊張感を発している。

しかし私の姿を目にした途端、身構えなくてもいい相手だと気付いたらしく、彼女の体からするりと緊張が解けていく。

私は彼女に近付き、そっと傍らに座った。

少女は小さな声でしゃくり上げ出す。

「おか、……おかあさ、が……」

そうしてぽつり、ぽつりと独り言のように彼女は小さな声で不明瞭な呟きを漏らす。何も言えない私は、無言で少女の体にそっと寄り添った。

彼女が少しでも寒くないように。僅かにでも、温もりが伝わるように。

やがて少女は泣き疲れて眠ってしまう。

触れた体温が愛しくて、日が暮れるまで私は動かなかった。そうすることしか、あの時はできなかった。

——恐らくはあの日が。

私が心の底から誰かを守りたいと、初めて思った日だったのかもしれない。

◇

朝起きてから、用意されていたドレスに着替えるために一旦ジークの部屋に赴く。

ジークフリートと顔を合わせるのも気が重かったけど、魔力を使って着替えるわけにもいかない。城に来た時は手ぶらに近かったのを見られてしまっている。一応人間のふりをしているのだから、用意してくれたドレスを身に着けるしかないだろう。

しかし部屋にジークの姿はなく、私は拍子抜けの気分を味わった。

用意してくれた衣装棚の中から濃紺に金糸の刺繍があるドレスを選び、さっと身支度を整えると朝食を摂りに食堂へ向かった。

昨日の今日だから、食堂ではエリザの件で疑われて兄君たちに胡乱《うろん》な者として見られるかもしれないけど、そんなの気にしたってしょうがないし。正直お腹は空いていた。

そんな私を出迎えたのは、髪の毛が色違いの、双子のダレン王子とグレン王子のニヤニヤした笑い顔だった。

「ジークと喧嘩でもした？」

開口一番にそう言ったのは、赤毛のダレン王子だ。

「どうしてですの？」

私は素で聞き返す。ジークが彼らに何か言ったのだろうか。まさか私の正体も？

「いやあ、あいつ、眠れないとか言って昨夜俺たちの部屋に酒をせびりに来たんだぜ？　仕方ないからしこたま飲ませて潰したけど、眠れない理由を訊いても全然口を割らないんだ」

「ジークの寝室に送っていこうとしても、床で寝るからとか言って戻りたがらないし」

「なら理由として考えられるのは君くらいだろう？」

赤い髪のダレン王子と茶色い髪のグレン王子が交互に話す。彼らは顔の造りが全く同じだった。髪の色が同じだったら見分けが付かなかっただろう。

どうやら双子のせいか、彼らは同じ部屋らしい。

いかにも興味津々と言った顔で説明され、私はうんざりと言葉を失う。

なるほど、そういうことか。

っていうか、自分も出て行ったんじゃ、私が部屋を出た意味がないじゃない！

「何も思い当たることはありませんわ。私はぐっすり眠っていたので彼が出て行ったことも気づきませんでした」

にっこり笑ってきっぱり言った。どうよ、これ以上ツッコむのはなしだからね！　と言外に強く含む。

察しのいい双子の王子は顔を見合わせて残念そうに肩を竦めた。

「あいつも情けない。あれでも白鳥時代に色々女性に関しては仕込んでおいたはずなんだけどなー」

「は？」

「俺たちが呪いを受けて白鳥だった時期があるのは知ってるだろ？　で、まあ、呪いっつっても昼間だけで夜には人間に戻れてたんだ」

「はあ」

それは知っている。ジークの異形が残る左腕も、夜だけは普通に戻っているし。

「当然、人間としての食事や寝場所も必要なわけさ。特にオズワルド兄貴なんか、夜の間に勉強しろとか剣の練習もしとけとかクソ真面目なことを言うし」

「昼間は空飛んで疲れてるのに、厳しくってさー。また素直なエルバート兄貴や下の弟連中はそれをまともに聞くわけ。まあ、俺たちもそれなりにはやってたけど」

長兄として、弟たちを守る使命感と責任感を発揮してたってこと？　いつか国に戻れた時の長期的視野も入ってた？

「でも確かに国の様子やエリザのことは気にかかるから、情報収集は俺とこいつが率先してやってたんだ。適材適所ってあるだろ？」

冗談めかしてるけど、さぼりの口実っぽい。でもこの二人なら確かに他人の懐に入るのは得意そうだ。

「んで、魅力あふれる俺たちとしては、情報収集ついでに旅先の親切な女性に、食事や寝場所の提供を願うこともあったわけ」

「………」

「で、ついでに弟たちにも女性の扱いに関して色々レクチャーをね」

お茶目にウィンクして見せる双子を、私は睨みつける。あー、はいはい。色々ってそういうことね。

私はさっさと話題を切り替える。

「それより……エリザ姫はいかがですの？　昨日、お茶に呼ばれていた時に急に体調を崩されたので心配していたのですが……」

「ああ、それなら貧血だと。バーナバス兄貴が医術の心得もあるから診に行ったんだけど、侍女が言うには最近食が細くなってたらしくて……」

「無理もないよな。あんな部屋に閉じ込められてるんだから」

二人は食卓に乗ったパンを取って千切りながらふんふんと頷き合う。

彼らの意見は至極真っ当だった。第二妃の第三子と第四子で六男と七男だっけ？　ちょうど兄弟の真ん中に当たる彼らは、ある意味程よく中庸《ニュートラル》な距離感なのかもしれない。少なくとも恣意的な含みは感じられない。ざっくばらんで喋るのが気安い相手だった。

だからこそ、昨夜ジークはこの双子の部屋に行った？　そんな見方は早計だろうか。

「そういえば肝心のジークはどうしてますの？　まだお兄様方の部屋の床に転がってるんですか？」

「いや、結構早々出て行ったけど」

「そういやあいつ、昨日も城にいなかったな」

「ああ、クリストハルトが探し回っていた」

一見ジークよりも若く見える、童顔のクリストハルト王子（天使風味）は、昨日の朝ジークの部屋に石が投げ込まれた時に現れた王子の一人だから、窓が割られた件で彼を探していたのだろう。

「どうやら城の外に出ていたらしい。夕方遅くに馬で戻ってきたと厩番《うまやばん》が言ってた。何をしてきたかははっきり言わなかったらしいが」

「あいつ、確証が持てないとだんまりを決め込むからなあ」

「分かりづらくて面倒くさい男じゃないか？」

最後の言葉は私に向けられたものだった。私は笑ってお茶を濁す。

「確かに——訳の分からないところは沢山あるし、たまにこの人バカ？　とも思いますけど…あ、失礼」

弟のことを貶された双子の兄は、面白そうに目をぐるりと回して見せる。気にしていないという意思表示らしい。

「でも、——彼の持つ優しさや……不屈の闘志は、固い意志と信念に基づくものに見えます」

オデットの呪いに憤りを見せた彼。死にかけながらも魔王を相手に一歩も引かず、活路を見出そうとした姿。ただのバカと言い切ってしまうには瞳の力が強過ぎた。

お父様に、敵う者はいないと信じ切っていた私に、初めて別の可能性を感じさせたのが彼だ。

それ、だけでもないのだけど――。

「なるほど。弟が選んだ女性はなかなか聡明な御婦人《レディ》のようだ」

グレン王子の感心したような声に、我に返った。何を語っちゃったの、私ったら。恥ずかしさに頬が赤くなりそうなのを何とか抑え込む。

「エリザもなあ……それくらいはっきり言えりゃあ……」

ダレン王子が少し嘆くような声を漏らした。

「エリザ姫？」

「ああ。あの子も昔はもう少し率直だったんだが……今は誰かを傷つけまいとして黙り込んでばっかりだ」

「誰かを傷つけるような可能性があるのですか」

「んー――、まあその辺は大人になった証拠、とも言えるんだろうけどねぇ」

グレン王子は苦笑する。

まあ確かに。いくら仲の良い兄弟とは言え、いつまでも無邪気な関係でばかりはいられないだろう。血の繋がりの有無なんて関係なく、ただの仲のいい兄妹だって、いつかはそれぞれの人生を歩むべく道が分かたれるのが普通だ。

でもちょっと話を逸らされた気もするわね。言いたくない内容ってこと？

「なんにせよ羨ましいですわ。私は一人っ子なので……仲の良い兄弟が沢山いるのは楽しそうで憧れます」

「そう？　正直これ以上弟はいらないけどなー。もちろん可愛い妹なら大歓迎だけど」

そう言って陽気なウィンクしたのはダレン王子だ。やっぱりこの二人は話し易い。

「その前に自分の奥様を見つけた方が早いのでは？」

「確かに仰る通り。だけど、先にオズワルド兄上にして貰わないと……なあ、ダレン？」

「だよな。国の為にも我々の為にも一刻も早く。このままじゃ兄弟全員末っ子に出し抜かれかねん」

そう言って同じ顔の双子は私をじっと見つめる。

……は？　末っ子って。

「ジークフリート、ですか？」

「そう。ジークと、オディールちゃん」

「ちゃん付けはやめて下さい」

柄じゃないから恥ずかしい。

「じゃあ、オディールさん？　オディール殿じゃ硬いだろ？」

「呼び捨てでいいですってば……っ」

ニヤニヤ笑う二人を見て気が付いた。揶揄われている。何気に人が悪いんだから。

「とりあえず、末っ子が見事兄貴十人を出し抜くかどうかはともかく、ベッドから追い出すのはそここにしておいてくれ。あいつの酒量は底なしなんだ。秘蔵のお宝があっという間に無くなっちまう」

本気で困ったような顔をするから、ついおかしくなって吹き出してしまった。

「別に追い出したつもりはありませんが……前向きに検討させて頂きますわ」

結婚なんて有り得ないけど、一緒の寝室にいる以上そう言うわけにはいかないだろう。だからその場しのぎで答えた。だって、他にどう言えばよいか分からないもの。

◇

「楽しそうですね。なんの話ですか？」

そんな私たちの会話に割って入ってきたのは、何を隠そう当のジークフリートだった。気のせいかもしれないけど、微妙に機嫌が悪そうに見える。

何よ、寝室を先に出て行ったのは私なんだから、貴方が追い出されたわけじゃないじゃない。

「楽しいよ。頭のいい女性と話すのは、酒をあおって訳の分からん管を巻く弟の相手をするよりよっぽど楽しい」

ダレン王子はさも大げさに首をすくめ、手の平を肩の高さに上げて見せる。

「なんの話かは内緒だけど」

グレン王子はいかにもお茶目な表情で、人差し指を口元に立てて見せた。

双子王子は楽しそうにジークを挑発するが、彼は乗ってこなかった。

「そうですか。これ、頂きます」

そう言って、ジークは食卓の中央に置かれた果物皿から林檎を三つ取ると、そのまま羽根を生やした左手に抱えて食堂を出て行こうとする。

「ちょっと、待って！」

私は慌てて追いかけた。一瞬双子王子にチラリと目をやると、分かってるとばかりに二人で頷いた。これってやっぱり痴話喧嘩中だと思われてるのかしらね。

でも今はその誤解に乗っておこう。

食堂から出たジークフリートは、持ってきた林檎を齧りながら城内の廊下を城門の方へと歩いていた。

もしかして、あれが朝食だったりするのかしら。

私の気配に気付き、彼は足を止めて振り返る。

「……兄上たちと楽しい歓談の途中だろう？」

完全に不機嫌な声。うっわ、嫌味くさ。昨日のことをまだ根に持ってるのかしら。

「ええ、そうよ。でも朝食は終わったからもういいの。それよりどこへ行くの？」

昨日も殆ど一日中城に居なかったじゃない。

ジークはだんまりを決め込むべきか迷っていたようだが、私相手に却って手間取ると気付いたのか、正直に答えた。

「城下の、ルアト村へ」

「一緒に行くわ」

すかさず宣言する。いい加減置き去りはうんざり。このままじゃ蚊帳の外じゃない。

「しかし――」

「何か問題？　自分の身くらい自分で守れるけど？」

その言葉で止めても無駄だと悟ったらしい。もしくは勝手に出歩かれるよりましだと思ったか。

彼はあっさり頷いた。

「分かった。しかしなるべく君の魔力《ちから》は使わないでくれ」

「分かってるわよ」

ただでさえ魔女の呪いに敏感になっているのだ。下手な刺激は命取り、あらぬ疑いをかけられかねない。

「極力、大人しくしてるわ」

「そうしてくれると有り難い」

◇

厩で馬を二頭借りようとしたので、「私は乗れないわよ?」と言ったら驚いた顔をされた。

「馬に乗れないのか？」

「だって、必要なかったもの」

少し呆れた口調にムッとする。何よ。

基本的に今までロッドバルト城から遠くに出かけたことなんかなかったんだから、馬の乗り方なんて習ったことがない。生活範囲が狭い上に、慣れた場所には魔力で移動できるのだから必要性を感じたことがなかった。

ロッドバルト城に馬は何頭かいるし、お父様は乗れるけど、あくまで趣味と実益を兼ねた感じだ。

私自身はこの城に向かう途中、ジークの馬に乗せて貰ったのが実は初めてだった。

「そうか。別々の馬の方が便利ではあるのだが……仕方ない。二人で乗れる馬を」

ジークは厩番にそう伝える。彼が元々乗っていた馬はすばしこく小回りが利くが、馬としてはさほど大きいものではなかった。この城に来る時も馬移動は短距離だったから、殆どはジークが引く馬に私が乗せて貰っていた。

私としても彼との相乗り不本意だ。だってその……馬の上ってどうしたって密着度が高いんだもの。

でも魔力で馬を制御するのは少し怖い。だって…それってねじ伏せるってことだから、馬の負担も大きくなっちゃう。

練習したら……私にも乗れるようになるのかしら。

…って、なんの為にそんなこと！

まるでジークにおもねろうとしているみたいで自分が腹立たしい。

そうこうする内に厩番はひと際力のありそうな大きい牝馬を奥から引いてきて、まずはジークがその馬にひらりと飛び乗り、その後私も引っ張り上げて貰った。季節柄、フードの付いた毛皮のマントを羽織った私は、彼の後ろに横座りすると、大人しく目の前のお腹の辺りに掴まった。

彼の広い背中が温かい。

馬に乗った彼は城門をくぐり、湖に架かった橋を越え、城下にある街へと向かう。

「で、そのルアト村って何があるの？　そもそも昨日は一日中何をしていたの？」

「君も謁見の間で聞いていたと思うが、エリザを襲った男の家だ」

「……は？　まさか復讐しに？」

「そんなことするわけないだろう」

「だって、貴方彼女のこととなると我を失いやすいって自分で」

実際、彼女に関することだと表情が一変しやすいのは確かだ。しかし彼の返答はあっさりしたものだった。

「理性がないわけじゃない」

「あっそ」

聞けば彼は、その男とその家族が今でも困っているなら、手助けが必要かと思ったのだそうだ。大事な妹を襲った男に、なんて人の好い。

「この国の現状を、ちゃんと自分の目で把握したかったしな」

その為には現場に行くのが一番早いと考えたらしい。まんざら外れていなくもない。

「でもちょうど良かった。私も例の流行り病の患者と会ってみたかったから」

「呪い、だと思うか？」

「……まだ確証はないけど、この国を、自然現象とは言い切れない薄い靄が覆っているのは確か」

たぶん人間の目には映っていないだろうけど、この国に来た時から微妙な違和感を覚えていた。城の尖塔に上って高い位置から見下ろすと、それは確かに網の目のようにこの国を覆っていた。

発生元はまだ分からない。呪いとしては攻撃要素が弱過ぎる。全体に薄い霞がかかっている感じなのだ。

普通、呪いというのは発した者に悪意や害意が存在する。誰かを傷付けたい、いっそ殺してしまいたい、そんな殺伐とした感情が元になっているものだ。だから発生元に近いほど怨念は濃くなる。けれどこの靄にそこまでの悪意はない。人死にが出ていないのがいい証拠だった。

結果の現状として困っている者が多いだけのこと。

だから当事者に会って確かめたかった。どんな者がその病に伏しているのかを。

◇

その男が住んでいる、村の外れはそう遠くなかった。

小さな、掘っ立て小屋のような家だ。ここに家族五人が肩を寄せ合うようにして暮らしているという。

入り口のドアを開けようとしたら見慣れた小さい顔が軒下から飛び込んできた。

「ジークフリート様ぁ！　お待ちしてました！」

「アンドリュー!?」

「げ、オディール様」

「げって何よ！」

蝙蝠羽をはためかせて目の前で固まったアンドリューを、私は凍らせる勢いで睨み付ける。

「済まない。昨日の朝エリザの部屋で会ってな」

「え、ええ。そうなんです。美味しそうなビスケットの匂いがしたからついふらふらとお邪魔してたら、ジークフリート様に見つかっちゃって……」

冷や汗を垂らしながら、アンドリューは私にそう説明した。なるほど、そういうことになっている訳ね。一応私がエリザの部屋を調べさせていたことは、ジークフリートにはばれていないらしい。

「せっかくだからこの家に同行して貰ったんだ。何かの役に立ってくれるというし」

「はい！　なんでもしますし！」

「ついでにこの家の主が、私がいなくなった後、酒で暴れないように見張って貰った。大丈夫だったか？」

「はい！　酒瓶に手を伸ばそうとしたところで目くらましの術を使ったら、自分が疲れていると勘違いして寝ちゃいました」

「ご苦労だった。林檎はいるか？」

「わーい、お腹空いてたんですよう！」

木につないだ馬の上で嬉しそうに林檎に齧りつくアンドリューを置いて、ジークフリートは慣れた足取りで家の入り口の扉を開ける。

「イワン。邪魔するぞ」

入り口らしきドアを開けると、少しすえたスープのような匂いが漂ってくる。

「土産だ」

転がり出てきた幼い垢染みた少年に、彼は食堂で取った残りの林檎を渡した。少年はお腹が空いていたのか、嬉しそうにかぶりついた。

「ジークフリート様、本当に今日もいらっしゃったんで……」

奥から貧相な顔の男が現れた。痩せぎすで小柄。ジークフリートの来訪を迷惑だと思っているのがありありと分かる顔。

いかにも気の小さそうな小物っぽく、こんな男がエリザを襲っただなんて信じられない。

「来ると言ったろう？　それから連れが奥方に会いたがっている」

「無理ですよ。医者の先生も匙を投げたんだ。治りっこねえ」

「医者や呪術師ではない。ただ会いたがっているだけだ。顔を見るだけでいい」

「……ハンナなら奥にいます。好きになさって下さい」

絶望と疲労をのっぺりと顔に張り付けた男が、目だけで奥を示す。ジークフリートの行け、という目配せに、私は奥の部屋へと進んだ。

空気がどんよりと澱んでいる。窓も小さくて、部屋は薄暗い。

「どなたかね…？」

粗末なベッドの中から、虫の鳴くような声が聞こえた。しかしそれは男の母親の声だった。

狭い部屋にベッドが三つ。声がしたのは一番手前のベッドだ。

真ん中の一つは子供用らしく小さい。

老婆のベッドと小さいベッドの間の床では、汚れた顔の幼児が毛布の先を舐めていた。さっきの男の子の妹か弟だろう。

一番奥の比較的大きなベッドが夫婦用らしく、そこに虚ろな目をした女が横たわっていた。

あまり構う暇もないらしい。うっすらと垢染みている。

「……ハンナ？」

声をかけたが反応はない。けれどこの家に充満する悪臭のような靄の、一番濃い澱みが彼女を覆っていた。

「これは……起きられなくなるわね」

私は深い溜め息を吐く。

重たい岩にずっとのしかかられているようなものだ。動けるわけがない。岩が乗っていても死ぬ人間はいないが、まともに食事も摂れなければ衰弱するのは自明の理だろう。

ハンナは頬をこけさせ、開いているのも不思議な虚ろな目で、見るともなく天井を見ていた。

「ハンナ」

私は彼女の名を呼んだ。反応はない。

「ハンナ」

もう一度、今度は言葉に音律を乗せる。ほんの僅かな魔力の波動。果たしてパシッと微かな抵抗の手応えを感じ、私は更に彼女を呼ぶ。

「ハンナ、起きなさい。子供たちがお腹を空かせているわ」

ピリピリと彼女の周りで空気が震え、その五秒後、視線だけがゆっくりと私に向けられた。魔力は使わないと約束したが、これはそうも言っていられないだろう。私は更に彼女に話しかける。

「そう。確かに重たいわよね。でも除けられなくはないわ。私が手伝ってあげる」

私はベッドの薄っぺらい掛け布団をめくり、彼女の細い骨ばった手を取って握った。ごく微かにだが、弱々しく握り返してくる。

「いい？　楽しいことを考えるのよ。なんでもいい。あなたにとって幸福だと思えるものを思い浮かべて」

彼女の、私を握る手がほんの少しだけ強くなる。縋っているのだ。足元をすくわれて囚われて、逃げ道が分からなかった哀れな女。

「――そうよ、こっち。いらっしゃい」

その言葉はハンナに向けたものではなかった。

繋いだ手を通し、何かが私の中に入り込んでくる。粘りつくドロッとした何か。彼女を動けなくさせていた病の根源。

「ハンナ、起きて」

私の声に、彼女の目尻からすぅっと一筋の涙が零れ落ちた。

――タスケテ、シニタクナイ。

その途端、どす黒いドロドロは私の中に流れてきて増幅する。ハンナの僅かな抵抗に反応したのだ。私にも侵食して居場所を守ろうとしている。

舐めるんじゃないわよ、私を誰だと思ってるの。

耳の中で、煮えたぎった油の鍋に水を垂らしたようなバチバチと激しい音を立ててドロドロは抵抗し、小さな爆発を繰り返し、一部は思い通りにならないと気付いて私の体から逃げようとして暴れ続ける。私は無理やりそれを抑え込み、可能な限りハンナから吸い込んだ。

喉に嫌なものがせり上がり、こめかみを脂汗が流れる。胸がムカムカして吐き気がした。けれど容赦する気は毛頭ない。

「楽しいことを、嬉しいことだけを考えるのよ！　好きな色は？　好きな季節は？　あなたの心を浮き立たせるものは何⁉」

無数の蛇を放ち、私の心臓に絡みついて牙を立てていたそれは、私の抵抗に凄まじい闘争を繰り返す。

ハンナは動けぬ体のまま、必死で私の言葉を理解し、実行しようとしていた。

そう。あなたの中の明るいもの、たとえささやかでも幸福と呼べるものがこいつを拒むだろう。

そんな状態が何分続いたか、定かではない。もしかしたらほんの数分だったのかもしれない。

けれど私の中では百年にも近い闘争だった。

果たして『それ』はハンナの体に戻ろうとして許されず、私の中でやがて力を失い、あえなく四散していく。

もっとも入り口側のベッドに横たわる母親には、私が彼女の手を握っているだけに見えていた筈だ。音も、鳴動も、私の身の内だけで起こった現象だった。

しかし私を見るハンナの目に、ようやっと小さな光が灯る。

私は額に滲んでいた汗をぬぐい、大きく息を吐いた。

「もう大丈夫。お湯と……何か清潔な布を貰ってくるわ。それで体を拭いて、髪も綺麗に梳いてあげる」

同じ部屋で横になっている姑の目からさりげなく私の体で痩せ衰えたハンナの体を隠し、私は彼女を拭い、髪を梳いて丁寧に編んでやる。

まだどこか虚ろさを残す彼女は、赤子のように無言でされるがままになっていた。しかし身嗜みを整えた姿を鏡で見せてやると、口元がふんわり綻ぶ。

私は隣の部屋から彼女の夫と息子を呼んだ。後ろからジークフリートも付いてくる。

貧相な男が驚愕に口と目をめいいっぱい開き、垢染みた子供は真っ先にベッドの上に身を起こした母親に飛びついた。

「まだ――衰弱が著しいから、無理はさせないで。今日一日は薄いスープを何回かに分けて、明日以降はスープに浸したパンを食べさせるといいわ。それから徐々に歩く練習を――」

男は私の声など耳に入らぬ様子で、顔中を涙でくしゃくしゃにしながら、子供ごと妻を抱き締める。私はそっとその場を離れ、ジークの袖を引いて寝室を出て行った。

「驚いたな。誰も彼女を治すことはおろか、指一本動かせなかったのに……」

ジークの興奮気味の声が、耳に遠く聞こえる。

「以前、私も君に助けて貰ったことがあるが……オディール？」

違う。治したわけじゃない。あれは――。

「今日のことは――しばらく誰にも言わないで」

「へ？　あ、ああ。しかし……」

「それから、ハンナの面倒をみる者を誰か……城からよこして」

「そうだな、そうしよう」

自分の声が、他人のもののように響いていた。それでも口は勝手に動く。

「他の患者のことも城では把握してるのよね？」

「調べてまとめてある筈だ。確かエッカルト兄上とバーナバス兄上が――」

「そう。なら、お願いがあるの……」

今、言わなきゃ。今の内に、ちゃんと伝えておかな――

「オディール、大丈夫か？　顔色が……」

ジークフリートの声がもっと遠くなる。

それでも必死でいくつかのことを彼に向かって囁いた。

くらりと視界が揺れる。伝えるべきことを伝えたから気が抜けたのかもしれない。

『あれ』に食い荒らされた心臓が、破れた袋のようにひゅーひゅーと音を立てている。

「オディール、おい！」

声を荒らげる彼に答える間もなく四肢は力を失い、目の前が真っ暗になって、私はその場で意識を失った。

九章

奇病の正体

——重い。

体が鉛のように重い。

立ち上がるどころか起き上がることすらできない。

少しでも動こうとすれば骨が軋む音が聞こえる。

息もうまくできない。喉の奥がぜいぜいと鳴るばかり。

声も出ない。何か言葉を紡ごうとする度に、喉に泥の塊を詰め込まれているみたい。意味のある言葉が形作られる前に、淀んだ塊となって胃の腑に落ちていく。

辛い。痛い。苦しい。怖い——。

そんな意識だけがぐるぐると体中を巡り続ける。

こんなことがいつまで続くの。

なぜ私がこんな思いをしなければならないの。

なぜ私だけがこんな思いをしなければならないの。

身も心も砕けてばらばらになりそう。

——こんな×××……、
いっそ

消えてなくなってしまえばいいのに──。

◇

暗い場所だった。一条の光も射さぬ真っ暗な場所で、一人蹲っていた。

どれだけそうしていただろう。

時間の感覚もなくなっている。

ここはどこ？　私は一体──

『許さない』

不意に、はっきりとした声が聞こえる。この声は知っている。耳に残るベルベットの音程。

明確な意思のこもった否定の言葉。許さないって、何が？

『オディール、君が──』

私……？

『……だなんて、絶対に』

ちょっと待って。良く聞こえない。なんて言ってるの？

『絶対に許さない』

吐き捨てるような声が神経に障る。

許さないって……何よそれ？

怒りのあまり意識がばねのように跳ね上がった。

「……………るっさーいっっ！！！　許してくれなくて結構よ！！！」

自分の声の大きさにびっくりして目が覚める。

……へ？　ここはどこ？

開いた目に、天井が見える。私の部屋なら天蓋の裏が見える筈なんだけど……。見慣れた木枠の木目は見えなかった。周りに掛かっている筈のビロードのカーテンも。

見えるのは普通の天井だけ。

おかしいわね。

そう思って首を傾けたら、唖然とした男の顔が見えた。

えーとえーと、この温和そうな顔立ちは……バーナバス王子、だっけ？　双子王子のすぐ上で医術の知識があるとかの。

もちろんこの城にも侍医はいるんだけど、白鳥時代に怪我や病気の治療が必要になることもあり、やむなく彼が色々覚えたというのは、あとからダレン王子が教えてくれた。

確かに兄弟たちの中で一番温和そうだし向いてそう。

そんな感じでドミノ倒しに記憶を遡る。

そうそう、ほんの数日前、私はジークフリートと二人でこの国に来たんだった。――わよね？

まだちょっとあやふやだった。

やだ、記憶が混乱してる。

バーナバス王子は軽く咳払いすると、平静を取り戻して私に尋ねる。

「あー、オディール？　気分はどうかな？」

「気分？　ですか？　たぶんそう悪くないと……」

なんか夢の中ですっごく怒ってた気がするけど、目覚めた途端に記憶は千切れ、詳しくは覚えてない。

なんだったのかしら、あれ。

「ならよかった。一応熱と脈を計らせて下さいね」

そう言って、彼は私の手首の脈拍を調べ、額と首筋に手を当てて体温を確かめる。

「大丈夫そうですね。でももう少しこのまま安静にしていて下さい。なにしろ三日も意識がなかったのですから。今、水と……もし空腹なようなら消化の良いものを用意させます」

「はあ……ありがとうございます」

意識がなかった？　三日も？　何かあったのかしら。そういえばすっごく疲れてお腹も空いたような……。

そう思った途端にお腹がぐうっとなった。バーナバス王子の目の前だと気付き、思わず赤面する。

けれど王子は優しく笑って「すぐ何か用意させましょう」と、腰かけていた椅子から立ち上がった。

私はゆっくりと身を起こし、辺りを見回す。ジークフリートの部屋ではなかった。彼の私室には大きな書棚があったし、書き物机やマントを掛けるスタンドもあった筈。それらが全部見当たらなくて、代わりに綺麗な応接セットがある。窓の位置も記憶と違っていた。

ということは、客間の一つだろう。

淡いクリーム色が基調のタペストリーが飾られた、優しい雰囲気の部屋だった。

窓からは明るい陽が射している。少なくとも日中なのね。

そんなことを呑気に考えていたら、女中らしき女性がお盆に水差しやスープボウルを乗せて持ってきた。

彼女は部屋の中央にある応接テーブルに一旦お盆を置くと、水差しから水をコップに注いで口元へ運んできてくれた。

「大丈夫。自分で飲めるわ」

そう言って私はコップを貰い、中の水をゆっくりと飲みほす。常温にしてあったらしいその水はたぶん湯冷ましで、みるみるうちに私の体に吸い込まれていった。美味しい。

ものすごく喉が渇いていたんだと、改めて気づく。

空になったコップを彼女に返すと、今度はベッドの上に卓をセットされ、「失礼します」と言ってスープの入った皿を置かれる。胃を刺激しないよう、野菜を濾して作られた薄味のスープだった。

「ありがとう」

礼を言ってスプーンで口へ運ぶと、ちくちくと記憶を何かが刺激する。

この匂い？

どこかで嗅いだような……でも全く同じではなくて、もっとすえた感じの――。

記憶がいきなり意識を失う前に巻き戻った。

「ハンナ――、は？」

唐突な私の問いに、女中は困ったような視線を背後にいたバーナバス王子に向ける。

「大丈夫です。人手は手配してあるし、固く口止めもしました」

女中に詳細を聞かせない為だろう。彼は固有名詞を避けて必要なことだけを教えてくれた。

「そう……」

あの男、イワンの家にもスープの匂いがしていた。もっともこんな上品な感じじゃなくて、有り合わせの野菜を煮ただけであろう粗野な匂いだったけれど。スープなら炉にかけておけば勝手にできるし、一度に作り置きもできる一番簡単な料理だ。野菜を煮崩せば、病人や幼児にも食べさせることができる。

だからたぶん、あの男の家はずっとこんな匂いがしていた筈だ。

ハンナがベッドから起き上がってパンを焼けるようになるには、もう少しかかるだろう。

私は記憶と意識を整理しながら、ゆっくりとスプーンを口に運ぶ。バーナバス王子は賢明にもその間、忍耐強く待っていてくれた。

やがて皿の中のスープを食べ終え、女中が片付けに退出した後、彼はゆっくりと切り出した。

「ハンナはゆっくりとだが回復しています。あんなに手を尽くしても治せなかったのに――君が、何をしたか聞かせて下さい」

真剣な声だった。当然よね。ここ数ヶ月、国を悩ませてきた事案の突破口が見つかったのかもしれないのだから。

けれど彼らの期待に応えるのは難しいだろう。

私は考えながら言葉を切り出した。

「ジークからお聞き及びかもしれませんが……私にも多少、術の心得がございます」

何の、とは言わない。明言するのは危険過ぎるから、そこは勝手に判断してほしい。

「だから、彼女の中に滞っていたものを、引き寄せて無理やり私の中に移しました」

バーナバス王子は驚愕の表情で私を見つめた。そりゃあねえ、簡単なことみたいに話したけど、多少の心得があるとしたって簡単にできるようなことではない。

けれど藁にも縋りたい状況現状において、彼は懸命にも一旦その件を横に置くことにしたらしい。私の持つ力について、深く尋ねることはしなかった。

私は安堵して、続きを語り始める。

「そうすれば、この国に巣食う病の正体が摑めるかと思ったのです。けれど病は思った以上に根が深く——結果、ご覧の有様ですわ」

肩を竦めて笑ってみせる私に、彼は難しい顔付きで私に重ねて問う。

「で、正体は摑めたのですか？」

「糸口のようなものは。けれどまだ確証はございません。だから——調べてほしいことがあるのです」

「病に罹った者たちのことですね？」

「ええ。なぜそれを？」

「君に――倒れる直前に頼まれたのだと、ジークが」

そうだったかしら。よく覚えていないけど。

あの時私は必死だった。ハンナから移したどす黒い病の元凶に、ねじ伏せられないように闘っていたから、意識は半ば朦朧としていたに違いない。

「で、当のジークは？」

「患者のリストを持って直接彼らの家に出向いています。しかし君が意識を取り戻したから、先程呼び戻すよう手配しました。それで良かったですか？」

「ええ。ありがとうございます」

ならば、今はジークが戻るのを待つだけだ。

目覚めたばかりなのにたくさん喋ったことで、思いのほか消耗したらしい。

再び疲労と睡魔に襲われ、私は無言で横たわり、いつしか眠りに就いていた。

◇

謁見の間には長テーブルが置かれ、上座には王が、両脇には十人の王子たちが着席していた。

多種多様美形《グッドルッキングス》が十一人が揃うと、いつ見てもその光景の眩しさにため息が漏れそうになる。

そんな煩悩を押し隠して、私は王と対面に位置する一番下座に腰を下ろす。まだ病み上がりな部分もあるので、立ったまま話すのは厳しかったのを配慮された結果だった。

部屋の扉は固く閉じられ、王か王子たちが呼ばなければ誰も入ってこれない。

密談にも使われる部屋だから壁も厚く、中の人間の声が外に漏れる心配もなかった。

「で、君が知ったことを教えて貰おうか」

私の向かいに座る王が、砕けた口調で尋ねる。一応ここでは無礼講、ということらしい。

「結論から申し上げますと、この奇病を蔓延させているのは、一種の毒、のようなものです」

「毒？」

予想外の答えだったのか、空気がざわつく。

しかし王だけは動揺も見せず冷静な声で言った。

「の、ようなもの、と申したな。毒ではないのだな？」

やはり王なのだ。回転が速い。

「当然ですが、普通の病とはまた違うものですね」

「…その根拠は？」

「その前に、エッカルト王子が作成していたリストと、現場に赴いたジークから聞いた言葉で気づいたことがあります」

「それは？」

「この奇病に罹っている者の中に、圧倒的に子供が少ない」

王の表情は変わらない。ということは彼もその点に関しては気づいていたんだろう。

「例えば風邪のような……無作為に罹る流行り病の類ならば、まず子供や老人といった抵抗力の弱い者から重篤に陥るのが常でしょう。また原因が食中毒のようにはっきりしているものならば、該当する地域を中心に、やはり大人や子供の区別なく症状が起きるのが普通でしょう。まあ、その原因が酒などのように大人しか摂取しないものならまた別でしょうが。しかし今回は特に地域は限定されてはいませんし、通常ならば一番丈夫な筈の成人男性や女性が罹患しています」

「君の言う通りだ」

「ジークに直接患者、……とりあえず便宜上ここでは彼らを患者と呼びます。——の家に赴いて調べて貰ったのは、その家の環境、と申しますか…患者を取り巻く空気です」

「もう少し分かりやすく言ってくれないか？　内容が漠然とし過ぎている」

そうぼやいたのはランベルト王子（やや地味系）だった。

「——今回、私がハンナの体に滞っていた病原体、のようなものを、我が身の内に引き込んで分かったのは、彼女は元々とても疲れていた、ということです。肉体的にも、——精神的にも」

初めて王の顔に戸惑いの色が滲んだ。

私は構わず続ける。

「家は貧しく、病《やまい》の姑と幼い子供の世話に加え、夫はあまり役に立たない。寧ろ彼は外に吐き出せない性分ゆえに、最も身近な彼女にあたって鬱憤を晴らしていた。……まあ、ありがちな家族と言えなくもないですわね。そもそも彼女だって夫に言い返すなり愚痴や罵倒を聞き流すような図太い性格なら疲弊具合もまた違っていたでしょう。しかし彼女もまた誰に吐き出すこともなく不安や不満をじっと貯めこんでいくタイプでした。当然の結果として、彼女はとても疲れていた——身も、心も」

私がハンナから引き剝がし、自分の中に引き込んだのはまさにそれだった。泥のように沈殿し、体の奥底に蓄積し、膿んだ精神《こころ》。

「たぶん――この病はそうした者を見つけては忍び寄り、その鬱積した疲労を増幅させて動けなくさせるんだと思います。絶望による一種の無気力状態ですね」

場に重苦しい沈黙が満ちる。

「もっとも本人にはその自覚がありませんから、何とか動こうとする者もいるでしょう。けれど目に見えぬ毒に侵され蔦のように絡まれた状態では、抗いきれるものではありますまい」

子供の罹患が少ないのは、単純に生きている時間が短いからだ。もちろん大人に劣らぬ労苦を抱えている者もいるだろうが、複雑に染み付いた鬱積を貯めこんで倦ませるほど、まだ生きていない。

「私が見たのはハンナ一人ですから確証をもって言い切れるわけではありませんが……、恐らく概要はそんなに外れてはいないかと」

ジークに調べて貰った罹患者の内容を聞くと、比較的周囲に大人しいと思われていた者や人当たりの良い者が多かった。一概には断定できないだろうが、鬱屈をためこみやすいタイプの可能性は高いだろう。

感情を見せぬ声で更に尋ねたのは王だった。

「それは……やはり呪詛の類ではないのか？」

エリザやその母親のことを気にしているのだろう。

「違うとは言い切れませんが……今回の症状はあまりに発動条件が曖昧で漠然とし過ぎています。魔女たちが使う呪いはもっと悪意の指向性がありますから。例えば特定の人物に向けたものでしたら死なない程度の苦しみを与えると言った細かい制御は可能でしょうが……国一つを呪う、というような大きな呪いの場合、細かい術の設定は難しく、更に向けられる力だけが一様に大きくなるのです」

私は一呼吸吐くと、改めて王子たちの顔を見渡した。

「今回の病は——このまま伏せっていれば死に至ることもあるのかもしれませんが、まだ死者は出ていないんですよね？」

「ああ」

即座に答えたのは王のすぐ脇に座るディルク王子だ。宰相的な王の片腕として、細部にわたる現状を一番広く把握しているのは彼だった。

「だから——毒のようなもの、か」

形の良い顎に手を当てて、難しい顔をしたのはユーゼフ王子（黒髪眼鏡）。

「ええ。恐らく泉のようにその毒が湧き出る場所があるのでしょう。さやさやと漏れた毒が薄い靄となってこの国を覆い、絶望に近い場所にいる者に引き寄せられてはその身を侵しているのだと思います」

「ふ……ん」

王や王子たちの眉間に皺が寄っている。

「それで、源泉の特定は？」

「……いえ、それはまだ」

私が倒れていたことを知っている王子たちは、無理もないと納得した顔だ。

「オディール嬢に、今回のハンナのような治療を順次施して頂くわけには？」

そう言いだしたのはいかにも直情単純系のエルバート王子だった。

まあ誰かが言うかなーとは思ってたけど。

「それは――」

無理だと言おうとして、別の声に遮られる。

「反対です！」

荒げた声の主はジークフリートだった。

「危険過ぎる。今回だって三日も昏倒してたんですよ!?」

「しかし――」

「ジークフリートの言う通りだ。一人治せてもその間に二人、三人と罹患してしまえばイタチごっこだろう。ならば彼女にはいざという時に備えて意識を保っていて貰った方が良い」

王を挟んでディルク王子の反対側に座るエッカルト王子が強い口調で断定する。腹黒系っぽい三白眼の外見に似合って、その辺りはもう想定済みらしい。

そうなのよね。私がやったのは治療ではなく、諸刃の剣仕様の荒療治だ。今回は三日で済んだけど、この方法では毎回三日程度の気絶で済むとも限らない。ハンナより絶望が深い者がいれば、下手すると私の方が危ういだろう。

「オディール、我々で対処できることは？」

改めて王に問われる。

「それこそ漠然とした言い方になりますが、罹患した者やその周囲の者も、絶望の淵に近付けないこと。できる限り話を聞いてやり希望を与えること、でしょうか」

鬱屈したものを誰にも吐き出すことなく身の内にため込むことが一番ヤバい。些細な不満や不安でも、誰かに話すことでかなり軽減されるのは確かだ。人は他者に頼れる者の方が強い。

「分かった。支援体制を強化して、慰問の回数を増やそう。村々にある聖職者たちにも協力を仰ぐように」

なるほど、聖職者たちは相談事《カウンセリング》の適任者だものね。でも――。

王の言葉に、パッとひらめく。

「あ、慰問を実施されるのでしたら」

「なんだ？」

言っちゃっていいかしら？　いいわよね？

「殿下方も自らなるべく出かけられるのがよろしいかと」

「それは、まあ……」

王族として民を助ける為なのだからは慰問は当然の義務でもあるのだが、改めて私が言いだしたことで別の意味もあるのかと疑問符が湧いているのが見て取れた。

元々彼らも慰問はしていたらしいけど、エリザの一件があってから回数が減ったと聞いていた。

でも彼らにしかできないこともあるじゃない？

「せっかくの美形揃いなんですもの、少なくとも殿下方にお会いできた女性陣の殆どはきっとかなり気分が華やぎましてよ？」

にっこり笑って見せた私に、噴き出したのは双子王子たちだった。

「ひでえな。俺たち愛玩物扱いかよ」

「あら、愛玩対象にはなりたくてなれるものじゃないんですのよ？」

「そう言われると断りにくいな」

「ええ、国民たちの為にぜひ」

もっとも男性国民に効果があるかどうかは分からないけど。

だけど、彼らがやらなくてはいけないのはそれだけではない。

ようやく謁見の間を覆っていた暗雲が少し晴れ間を見せ始める。

それだけじゃないと、察しが良かったのはいかにも暗躍雰囲気《タイプ》のエッカルト王子だった。

「同時に手分けして町や村を巡りながら泉探し、ということか」

エッカルト王子の言葉に、そのことに気付いていなかった王子たちもピンときた顔になる。

「御明察、さすがですわ」

「早急に手配しよう」

ディルク王子が続きを引き取った。

多少なりとも新たな進展を見せたことに少しだけ明るさを得て、そこで秘密会議はお開きとなったのだった。

◇

「部屋まで送っていく」

謁見の間から出た私を、そう言って呼び止めたのはジークフリートだった。

昏睡していた間に使っていた客間に、戻ろうとしていた際だった。

「いいわよ別に。もうちゃんと歩けるし」

バーナバス王子の診立ての後、私は城に戻ってきたジークフリートに患者たちのことを聞き、いくつかのことを確かめた後、謁見の間に臨んだのだった。

その時はまだ足取りがおぼつかなかったのでジークが謁見の間まで付き添ってくれたが、既に歩行に問題ない程度には回復していた。

「しかし」

「だって、客間と貴方の部屋は別方向じゃない。ジークだってここんとこずっと例の罹患者調査で出ずっぱりだったって聞いてるし、さっさと部屋に戻って休んだら？」

「いいから送る」

なぜか不機嫌そうな声でそう言った後、彼は私の前に立って強引に歩き出す。そんな現場を見ていたグレン王子とダレン王子が、無言で『頑張れよ』とエールのウィンクを送ってくれた。

仕方なく私は彼の後ろを歩き始める。

疲れてるんじゃないかと思って心配したのに、なんだってのよ、もう！　それとも何か話でもあるっていうの？

けれど彼は本当に送ってくれただけみたいで、私が使っている客間の前までくると「じゃあ」と言ってあっけなく立ち去ろうとする。

「ちょっと待って！」

思わず引き留めてから、続きを考えてなかったことに気付いた。

「なんだ？」

彼は立ち止まって私を見つめる。用があるならさっさと言え、そんな風に。えーと、その……お茶でも飲んでく？　いや、これ絶対断られるやつ！

「き、訊きたいことがあるから！　その、部屋にちょっと寄って」

最後の方は声が小さくなってしまったかもしれない。

訊きたいことなんてない。このまま離れるのが嫌だっただけだ。顔を見ればイラっとするのに、なんなのこれはもう！

「分かった」

何か大切な話だと思ったのだろう。彼は素直に部屋に入ってくる。

扉を閉めて、私は必死で考えた。う～～～、何か訊きたいことなかったっけ？

「オディール?」

黙り込んでいる私を不審に思ったのか、ジークが覗き込んでくる。

だからそうやって不用意に近付いてこないでよー！　か、顔が、熱くなるじゃないのっ！

「その、夢かもしれないんだけど！」

「ん?」

「貴方の声を聞いた気がしたの」

なんか彼の顔がうまく見られなくて、私は床に向かってぼそぼそ喋っていた。

「私の声を?」

「そう。あの……『許さない』って――」

ジークが黙り込む。

「怖い声で、私を許さないって。そう言ってた。あれはどういう意味?」

気のせいだよ。そう言ってほしかった。昏睡してたから、変な夢を見たんだろうって、そう言ってほしかっただけなのだ。

けれど彼はそう言わなかった。

「聞こえていたのか……」

「じゃあ、本当にそう言ってたの?」

「……ああ」

「どうして?　どんな意味で?」

私はどんな許されないことを貴方にしたっていうの？

「前後は覚えていないのか？」

「よく……聞こえなかったから」

私の声に、彼は俯いて大きくため息を吐いた。

な、何よ！　しょうがないでしょ！　殆ど意識がなかったんだから！

「あの後――イワンの家を出た後、君は急に倒れたんだ。何度名前を呼んでもその目は開かず、息も浅くなって体が冷え始めた。私は慌てて君を城に連れ帰り、バーナバス兄上を呼んだ。彼は医術の知識があるからね。しかし彼も原因は分からないと言った。恐らく君も罹患したのではないかと」

そ、そうだったんだ。全然覚えていないけど。

「私は……ベッドの中で微動だにしない君を見て、もしかしたら死ぬのかもしれない、そう思った。それくらい、君の肌は他の罹患者たちよりもひどく土気色になっていた」

……そうかもなー。私の中で結構しつこく暴れてたもの、アレ。

ジークの声は淡々としていたが、どこか苦しげにも聞こえる。気のせい？

「だから――」

ジークの焦げ茶色の瞳が、真っすぐ私を射抜く。

な、何よ！

「誰もいない深夜、君の枕元でこう言った。『君が勝手に死ぬのは許さない』ってね」

「……！」

その時、心の中で何かがぐらりと揺れて、頭に血が上る。気付けば彼の腕を取っていた。

「オディール？」

そのまま彼をベッドの前まで引っ張り、思いっきりベッドに向かって突き飛ばす。

「オディール、何を——!?」

倒れ込んだ彼の、体の上に無理やり覆い被さった。

「何を、ですって？　見て分からない？　貴方を襲ってるのよ！」

「どうしてそうなるんだ！」

「知らないわよ！　だってそういう気分なんだもの！」

「生憎だが私はそういう気分じゃ——」

「貴方の気持ちなんてどうだっていいんだってばっ！」

そう叫んで無理やり口付ける。彼の唇。彼の頬。彼の目蓋。あちこちに口付けを落とし、手の平を滑らせる。

「貴方の気持ちなんて知らない。知りたくもない。でも——」

もう一度彼の唇に激しく口付けて、私は言った。

「ただ、どうしようもなく貴方が欲しいの」

魂が震えた。死ぬのを許さないなんて——。

分かってる。魔女の疑いをかけられたエリザの為。呪いをかけられて自由を奪われたオデットを助ける為。その為には私が必要。それだけなのよね。分かってるけど。

嬉しかった。

私の命を惜しんでくれる。そのことが無性に嬉しくて——。

「泣きそうな顔で、そんなことを言われてもな……」

泣きそうな顔？　そんな顔になってるの？

ジークは本当に困っているみたい。

でもいいじゃない。もう二回もしちゃったんだし、今更好きな女じゃなくたって抱けるでしょ？

それとも……やっぱり絶世の美女とは言えない素顔の私では嫌？

そんな不安が、泣きそうな顔になってしまったのかもしれない。悔しい。

「言ったでしょ？　貴方が嫌がったって、やろうと思えば魔力で無理や——」

できるんだから、と言いかけて言葉が止まった。

不意に彼の両手が私に向かって伸ばされ、頬を包み込んで引き寄せられたのだ。

気付いた時には唇が塞がっていた。そう気付いた途端、骨が溶けそうになる。

何度か強く吸われ、唇を軽く噛まれる。思わず唇を開きかけると、彼の舌がすかさず侵入してきた。歯列や口蓋を舐められ、私の舌に強く絡んでくる。獲物を見つけた蛇のような動きだった。

「ん、ん……んっ、……はぁ」

逃げようにも、顔をしっかり捕まえられていてとても無理。そもそも気持ち良過ぎて逃げられない。気が付けば、私の舌は彼の動きに応えていた。ぬちゅぬちゅと濡れた粘膜が擦れ合う音が響く。

息もできないような激しいキスが何度か続いた後、掠れたジークの声が低く囁いた。

「君は三日も意識がなかったんだぞ……？」

背中がゾクゾクと鳴った。

怒ったような声が嬉しくて、私はどんどん幸せな気分になってしまう。

「ちゃんと死ななかったわ。そして――」

私を目覚めさせたのは貴方の声だった。

「今は、貴方に飢えてるの」

少し、語尾が震えてしまったかもしれない。だって欲しいんだもの。どうしても欲しくてたまらないんだもの。

彼の首に巻き付けた腕に、力を籠める。お願い、このまま離さないで。

「……ひどい誘惑の仕方だ」

彼は諦めたように笑って、私を自分の下に組み敷いたのだった。

◇

荒々しくも甘いキスを繰り返しながら、彼の手が私のドレスを脱がしていく。

ずっと伏せっていたからコルセットは着けていなかった。

剝き出しになった乳房が両手で覆われ、強く弱く揉みしだかれる。手の平に当たっている先端が、怖いくらいに鋭敏になって尖っていた。温かくて大きな手が気持ちいい。

「……や、んん…っ、…ふ、やぁん……っ」

鼻にかかった喘ぎ声は、いつもの声より高く響いて、自分のものじゃないみたいだ。

私は両手を頭の上に上げて枕に乗せ、彼にされるがままになっていた。

やがて絞り込むように揉まれた乳房の、左の紅い先端を彼の唇が強く吸う。

「やぁああ……んっ！」

強い刺激に、それだけでお腹の奥がぎゅっと締め付けられる感覚に襲われた。

もっとして欲しくて、彼の頭を掻き抱く。彼の口中に含まれた紅い実は、その硬さを確かめるように舌先でつんつんと突かれたかと思うと、そのまま舌を巻きつけられる。

その一方で、右の胸の先端も、彼の指先に摘まれたり押し潰されたりしていた。

「……ふ、……ダメ、や、そんなの……っ」

再び彼の手の平が大きく乳房を揉みしだく。彼の舌が首筋を這い、耳朶を甘噛みされた。

思わず自分の指を噛んでしまう。

気持ち良過ぎる。良過ぎておかしくなりそう。

たった二回の交わりで、私は彼の体を覚えてしまった。彼の肌、手の動き、唇の滑らかさ、汗ばんだ肌の臭い、彼の形。

そのすべてがいとおしくて、欲しくて堪らなくなる。

彼もそうならいいのに。私が欲しくて堪らなければいいのに。

ひとしきり大きな手と唇が体中を愛撫した後、私の上にまたがったまま、彼は着ていたものを脱ぎ捨てる。

細身だが均整の取れた、固く引き締まった体軀が目の前に晒され、恥ずかしさと期待に胸が震えた。

無意識に太腿を擦りあわせてしまう。

素肌で抱き締められ、その感触を味わいたくて、私も彼の背中に回した手にぎゅっと力を籠めた。

再び彼の唇は私の肌を這い始め、首筋から胸、お腹へと落ちていった。掌の熱い感触が、汗ばんだ私の肌に吸い付くように馴染んでいく。やがて彼の腕が私の足を開き、太腿を抱いて内側を愛撫し出す。

やだ、くすぐったい。恥ずかしい。思わず固く目を瞑ってしまう。そうすることで、一層彼の指が奥へと向かっていることが分かる。

もうすぐ辿り着くそこには、はしたない蜜を溢れさせている泉がある筈だ。期待と恥ずかしさで、更にお腹の奥がきゅうきゅうと締め付けられた。

私の中にある洞《うろ》が、彼を求めて喘いでいるのだ。

やがて、ぬかるんだ蜜口に彼の指が差し込まれる。

ちゅぷ。ちゅぷちゅぷ。

いやらしい水音を立てて、彼の長い指が私の蜜を掬い取る。

「あ……」

「すごいな……」

それは本当に素直な感嘆の声で、だからこそ私は恥ずかしさでいっぱいになった。

「ごめんなさい――っ」

「何が？」

「だ、だって……！」

思わず謝ってしまった私に、彼が苦笑を漏らす。そ、そうよね。謝る必要なんかない。分かってるけど……！

「君のそういうところが――」

へ？　なに？

けれど彼は続きを言わずそのまま蜜が溢れる場所へと口付けたのだった。

「や、や……ぁ、ぁん！　あ、ダメ、いやぁ……っ！！！」

固く尖らせた舌先に柔らかい襞を舐られ、私は意識が飛びそうになる。やだ、こんなのおかしくなっちゃう。

けれど抗おうと暴れる私の体を押さえつけ、彼の舌は容赦なく花弁の中に隠れていた淫粒を見つけ出すと、じゅっと強く吸い上げた。

「ひゃ、……っ!!」

大きく腰が浮き上がる。

抱えられた太腿の先、足の甲を強く逸らせて私の意識は飛んだ。

無意識に体がぴくぴく震えてしまう。くらくらと酩酊感に堕ちていく。

私の体が弛緩するのを待って、とめどなく愛液を溢れさせる蜜口に、彼の切っ先があてがわれた。

「あ――、」

少し怯えた声になった私に、彼は優しく微笑むと、自らの腰を強く突き出した。

「ああああああっ！」

入り込んできた圧倒的な肉塊の圧迫に、私は我を忘れて叫んでしまう。

そんな私に呼応するように、彼は腰を大きく動かし始めた。

「や、や、はぁ、あんっ、あ、あぁ、やあ……っ！」

ずぶずぶと内壁を擦る熱が私を溶かし、意識を溶解させる。もう何を叫んでいるのかも分かっていなかった。

ただ、ジークと繋がっている快楽だけが強く激しく私を支配する。

「ジーク、ジ、クぅ……っ、やだ、おかしくなっちゃう……っ、あ、あぁああ……っ」

泣きそうな声で彼の名だけを呼ぶ。

その度に彼の猛りは私の一番奥を突き、意識が途絶えそうになるのを必死で堪えた。

離さないで。このまま繋がっていて。私の中で、私の一部になって。

本能的な欲望下で、私は必死に彼にしがみつく。

獰猛な獣のように何度も最奥を突かれ、やがて絶頂を迎えた彼が吐き出した熱い精液で満たされた。そんな彼自身を強く締め付けて、めくるめく快感の渦に沈み込む。

壊れてしまいそうなほど息は乱れているのに、体中が悦びで満たされる。

閉じた瞳から幾筋もの涙が流れ落ちていた。

ごめんね。

ごめんなさい。ごめんなさい。

心の中でそっと呟く。

やっぱり私……

どうしようもなく貴方のことが好きなんだ――。

◇

ちょうど新月だから闇は深く、密談にはもってこいの夜だった。

細い蠟燭の明かりに、人影が二つ。

その一つが、押し殺した声で呟く。

「ならば、やはり貴女は知っていたんだな。あの奇病の本当の正体を――」

十章　兄妹の行方

ゆらゆらと、身体が揺れている。眠たくなるほどゆっくりと。

木漏れ日が頬をくすぐっている。

これは——昔の記憶？

揺り椅子に腰かけた母が、赤子の私を抱いて寝かしつけている。

『いい子ね、オディール』

優しい、歌うような声。けれどあの頃の私は本当は怖くて仕方なかった。世界が不意に変貌を遂げそうで。私を抱く母の体が——、何もかもが急になくなってしまいそうな不安で。

私の頬を撫でる優しい手。

これは母のものじゃない。温かくて大きい——ジークフリート？

絶望にも似た幸福感が私の胸を締め付ける。

もう離さないでね。一度と離さないでね。

彼が側にいる。それだけで幸せで、幸せで——もう何があっても怖くなかった。

◇

王子たちが効率よく三々五々に別れて慰問と称した調査に出かけている間（こういう時兄弟が多いと便利よね）、私はまたエリザに招かれていた。今日は侍女のウルリケも同室している。エリザの体調を気遣っているのだろう。

私が三日間倒れていたことは、彼女には知らせていなかった。只でさえ不安定な彼女を、無用に刺激する必要はない。

「ごめんなさい、オディール。貴女も本当はお兄様たちと一緒に行きたかったのでは？」

「別に。元々肉体労働には向いてない方だから気にしないで」

満更気休めでもない気持ちを込めて、ウインクしながらそう言った。

実際、たかだか十数年とは言え、ロッドバルト城から殆ど出ることなく生きてきたのだ。体力仕事なんて向いている筈がない。ましてや魔族にとって奉仕精神なんてどこの異世界の話？　って感じだった。

ハンナのところへ行ったのは、ジークに放置されているのがムカついたのと、あくまで奇病の正体を探る為。決して彼女の境遇に同情したわけではない。

いきなりこんな風に他国に来たり奇病騒ぎに巻き込まれてる方が、私にとっては前代未聞の事態なのだ。

その割には——不思議と元気なんだけど。まあ、思ったよりは？

彼と、いるからだろうか。

昨夜の情交を思い出し、思わず赤面しそうになるのを堪える。

そもそも、あの森でジークフリートと出会ったこと自体が異常事態だった。

出会った途端に何かが狂い、おかしくなり、あんな風に髪を撫でられたり、優しく口づけられたりする度に私は――。

ダメ――――！　クールダウンしなきゃ！　脳が沸騰して耳から蒸気が噴き出しそう。

口元が緩むのを誤魔化そうと、私は目の前に置かれたティーカップを持ち上げて口付けた。

――今日はレモングラス？

爽やかな香りが口中いっぱいに広がる。

ようやく少し落ち着けた。

「そう言う貴女が行きたかったのでは？　エリザ」

元々罹患者の慰問に率先して行っていたのは彼女だと聞いている。いかにも心優しいお姫様らしい話だ。

私の問いに、エリザは困ったように笑った。

「難しいでしょうね。行きたいのはやまやまだけど、またハンナの家の時みたいに何かあったらと、兄様たちが心配しているから」

「へ？　貴女が襲われたのって……ハンナの家でだったの？」

「ええ。慰問で彼女の家にパンを届けに行っていたの。一人では危ないからといってエルバート兄様や衛兵と一緒にね。でも兄様の馬に興味を持った子供を外であやしている間に、イワンが……」

私は驚いてぽかんと口を開けてしまった。てっきり城に居る時に襲われたのかと思っていたのだ。ジークの部屋に石が投げ込まれた時のように。

でも考えてみれば当たり前か。彼がこの城に入れる筈がない。

もっとも彼の家で襲われたにせよ、どちらにしろ相手があの小男《イワン》では油断しきっていた筈だ。彼はそんな大それたことをするタイプには見えない。

「それは……怖かったでしょう」

聞けば彼はナイフを持って彼女に襲い掛かったという。幸い狙いが定まっていなかったらしく、彼女は腕を切りつけられるだけで済んだが、場所が悪ければ致命傷になる可能性だってあったのだ。最初の一撃を無事に躱《かわ》せたのは、幸運と言うしかない。

「怖くなかったと言えば嘘になるけれど……、それ以上に、妻に病まれて追い詰められた彼が気の毒で」

「あ、そう」

何それ、お人好し過ぎない？　自分の怪我より他人の家庭事情？

そう思うのは私が魔族だからだろうか。

聖女然とした彼女の言葉は、私の気持ちをざらつかせる。

もっとも彼女としてはその心は偽りなく本心なのだろう。

——とは言え。

何かが頭の隅で引っかかる。エリザの態度への違和感だけじゃない。それは——。

その何かを追いかけようとした矢先、エリザの部屋を守る衛兵が扉をノックしてから顔を出し、侍女の耳元に何事かを囁く。彼女は無言で頷いた。

「申し訳ございません。あの、オディール様――。国王陛下がお呼びでございます」

「オズワルド兄様が？」

私より先にエリザが反応して振り返る。

「ええ。少しお話があるとかで」

エリザは少し戸惑い気味にどうする？　という顔で私を見た。

「分かりました。ご多忙な陛下のお呼びとあれば、参上しないわけにいきませんわね。エリザ、残念ですが今日はこれで……」

「ええ……」

名残惜しそうな顔をしながら、エリザは引き留めなかった。

彼女はこの部屋から出られない。彼女自身がどう言い繕おうと、勝手にこの部屋から出ることは許されていない。ひとけのない早朝の礼拝がせいぜいだろう。

「また伺いますわね。何かご所望のものがあれば遠慮なく仰って」

「いえ、何もありませんわ」

聞き分けの良い子供のような声が答える。いかにもそうすれば大人に褒められることを知っているかのように。

残念ね。前回話してくれたみたいな、大人に黙ってこっそり遊びに行く貴女の方が好きだったんだけど。

まあ、今の立場じゃしょうがないかしら。

私は立ち上がって一礼すると、するりとドレスの裾をさばいて彼女の部屋を後にした。

◇

「エリザと会っていたそうだな」

「ええ。いつも一人ではお心も塞ぐばかりでしょうし」

やっぱり彼女に会いに行ったのは正解だったわね。

謁見室でのやりとりの際、彼は私がすべてを話していないことに気付いていたらしい。それがエリザに関してであることも。

王の執務室には、いつも側にいる宰相役のディルク王子さえいなかった。彼も尋問調査に加わっているのかしら。人数が多いほど効率はいいだろうし。

続きの間には人の気配があるから何かあれば踏み込んでくるんだろうけど、それでも王様と二人っきりなんてシチュエーションもそうそう望めそうにないから、私にとっては好都合だ。他の王子たちに、邪魔はされたくなかった。

樫の木でできた立派な執務机を挟んで、私たちは向かい合って座っている。

「それだけではあるまい？」

「と、仰いますと？」

わざと空《そら》っとぼけて見せると、彼の私を見る目付きが峻厳なものになる。

なるほど、長兄で王というのは伊達じゃないのね。並々ならぬ威厳を感じさせる、鋭い眼光を、私は平然と受け止めて見せた。

「――君のような若い女性に効かないとはな」

風格のある笑みが私を刺す。ジークの声が艶のあるテノールなら、王の声は深みのあるバリトンだった。

「何がですか？」

「いや、若輩ながら威圧感はそれなりに鍛えたつもりなんだが」

そうでしょうね。大抵の人間があんな風に睨まれたら蛇に睨まれたカエルも同然、萎縮して何も言えなくなるだろう。ましてや普通の若い娘があんな目で見られたら、泣き出すか失神してもおかしくない。

「あー……、陛下の貫禄は大変すばらしいと思います。ただ畏れながら、私に関してのみ申し上げれば、威圧感の塊が身近にいたもので」

生憎、魔族全体を戦《おのの》かせる魔王の娘なのよね、こっちは。あんなバカ父でも、怒らせたらその怖さは半端じゃない。

もっともオズワルド陛下もこの若き男性にしては充分凄味があったけど。白鳥時代の労苦が彼の威厳を磨き上げたのだろうか。

「君は一体誰なんだ？」

魔王に及ばずとも遠からぬ威圧感で、王が私に訊いた。

うん、そろそろ訊かれる頃かとは思ってた。

でも簡単に答えるわけにはいかない。

「その前に、陛下にはいくつかお尋ねしたいことがありますの」

「質問に質問で答えるのは無粋だな」

「申し訳ありません。けれど隠されていた秘密は、命によって贖《あがな》われることもございましょう？ 私も自分の命を惜しむ権利くらいはあるかと」

控えの間で剣を携えてるのは、潜んでいる気配からしてダレン王子とグレン王子だろうか。陽気で人懐こく見えても、王命が下れば彼らは私を殺すことに躊躇いはしないだろう。

彼らの間にあるのが麗しい兄弟愛なのか、厚い忠誠心なのかは知らない。

「……良かろう。そなたが先に申せ」

「陛下のご厚情に感謝いたしますわ」

いかにも無邪気な笑顔で、謝意を述べる。

「で？ 尋ねたいこととは？」

私は居住まいを正して真っすぐ王の目を見る。互いの視線がぶつかり合ってバチバチと火花が散った。喧嘩上等。お父様に群がる魔族どもに、ハッタリかますのは慣れてるんだから。

私は余裕の笑みを浮かべて、いきなり核心に迫る。

「エリザ様が――『毒』の根源だと、いつから気付いていらっしゃいました？」

王の眼光が、更に研ぎ澄まされた針のように鋭くなっていた。

◇

窓際に立ってそこからの風景を見るともなく見ている、彼女の顔色は良くなかった。

「エリザ様、ご気分がすぐれないのでは？」

思わず心配が口を突いて出る。彼女の体調はずっと不安定なままだ。

「お願い。貴女が侍女として側にいてくれるようになったのは本当に嬉しいの。でも二人きりの時は様をつけないで」

振り返って悲し気に笑う彼女に、私は小さく溜め息を吐いた。

「そうだったわね。ごめんなさい」

彼女が纏う靄がますます濃くなっていく。昔、彼女が纏っていたのはもっと明るい色の光《オーラ》だったのに。

「でも少し休んだ方がいいわ。何か気分が良くなる香油を炊きましょうか。ゼラニウムとローズウッド、どちらがいい？」

「ありがとう。貴女に任せるわ、ウルリケ《義母さん》」

靄が濃くなるのと反比例して、エリザの自我は薄くなっていく。

あの魔女がエリザを私の嫁ぎ先である農家に連れてきた時、彼女はまだ十三歳だったが、それでも女性として人を魅了する美しさは充分に備えていた。だからこそ、魔女はエリザが邪魔になったのだ。

このままでは無害な美少女ではなく、男を誘う淫婦として王や王子たちの心を惹きつけ、やがては魔女の地位を危うくしかねない。

当人にその意思があろうがなかろうが、だ。

どれだけ長い時間を共に過ごしても、気まぐれな魔女は子供を捨てることを躊躇わない。

私のところに連れてきたのは、野に放つよりもうまく処せると思ったからだろう。昔、やはり同じように魔女に育てられた娘である私ならば。

私はエリザを哀れに思い、可愛がった。

彼女も自分が落とされた境遇を恨まず、素直に私の言うことを聞き、一生懸命働いてくれた。

しかし白鳥にされてしまった兄たちへの心配はどうすることもできなかった。

必死に呪いを解く方法を探そうとする彼女の、就寝中にヒントを与えたのは私だ。

いかにも夢の中でのお告げに聞こえるように、眠る彼女の耳元に囁く。

『イラクサで、帷子を編むのよ――』

そして彼女は命がけでその解呪を為した。

でも、今になってふと思ってしまう。

私があの解呪方法を教えなければ。王子たちが白鳥のままで、エリザもちょっと綺麗なだけの農家の娘で終わることができれば。

こんな風に、彼女を絶望の淵に立たせずに済んだのかもしれない、と。

◇

「我々が最初に気付いたのは、あの子がイワンに襲われた時だ。それまでも疑念はあったが確証はなかった」

思いがけずあっさりと王は事実を打ち明けてくれた。

そうか。それで彼女を閉じ込めなければならなかったんだ。少しでも国民に影響が出ないよう、結界まで張って。

「で、君は？」

「エリザ様にお会いした時からです。彼女から薄い靄のようなものが流れていたのがはっきりと見えましたから」

「最初から分かっていたのに知らないふりをしたと？」

「エリザ様には自覚ないようにお見受けしました。ですから、事実だけを述べても事の解決には至らないかと」

寧ろそうと知っていながら王宮自体が事実を隠匿しているとなれば、秘密を知った私が消される可能性はゼロとは言えない。

流れ出る薄い靄。国中を覆うほど蔓延《はびこ》る絶望。

「エリザ姫が魔女であった先代王妃の、実の娘ではないことも？」

「それは最近になってからだがね」

でも、やはり知っていたのね。

「このことはジーク以外の王子全員がご存知なのですか？」

「いや。ディルク、エッカルト、バーナバス。あとはグレンとダレンだけだ」

上から半分ってこと？　でも第四王子のエルバート殿下が入っていない。

私の疑問に気付いたらしい。オズワルド陛下は苦笑を漏らす。

「エルバートは直情的な性格だからな。勇猛果敢さにおいては兄弟の誰も及ばぬが……隠し事には向かん」

納得。確かに、彼はいつもその感情が素直に表に出ていた。適材適所はあるわよね。

「我々には情報が必要だった。エリザ自身のことと、魔力に関する知識と。そんな時にジークフリートが君を連れて現れた。君は――起爆剤《カンフル》としてはうってつけだったよ」

褒められたのかしら？　それとも皮肉？

「ジークフリートの帰郷と君の同行が、エリザの無自覚な本心を刺激してあの子に変化を与えた」

それは事実だろう。少なくともジークフリートとエリザは深く影響し合っている部分がある。

王は、苦渋を滲ませる目で言った。

「もう気付いているのだろう？　あの子は……死にたがっている」

そう言った時のオズワルド陛下の瞳は、昏い闇に沈んでいる。

「お気をつけて。あの毒に侵されましてよ？」

私が忠告すると、彼は喉の奥を鳴らして笑った。

「全く厄介なものだな。他者の絶望を増幅させる毒とは」

確かにその通りだろう。誰にでも多かれ少なかれ、抱えている闇はある。けれど何とかそれをと闘い、飼い慣らし、あるいは見ないふりをして生きているのだ。外的要因で絶望だけが増幅するなんて、たまったものじゃない。

「彼女を――、助けたいと？」

「愚問だろう」

間髪入れず、彼は答える。その声には静かだが明らかな怒りがあった。

有能で非情な王なら、エリザを始末すればすべて解決する。でもそうしない。

何故？

――ああ、そうか。違う。できないんだ。

もしかして、この人――。

「もしや、エリザ姫のお腹の子の父親は、オズワルド陛下、貴方ですか？」

貧血で倒れた時に腹部に当てられていた両手。飲み物はいつも、カフェインを含む紅茶ではなくむくみ防止や鎮静効果のあるハーブティ。

あの部屋で守られていたのは彼女自身だけじゃない。彼女のお腹の中にある命だった。

けれど数年もの間城にいなかったジークは、子供の父親にはなり得ない。

つい口走った途端、続きの間から双子王子の殺気が迸る。

あいたー、やっちゃった。

もうちょっと知らないふりをしているつもりだったのに！

「君は察しが良すぎるよ、オディール」

うひゃー、凄味の増した笑顔がめちゃくちゃ怖い。

……でも。

いつも泰然自若とした王の、ようやく素顔に触れた気がした。

正しい判断だけを下せない、愛情という自我に縛られた人間の王。

「そろそろ良いだろう？　君の質問には相当答えた筈だ。――君は、一体誰なんだ？」

「聞いても後悔なさいません？」

「どうかな。できればお手柔らかに願いたいが」

不意に、彼を驚かせたくなる。本当に、後先考えない臍曲がりの悪い癖。

「陛下のご見識に届いているかどうかは存じませんが――北の湖水地方に住まう魔族の王、ロッドバルトが娘、オディールと申します」

私は背筋を伸ばして彼を見据える。

一応、お父様の名前を知っていたらしい。オズワルド王は愕然とした表情になる。しかし一瞬でその表情を消し去った。やっぱり並の器じゃない。

「魔王の娘とはな。あの末っ子もとんでもないものを引っかけてきたものだ」

「うっかり呪いのかかった騎士に引っかかるなんて、魔王の娘でありながら、私もお恥ずかしい限りですわ」

上品に微笑して見せたけど、心からの本音だった。お父様の願いを無視し、彼と出会わずに済めば、今でもあのロッドバルト城の自分の部屋で、ベッドに寝そべりながら好きな耽美小説でも読んでいられたのに。

ううん、本心だけど、それだけでもない。彼に出会わなかったら――そんな現実、考えたくもなかった。

そんな自分に自虐の笑みが漏れる。

結局どっちが私にとって幸福だったんだろう？

「ダレンとグレンが言うには、君が何者であれ、ジークフリートに向ける愛情は本物だと」

「お二人が私を買い被っている可能性は？　魔族が人を誑かすのなんて、簡単だとは思わないのですか？」

「あれでも人を見る目は確かな奴らでね」

今までの功績に裏打ちされているのか、王の言葉は揺るぎない。

「陛下は多才な兄弟に恵まれていらっしゃるんですね」

「それは否定しない」

それぞれ優秀な人材である王族兄弟なんて、後継者争いの火種その持って感じなのに、彼らは本当に仲がいい。それはこの長兄が、弟たちから全幅の信頼を得ているからだろう。

そして、末の妹は——？

「君が本当に魔王の娘であると言うなら——その君を見込んで頼みがある」

彼の淡々とした言葉の奥に、昏く燃え盛る炎が見える。

続きの間から、剣の柄に手をかけたままの双子王子が入ってきた。目が笑っていないけど抜いてないだけマシ？

移動呪文を唱えるのと、彼らが踏み込んで私に切りつけるのと、どっちが早いだろう。

「……お聞きするのが怖い気がしますわね」

私の返事に、彼は魔王にも劣らぬ悪辣な笑みを浮かべて、とんでもないことを告げたのだった。

「ジークフリートの為に、死んでくれないか？」

貼り付けてあった外面用笑顔が、一瞬固まる。

……冗談でしょ？

最近思うんだけど、魔族より人間の方がやばくない？

◇

「エリザを公開処刑!?　なぜそんなことに！」

「落ち着け、ジークフリート！」

王子たちが再集合した締め切りの謁見室の中で、いきり立つジークフリートを抑え込んでいるのはエルバート王子とユーゼフ王子だった。彼らの顔も険しい。

完全に激昂しているジークを、オズワルド王は冷静な目で眺め、淡々とした声で説明する。

「そこにいる——お前が連れてきたオディール嬢が、この奇病の源はエリザだと断定した」

「そんなバカな！」

私を振り返り、信じられないものを見る目で見つめた。

「残念だけど、本当よ」

壁に凭れ、腕を組んだ姿勢で私は言った。

嘘じゃない。すべての絶望の靄は、彼女から流れ出ている。

「しかし——！」

「エリザが元凶だと証言したのはオディールだけではない。エリザの侍女、ウルリケもだ」

これは私もさっき王の口から聞いたばかりだったが、その内容を知ることで、細部の諸々が納得できるようになった。

エリザの侍女、ウルリケは、エリザが養女に出されていた農家の妻であり、彼女自身、過去、同じ魔女に拾われた経験の持ち主だったのだ。

王に呼び出され、すべてを諦めた顔でウルリケは己の知るところを語った。

『——魔女に拾われた子供は、長じて薬師や魔術師になる者が多いのですが、それははじめから魔力の素地がある者を選んでいるからです。私もそうでした。人の心や自然の流れを読むのに長け、魔力に親和しやすい子供だった。けれど大抵の人間は長じるにつれその能力を失っていきます。私に能力が無くなったと知った魔女は、私を人間の世界に戻しました。捨て直した、と言ってもいいかもしれません。けれど大人にはなっていましたし、幸い薬師としての知識もあったので、最初はそれで細々と生計を立て、やがて農夫である夫と出会って結婚しました。

一方魔女の方は、今度はエリザを見つけて拾ったんです。つまり、エリザにも普通の人間にはない能力がありました。そしてそれは、滅多に見ない類のものでした』

ウルリケは悲し気な顔になる。

『あの子の能力は……自分の感情を周囲の人間に伝播させるものだったんです』

確かにそれは、一見目立たないが、危険な能力だった。

エリザが嬉しければ嬉しい気持ちが、悲しければ悲しい気持ちが周囲にも伝わってしまう。もちろん伝染されたものはそうと気付かず、ただ妙に陽気になったり、怒りっぽくなったりするだろう。それが自分の中から生まれた感情だと信じて。

それは本人にとっては、呪わしい能力だった。

例えば彼女が誰かを好きになった時、相手の側にいればそれは感染してしまう。つまり、当然のように彼女を好きになってしまう。

即ち、意中の者が彼女を好きになってくれたとしても、それが本心からなのか、それとも彼女の感情が伝播しただけなのか、誰に判断できるだろう？

疑い始めればきりがなかった。誰の好意も信じることができない。

そして彼女は周囲に愛されれば愛されるほど、孤独に追い詰められていく。

実際エリザと共にいて彼女を可愛がっていた王子たちは、皆一様に複雑な面持ちになっていた。妹として彼女を愛したことが、自分の意志であると言い切れないことへの憤りが見て取れる。幸福な子供時代の記憶に罅《ひび》を入れられたのだから当然の反応だろう。

「しかしあの子を拾った魔女こそその能力に気付いていただろうが、幼い頃のエリザにその自覚はなかった。——お前が一緒にいたからだよ、ジークフリート」

王の唇が皮肉気に歪む。

ジークは答えない。

「我らに白鳥の呪いがかかっている時は、私たちを助けようと必死だったから絶望に囚われる暇はなかった。しかし呪いを解き終え、お前が国からいなくなってから、あの子は少しずつ自分の異常な能力に気付き始めたのだ」

よく言えば鷹揚で大らか、裏を返せば頑固でマイペースなジークフリートは、干渉を受けにくいタイプでもあった。だからこそ二人は仲が良くていられたし、エリザは自分に違和感を抱かずにいられた、ということらしい。

もっともエリザの能力自体、元々誰にも気づかれなかったということは、実はそんなに強くなかったのだろう。それが呪いを解くために集中した結果、一種の修行を行ったように一気に高まってしまったということか。

なんにせよ、ジークフリートの呪いは一部残ってしまった。そして彼は旅立つ。自分を助けてくれた妹に、負い目を感じさせずに済むように。

それがエリザの絶望を引き起こすことになるとも知らずに。

「エリザが私の部屋にやってきたのは数ヶ月前のことだ。普通の状態ではないとすぐに気付いた。目が虚ろで、幽鬼のように影が薄かった。狂気に彩られた顔で、あの子は私にこう言ったんだ。『お願い、助けて――。兄様、私を壊して』」

私の眼裏に、その時の様子が浮かぶ。彼女の発した濃密な靄は、縋る場所を求めてオズワルド王の体に大きく絡みついたに違いない。想像もつかないほどの荒々しさと激しさで。

それに、抗いきれなかったことを責めるのは酷かもしれない。彼女に対する何らかの思いがあれば、尚。

「今、エリザは私の子を身籠っている筈だ。ウルリケがその変調を確認した。吐き気が続き、月の触りが途絶えているそうだ」

ジークフリートの体から力が抜け、彼はがっくりと項垂れる。

彼を抑えていたエルバート王子とユーゼフ王子が、痛ましげな目でジークを見ながら、押さえつけていた腕を離した。

ジークフリートは皮肉気に唇を歪めると、自分の左腕を右手でさすりながら、絞り出すような声を出す。

「当然、でしょうね。エリザは――ずっとオズワルド兄上のことが好きだったんです。いつも胸の奥に秘めていましたが、どこか恐れを抱きながら、深く焦がれていた。不安が募る日々の中で、抑えきれない思いが溢れてもおかしくはない」

この部屋にいる全員の、重苦しい沈黙がのしかかる。

やがて沈黙を破ったのは王の声だった。

「少しは落ち着いたか？　ジークフリート」

オズワルドの声に、ジークは目だけを上げて彼を見た。王の瞳は真正面からその視線を受け止める。

「私を最低な王と罵っても構わん。しかしお前の協力が必要だ。付き合ってくれ」

ジークフリートの眼差しが揺れる。

「兄上の——そんな言葉を初めて聞きました。貴方は白鳥の呪いを受けていた時でさえ、いつも冷静で、私たちを常に正しく導いてくれていた」

彼の胸に去来したのは、白鳥になってさまよっていた日々？　それともその前のエリザとの無邪気な子供時代？

「がっかりしたか？」

オズワルドは寧ろ愉快そうな声で弟に尋ねる。彼には彼なりの、王として、兄としての複雑に蓄積した思いがあるのかもしれない。

そんな王の姿が、逆にジークフリートに冷静さを取り戻させたらしい。

「——いえ。取り乱して申し訳ありません。私は王の騎士。陛下を信じます」

ジークフリートの目から迷いが消えていた。それ以上に、強い光が宿っている。

何があってもオデットを救う、そう言った時の彼同様に。

——ああ、そうか。

人間は弱い。魔族に比べればちっぽけともいえるほどに弱い。

けれど——。

覚悟を決めることでこんなにも強く美しくなれるのか。

「説明する。概要はこうだ——」

◇

初めて会った時から、彼女は特別だった。

それは弟たちにとっても同様だろう。そこにある感情がどんなものであれ。

十年前に、突然できた私たちの妹。彼女はその時まだたった八歳だったが、その愛くるしい姿や立ち居振る舞いは兄弟全員を魅了していた。

一番末の弟、ジークフリートは十一歳、長兄の私はもう二十一歳になっていた。完全に大人と子供の歳の差だった。

けれど私が彼女に抱く感情が、弟たちのそれと全く異なるものであることは明らかだった。

私は彼女を泣かせたかった。

力任せに傷付けてボロボロにし、その上で私にだけ縋らせて泣かせたかった。

暴力的で歪な感情。

今にして思えばガキ臭い独占欲ではあるのだが、それでも相手が子供だという事実は私を苦しめるのに充分だった。

彼女はまだ完全にいとけなく無邪気な、庇護すべき柔らかい生き物だったというのに。

そんな彼女に、後ろ暗い劣情を覚えることが後ろめたくて、私はいつも弟たちより少し離れて接していたと思う。

弟たちより幾分丁寧に、少し多めの距離を保って。

実際周りからしてみれば私と彼女は歳が離れ過ぎているし、女の子相手なのだからごく当たり前の行動にしか見えなかった筈だ。

彼女と一番仲が良かったのは、歳が最も近いジークフリートだった。

ジークの前でだけ、彼女はいつもと違う表情を見せていたと思う。

仔犬のようにじゃれ合う二人を見て、苦い感情が喉元にこみあげなくもなかったが、それでもジークが私と彼女の緩衝材として存在することは有り難かった。幼い弟妹の前でなら、私は完璧な兄を装っていられたからだ。

それでも子供は成長してしまう。

ジークも彼女も、当然ながら幼いままではいなかった。

長じるに伴い、外見が彼らを男女に分けていく。無邪気な接し方が減った分、ひとつの動作に示される情愛が深くなっていく気がする。

私は彼らを見ているのが辛くなった。

だから。

決して快適な環境だったとは言えないが、白鳥の呪いを受けてエリザと引き離された時には、密かに安堵の思いが横切った。

城から離れられることはようやく彼女から解放されて自由になれたことと同義でもあったのだ。

結局それは、王位を継ぐ長子としてすべてを進んで担ってきた自分が犯した、最初で最後の逃避でしかなかったと、後に痛いほど思い知ることになる。


——何度。

心から愛してると言っても。

本気で壊れるほど彼女を抱いても。

エリザは静かに微笑むだけで、決して私を信じようとはしなかったのだ。

◇

公開処刑計画のあらましを聞いて、すべての打ち合わせが終わったのは深夜過ぎで、私たちはようやく謁見室から私室へと散っていく。

私は、彼の今の精神状態を考えると、一人にしてあげた方がいい気がして客間へと足を向けようとした。

ジークがそんな私の腕を取る。

「今夜は……一緒にいてくれないか」

その言い方があまりに彼らしくなく弱々しかったので、私は黙って頷いた。

ジークの部屋に入ると、彼はそのままベッドの縁へ腰かける。

私はどうしようか少し迷って、結局彼の隣に座った。まるでその格好で眠ってしまったかのように床を見つめたまま、彼は何も言わない。

「ジークフリート？」

名を呼ぶと、ゆっくりと焦げ茶色の瞳が私を見つめる。

「すまない。君には――こんなことに巻き込んでしまって」

「全くだわ。……と言いたいところだけど、今更じゃない？」

「本当だな」

わざと溜め息を混ぜた私の軽い声に、ジークは苦笑を漏らす。

「ひとつだけ、訊いてもいいかしら？」

「私に答えられることなら」

「貴方にしか答えられないことよ。――エリザのことが、好きだったのよね？」

それは確信だった。否定する要素は何もない。

わざわざ確認する必要はないのかもしれない。自分が辛いだけかもしれない。

でも彼の口からちゃんと聞きたかった。

彼は私を見つめ、遠い記憶をたどるように話し出す。

「いつから、という自覚はないんだ。初めはただ、自分より年下の兄妹ができたということだけが嬉しかった。自分の上に十人の兄がいるというのは――楽しいし心強いけど、たまに、……窮屈でね」

彼の口元に苦笑が漏れる。

それはまあ……なくもないのかもしれない。彼らがいくら良い兄たちだったとしてもだ。

試しに自分の上に兄や姉が十人いることを想像してみる。……うん、仲が良かったとしてもちょっとうざいかも。

「こんな言い方をすると不快かもしれないが、エリザは女の子にしては面白い子だったんだ。年下のくせに私の知らないことをたくさん知っていたし、滅多に泣かなかったしね」

ふうん――？

「兄上たちに言えないこともあの子になら言えた。エリザも私に一番懐いてくれた。『ジーク兄様といるのが一番楽』と言ってね。だからあの頃は本当の兄妹や……親友のように仲が良かったんだと思う」

一緒にいて楽な相手。エリザにとってそれはつまり、ジークが彼女の干渉を受けづらいこともあったのだろう。お互いそうと気づくことはなく。

「でも彼女が泣かないんじゃなくて、泣けないんだと途中で気づいた。あの子は、泣くことを封印された子供だったんだ。『私が泣くと皆泣いちゃうから。そうするとパパが怒り出してママがぶたれるから』。森でうたたねしていたあの子が、ぼんやりと呟いたその言葉の意味はずっとよく分からなかった。王である父が母を殴ったことはないし、決して女性に手をあげる人ではなかった。ただ、エリザが泣くのを禁じられていたのは何となく分かったから……」

夢か何かに触発されて、たまたま記憶の底に埋もれたものが浮かび上がってきたのだろうか。エリザ自身は貧しかったから捨てられたのだろうと言っていたけど、本当の理由は彼女の存在が不気味がられたから？

「でも、そうだな。エリザのことを、一人の少女として好きだと気付いたのは、あの子がオズワルド兄上のことだけをずっと怖がっていたからだ。確かに嫡子で既に大人だった兄上は、最年少の私たちより一歩引いた存在だったが、決して居丈高な方ではなかった。そしてエリザは怖がっているくせにいつも兄上ばかり見ていた。だからバーナバス兄上に訊いたんだ。――彼はいつも真面目で、他の兄と違って私をからかわない人だったからね。『怖がりながらもいつも特定の誰かのことを見つめてしまう場合、それはなぜだと思いますか』。彼は言ったよ。『たぶん、それは見つめる相手のことが好きなんだろうね。つまり恋愛感情として』。それを聞いた途端、私は胸が痛くなった。それで――、ああ、そうなのか、と」

「……」

ジークフリートの唇が、小さく苦笑を漏らす。

失恋したことで初恋を自覚しちゃったってこと？　あー……。

「どうしたものかと自分の感情を持て余していた時、白鳥の呪いをかけられて城を出ざるを得なくなった」

「……」

「白鳥になって旅をするのは実はそんなに悪い気分ではなかった。城では得られない自由を満喫できたし、空を飛ぶのは爽快だった。困ったのは餌を求める時くらいだが、それもやがて慣れた。そんな中、オズワルド兄上は誰よりも冷静で、人間でいられる夜の間に私たちに勉強を教えたり剣を練習させたり今後の対策を話し合ったり……、つまりは人間に戻れた時、自分たちが為すべき道を模索しておられた。そんな兄を見て、私はとてもかなわないと思ったんだ。だから、エリザの思いを応援しようと決めた」

それって不幸中の幸いと言えるのかしらね。タイミングが良いんだか悪いんだか。

誰にも知られなかった彼の中の決意。

にしても、――白鳥時代も楽しかったなんて、やっぱり……ううん、かなり変な人。

「まあ、旅の途中でも色々あったしな」

ちょっと待って。双子王子も似たようなことを言ってなかったかしら。

正直その色々《フレーズ》の詳細はあんまり聞きたくない気がする。

「結局私の身にだけ呪いが残り、それならいっそ私が消えた方が、そう思ってまた旅に出たんだ」

それが彼女を更に追い詰めるなんて思いもせず。

「でも今日の件で、私は自分の浅ましさを思い知った。二人が結ばれれば祝福しよう、そう思って帰国したのは嘘じゃない。けれどたぶん、心の底のどこかでこうも思ってたんだ。私の呪いが消えてするまで、あの二人が結ばれることはないだろう、とね」

「……！」

人道を尊ぶ立場の王と、呪いを消しきれなかったことに罪悪感を持つエリザ。確かにあの二人からすれば、互いの思いが通じ合ったとしても、呪いが解けきっていないジークに対する遠慮は生じるだろう。――あくまで二人の精神状態が正常な状況であるならば。

自虐的な笑みを浮かべるジークの、前髪にそっと手を伸ばす。彼の心に触れるように、そっと。

「オディール？」

綺麗な額。清潔な頬のライン。頬を撫でる私の手に、彼の、よく見れば傷だらけの手が重なる。

私の手に頬を寄せて、彼は静かに目を閉じた。

「君は時々――、魔族とは思えないほど優しいな」

「……今まで何度も、貴方のことをバカだバカだと思ってきたけど……なんかそんなバカな貴方も悪くない気がしてきたわ」

ほんの心の片隅で、互いに惹かれ合う二人の恋情より、兄弟である自分への負い目と思慕が勝ると信じてしまっていた愚かな男。

そんな貴方を、愛しいと思ってしまうのは私もバカなのかしら。

でも。

初めて、彼の一番深く柔らかい場所に触れた気がしたのだ。

今までになく凪いだ、厳かな気持ちで囁く。

「貴方が好きよ、ジークフリート」

例え貴方が私のことを好きでなくても。

大好き。

彼は目を開けると私をじっと覗き込む。

その焦げ茶色の瞳に吸い込まれるように、私は彼に近付いた。再び、互いの瞳が閉じられ、同時に唇が重なる。

それは、今まで私たちが交わした中で、一番優しいキスだった。

◇

『国中に蔓延せしめし奇病の正体は、エリザ姫の発したものと断定。よって三日後、姫を大罪人として断罪し、公開処刑を実施する』

国中にそんなお触れが出されたのは、翌日のことである。

十一章 魔女の呪い

「いかにも死に装束って感じね？」

私の揶揄うような声に、エリザはいつもの虚ろな笑みを浮かべた。

窓から射す朝の光が、彼女の青白い頬を縁取っている。

飾り気のない白《アイボリー》の衣装は、病の元凶となった罪人と言うより殉教の乙女と言った方が似つかわしい。

対する私は立て襟にレースをあしらった、黒一色のドレスだった。弔いの装いにも見えるが、どちらかと言えば悪役の魔女っぽい。

「貴女のおかげよ。オディール」

「断罪されて処刑されるのが？　それは本心？」

「ええ、もちろん。貴女がこの国に来てくれたおかげで……私はこの世界から解放されることができる」

「お腹の子供もろとも？」

その時、彼女は初めて哀しみにも似た表情を浮かべ、まだ平らな自分の下腹部に手を当てた。

「だって――この子が私の『力』を引き継いでないとは限らないもの」

そう。そこまでして消し去りたいほど忌まわしい能力なの。

「だったら自ら命を絶てば良かったのに。首を吊っても手首を切っても……毒を飲んだっていい。方法はいくらでもあるでしょう？」

私の容赦のない物言いに、エリザはふんわりと微笑む。

「全部止められたわ。オズワルド兄様には――足元に蹲って懇願までされた。それを振り切って自死する方法を探しても良かったんでしょうけど――、兄様に深い自責の念を負わせるのは嫌だった。たとえあの方が私に抱いている感情がただの同情や……幻想だったとしても……、きっと死ぬまでご自分を責めるでしょうから」

「幻想って、言い切っちゃうのね」

「だって、しょうがないわ。魔女であるお母様が処刑されて――私の能力を封じる者は誰もいなくなってしまった」

「前王妃が貴女の力を封じていたと言うの？」

「はっきりそう言われたことはないけれど、できなくはないことでしょう？」

「……」

確かに。エリザの子供時代、自分の策略の為に彼女の能力を増幅させることも、あるいは。

「でもオディール、貴女がこの国に来て、私の罪を詳《つまび》らかにしてくれたことで、兄様たちも踏ん切りをつけざるを得なくなった。正直ほっとしたわ」

「そう言われてしまうと……貴女の策に乗せられたみたいで不愉快だわね」

「うふふ、ごめんなさい」

無邪気に笑うエリザに、不意に嫌悪感が募る。

――ああ、知ってる。彼女の中にある昏い欲望を、私は昔、確かに知っていた。

群れの中の、異端であるが故の自己破壊衝動。

でも、貴女の思う通りばかりにはさせない。同情もしない。残念ながら私は聖女じゃないから。

「刑の執行まであと一刻ってとこね。じゃあ行きましょうか、聖女様？」

私は皮肉なセリフとともにさも優し気な笑みを浮かべると、まるでダンスにでも誘うように彼女に手を差し出す。

エリザは正気を失ったような顔でふらふらと私に近付いてくると、差し出した手を取り、促されるままに彼女を閉じ込めていた部屋から出た。

望んでいた死へ向かって。

◇

城を囲む湖から北寄りにある処刑場までは、馬車を仕立てられて行った。

エリザの侍女であり、元養母であるウルリケは朝から顔を見せない。

馬車の中にはエリザと私の二人きりだった。

国王と王子たちは先に刑場へと向かっている筈だ。

エリザは押し黙ったまま、身動《みじろ》ぎ一つしなかった。

無意識なのか、両手は下腹部に当てられている。

アンドリューの報告で知った、彼女の腹の中の子供のことを考える。膨らみを見せない彼女の中の命は、まだ虫けらほどの大きさだろうか。

そしてエリザを守ろうと、結界を張ったり、嫌がらせに見せかけて魔除けの石や植物の根を撒いていたウルリケ。

身ごもった義理の娘と子供の為に、ウルリケはいつもハーブティやリラックスできるアロマオイルを用意していたのだろう。

彼女自身は子供を授かることもないまま、夫に先立たれて城に来たのだと聞いた。

そんなウルリケの好意も、エリザにとっては自らの能力が招いたものだと思っているのだろうか？

いっそ誰からも好かれなければ、エリザは安心できたのだろうか。

やがて多くの人々がざわつく気配を抜けて、処刑場に到着した。

私は彼女の手を引いて馬車から降りる。

勝手に人が入れぬよう、衛兵を配置して柵で囲ってある場所から、石段を上がって刑場へと上がった。

処刑場は人の背より少し高い、石を積んで作られた半円形の舞台だった。

天に送る意味の古語が彫られた白い石柱が何本か、半円状の縁にそって立っている。

中央に黒いしみがあるのは、前王妃を火あぶりにした跡だろう。

舞台の上には麗しき十一人の王子が並んで立っていた。

どんなに悲壮な場所でも、美形が揃うとやっぱり壮観ね。そこだけ空気がキラキラしている気がしてしまう。彼らの端、一歩下がったところにいる聖職者の禿頭と合わせて眩しい。

一番端に立ったジークにいたっては、羽の生えた左腕をまるで飾りの一環のように晒している。

その異形の姿は、却って彼を神々しく見せていた。

「エリザ姫をお連れしました」

私は故意に艶然と微笑んで、彼らに一礼する。

背後の広場には、今日の刑の執行を知って集まった群衆が溢れていた。

◇

お触れの効果は絶大だった。

前王妃である魔女の処刑は三年前。

その時にも多くの興奮した民衆が処刑場に集まったと聞く。

それは正義の裁きが為されることへの興味もなくはないだろうが、やはり娯楽の少ない民にとっては見世物的な部分もあるのだ。

やっぱ、人間てやばい。

とはいうものの、今回は前回とはやや趣が違うのも事実。

前王妃と違ってエリザは民に愛されている。

そりゃあ、美しく優しい、美形王子たちを助けた英雄的なお姫様だもの。

彼女が多くの人々を苦しめた奇病の元凶だなんて、信じられないという顔をしている者も多かった。

実際前回の魔女について言えば、呪いを受けた王子たちはともかく、彼女によって圧政が布かれたわけではないので、民にとってはあまり大きな影響がなかったとも言える。つまりそれだけ他人事のように眺めていられた。

しかしエリザは——。

国民にとって影響力が大き過ぎる。

民の間に渦巻いているのは、大きな動揺と戸惑いだった。

そんな彼らの気持ちを代弁するかのように、空はどんよりと曇っている。

◇

王子たちの中央に立つ、王に向かってもう一度頭を下げる。

「厄払い師のオディールが陛下に申し上げます。現在この国に蔓延する奇病は、魔女の娘であるエリザ姫が無意識に母への思慕を拗らせて呪いの形を為したもの。この災厄を祓う為には姫のお命を絶つことが肝要です。どうか、陛下のご英断によって姫の断罪をお命じ下さい」

立て板に水を流すように、用意してあった台詞がすらすらと口から流れていく。

エリザは虚ろな目をしたまま一言もなかった。

王が一歩前に出て、エリザと向き合う。

「異論があれば申すがよい」

「何も、ございません」

迷いのない澄んだ目が王を見つめる。王の瞳が一瞬、激しい怒りを噴き出して揺れた。

自分を信じない彼女への？　それともここまでせざるを得なかった自身への？

しかし一瞬でその揺れを払拭すると、王は今度は民と向き合った。

「魔女であった義理の母、前王妃がここで身罷られて三年。人々よ、禍根を残すのは本意ではない故、そなたたちにも改めて問おう。姫は断罪されるべきか否か！」

朗々と通る王の声が広場中に響き渡り、集まった群衆は更に戸惑う空気を濃くしてざわめく。

当然だろう。庶民に罪人の裁可が問われるなど、前代未聞の出来事だ。

しかも悪と分かり切っている者の断罪ならさほど難しくはないだろうが、魔女とは言え亡き母への思慕が原因と言われてしまえば混迷は増すばかりだ。

罹患者の家族や関係者からの恨みと、病を免れた者たちのエリザへの同情が半々、というところだろうか。

もっとも、半々では公開処刑にした意味がないのよね。

「陛下、このままではこの国に死を招きかねません。どうか、ご英断を！」

私の『死を招く』と言う言葉に反応したらしい。民たちの中に「そうだそうだ」という僅かな声が漏れ始める。

もうひと押し。

「妹君を哀れに思われるのは分かります。しかし、エリザ姫自身もこうして国や民の為に断罪をお望みなのです！　迷う必要がどこにありましょう？」

声高に正論を叫ぶ私に、同調する空気が増え始めた。これはエリザの、自死を望む靄の影響もあるのだろう。

群衆が負の激情に囚われていく、そのうねるマグマのような空気に、一瞬ぞくりと悪寒が走り、総毛立った。

怖い――。

ううん、怖いなんて言ってる場合じゃない。慌てて自分を叱咤する。

彼らをうまく誘導しなくては。この役は私にしかできない。

こんな役を王子たちの一人が受け持てば、それこそ骨肉の争い的に王家に対する不信感が高まってしまう。

あくまでエリザへの求刑は第三者からでなければならなかった。他国の者であれば尚良い。つまりは嫌われ役の立場なのだから。

「エリザ様が天に召されれば、死者も出ぬまま国に平穏が訪れるのです。いわば、これは正義の断罪。どうか、ご英断を！」

「そうだ！　姫君に安らかな死を！」

群衆の中の一人がそう叫ぶ。それに呼応するように、皆が腕を振り上げて叫び出した。

「ご英断を！　ご英断を！」

広場中に響き渡る群衆の声に、石柱が揺れる錯覚まで起こる。

エリザは初めて呆然としたように群衆を眺めた。

自分が望んでいたものとは違ったものを見る目で。

けれどふとその口角が上がる。

不意に、ぞわぞわと私の背中を何かが這い上がった。嫌悪感や恐怖のように心の中から湧いてきたものではなく、外部から忍び寄ったものだ。

何——？

ゾクゾクと冷や汗が流れ落ちるのを必死で堪える。

何かが——、私の意識を奪おうとしていた。しかし誰も気付かない。

これはエリザから発している靄ではない。そうじゃなくて——。

私は一瞬振り向いて、刑場の中央にある焼け焦げた石に視線を走らせた。

誰、か——。

「陛下。皆もあのように申しております。どうか——」

しかし凛としたエリザの声が刑場に響き渡り、皆の視線はそちらに集中している。

ぐにゃりと視界が歪む感覚。まるでもう一つの人格が、私に覆い被さったように勝手に口が動き出す。

いっそ清々しい顔をしているエリザに近付き、私はそっと耳元で囁いた。

「むしろ、貴女がこれでめでたしめでたしと思える人の好さの方が私には信じられないんだけど」

彼女にしか聞こえない、悪意を含んだ声が私の唇から漏れていた。

「へ……？」

「私ね、――ジークフリートが好きなの」

「ええ。知ってるわ」

何を今更、と言った体で、エリザはきょとんと私を見つめる。

なんだか笑い出したい衝動に駆られる。これは、何？

「そして彼が王になる為には、十人も兄がいるのは邪魔だと思わない？」

「オディール……？」

「だって、そうでしょ？　彼が王になれば彼だけでなくこの城も国も私のものになるのよ？」

「何を――」

私は彼女の耳元にキスできそうな距離で囁き続ける。

「好きな人に付加価値が増えるのは悪いことじゃないわ。どうせあのなまくらな王だって、貴女が死ねば腑抜け同然でしょう。貴女への思いが真実であろうが嘘であろうが、そんなことは関係ないし、若くて生きのいい王の方が、民だって幸せだと思うけど」

「……バカなことを言わないで」

「バカなことを言ってるのはどっち？　どうせこの世界になんの未練もないくせに」

「！」

群衆の叫びの中、私の声は彼女にしか聞こえない。

ただでさえ白かったエリザの顔が、今は蒼白になっていた。私がそんなことを言い出すなんて、夢にも思わなかったらしい。

というより、周囲のことなんか何も目に入ってなかったんだろう。絶望という名の檻に囚われたまま。愚かな娘。

「我が子でさえ道連れにできる貴女だもの。子供の父親がいれば更に楽しいでしょうよ。あの世で親子仲良く暮らせばいいわ」

エリザは言葉を失ったまま立ち尽くしている。

私は彼女の前からすっと後退った。

そんな私に追い縋るように、エリザの手が私の腕を取る。

「おかあ、さま――？」

奪われて、死に物狂いで保っている、僅かな意識の中でようやく腑に落ちた。

そうか、これは処刑された魔女の残留思念。

この国を手に入れようとして、最後の最後で身を滅ぼした、魔女の呪い。

私を見て、エリザの頰に一筋の涙が流れ落ちる。

「会いたかった、お母様。私は――！」

バカバカバカ！　魔女は貴女を愛してなんかいないのに！

ただ役に立ちそうだから拾っただけ。その証拠に邪魔になったらすぐ捨てたのに――！

歯噛みする思いで目眩がしそうだったが、私に絡みついた魔女の思念は執念深く私の体を手離そうとしなかった。

その時、不意に群衆の中の一人が私を指して叫ぶ。

「ちょっと待てよ！　本当は、エリザ様じゃなくてあんたが魔女なんじゃないのか!?」

それはこの場の空気を変える為に予め群衆に紛れ込ませて仕込んでいた王家の手の者だった。けれど現状に関してはあながちまちがっていないからまぐれって怖い。

私の体を乗っ取った魔女が、僅かに動揺したのを見逃さなかった。

その動揺の隙を突いて、私は咄嗟に尖った貴石で作られた、耳飾りを取って握りこむ。

親指と人差し指の付け根の間から小指側に向けて皮膚と肉が切れ、真っ赤な血が地面に垂れて落ちる。手の平は焼けるように痛かった。これで意識が奪い返せる。

「オディール！」

背後でジークフリートが叫ぶ声が聞こえ、目の前ではエリザが口元を覆っているのが見えた。

私は必死で哄笑を上げる。シナリオを元に戻さなきゃ。エリザを救う為に考えつくされた、馬鹿げた茶番劇に。

「愚かな人間ども！　今更気付いたところで遅いわ！　私の放った呪いで、この国中の人間が呪われるがいい！」

私は突風を起こし、刑場に集まった一部の者をなぎ倒した。

「やめろ、オディール！」

止めようと駆け寄ってきた衛兵や王子たちも、魔力の壁で吹き飛ばす。近寄っちゃダメだってば！

私を乗っ取ろうとする魔女に対抗してるから、魔力の加減が利かない。

案の定、王子や衛兵たちが呻き声を上げながら、苦悶の表情で舞台の上に転がっている。

さすがに死にはしないと思うけど、骨の二、三本は折れたかもしれない。

「邪魔をするな！　大人しく黙って見ているがよい！」

私は近くに転がった衛兵から手に持っていた剣を取り上げると、エリザへと差し出した。

血の気のない細い手が、恐る恐るその柄を握る。

「さあ、お前も望み通り死を選ぶがいい。死にたかったんだろう？　今なら邪魔者は私が排除できる。お前はただこの剣を己の身を突き立てればいい！」

たぶんかなり悪鬼の形相になれていたと思う。幸か不幸かもともと目付きは悪い方だし。

エリザは自分に向けられた鈍く光る剣をじっと見つめる。そして私の顔を見た。彼女は自分に向けられた、血塗れの剣の柄に触れる。

ふとまた意識が遠のき、魔女に乗っ取られそうになる。

もう、しつこい！　あんたはとっくに死んだ筈でしょう！？

「……違う。私は――」

初めてエリザから否定の言葉が漏れる。

「何が違う？　自分を殺すのも他者を殺すのも同じこと。自分でできなくば、私が代わりに手を下してやろう」

今喋ってるのは誰？　私？　それとも処刑された魔女？

私の手は彼女から剣の柄をもぎ取ると、栗色の髪を摑んで彼女を腹這いにさせる。

この期に及んで彼女は自分のお腹を守るように抱え込んでいた。自分ごと、殺したっていいって言ってたくせに。

摑んだ長い髪の下、白い首の裏側がさらけ出される。

私は剣の柄を握り、大きく振りかぶった。

「やだぁ！　エリザ様を……殺さないで！」

そんな声が上がったのは、混乱している群衆の中からだった。

これは仕込みじゃない。こんなシナリオはなかった。

私の背後から飛び出す影が一つ。

群衆の中に飛び込んだジークフリートが、人々の群れに揉みくちゃになりながら声の主を抱き上げて刑場まで連れ出す。

よく見れば、ハンナの息子だった。まだ十にも満たない幼い少年。その彼が、涙目になって必死で訴えている。

「優しくしてくれたんだ。エリザ様はいつも優しかった……。だからどうか――エリザ様を殺さないで！」

震える声に、その場にいる全員が水を打ったように沈黙した。

彼を床に下ろすと、ジークフリートは膝をついて少年と目の高さを合わせる。

「お前の——、母や父を狂わせた張本人かもしれないんだぞ？」

少年はぶんぶんと首を横に振った。

彼は涙でぐしゃぐしゃになった顔を、今度はエリザに向ける。

「エリザ様、死なないで！　死んじゃやだぁっ！」

不意に、私の中にいる魔女の意識が温かいものに変わった。何？

『——いつまで、そうやって妾《わらわ》に甘えているつもりだえ、エリザ？』

「おかあ、さま……？」

それは溶け残りの淡雪のような儚い思念だった。

けれど所詮は残留思念だ。その呪詛も、僅かに隠されていた愛も。

急速に溶けていく魔女の思念を振りほどき、天を仰いで目を閉じた。

私は傷ついた手の平を握りこむ。さあ、もう一芝居打たなきゃ。

「ねえ、エリザ。この子の好意も紛い物だと思う？　貴女が疑う兄王子たちの愛同様、貴女がそう仕向けたものだと、そう断定できる？」

エリザは震えていた。

混乱しているのだろう。

自分なんか死ねばいいと願う歪んだ自己愛と、それを否定するか弱くも小さな希望の中で。

でも。

逃げさせてなんかあげない。

簡単に、死なせてなんかあげない。

だって、しょうがないじゃない。貴女が生きようが死のうが知ったこっちゃないけど、貴女が死んだらジークフリートが悲しむんだから。

彼の、悲しむ顔なんか見たくないのよ。

私は剣を投げ捨てると、彼女の顔をこちらに向かせて思い切り平手で打つ。

「いい加減目を覚ましなさい！　世界はそう簡単に貴女の思い通りになんかならない！　貴女が何を思い、何を感じ、どんな感情を伝播《でんぱ》させようと、――そうやすやすと失われる自我なんてないのよ。だから――」

エリザの膝ががくんと折れて地面に着いた。

私はその肩を支え、エリザの細い体を力いっぱい抱き締める。そうしないと精神をのっとられていた負担と出血で、私自身が倒れそうだったのだ。

「勇気を出して、自由になりなさい」

「あ、あ……わた、私は――」

エリザの体ががくがくと震えていた。怖いのだ。生きることが。自由になることが。

――いいえ、自分が本当は自由だと知ることが。

「オディール、その娘をこれへ」

彼女を抱き締めている私の、頭上から降ってきたのはオズワルド王、その人の声だった。

「エリザ。お前が望むなら、人里離れた遠い地で暮らそう。私も共に行く。死ぬまでそなたとそなたの子を守ろう」

「そんな……っ、この国はどうするのです！　貴方はこの国の王なのに！　必死に取り戻した王位ではないですか！」

私の背後で、王が笑った気がした。何となくだけど、たぶん、嬉しそうに。

「問題ない。有り難いことに弟が十人もいるからな。私が抜けたところで世継ぎには事欠くまい」

「バカなことを仰らないで！　誰よりも王たるべきものとして努力なさってきたのは貴方ご自身でしょう！」

「所詮は魔女に国を乗っ取られた王の息子であり、迂闊に呪いまで受けた王子だよ。そして——お前に勝る宝はない。お前が信じようと、信じまいと、だ」

「オズワルド兄様——」

絶望の淵から掬い取られた、エリザの声が震えている。

僅かながらでも、希望の方向に。

どうでもいいけど、私のポジションてどう考えても邪魔よね？

でも動きたくても動けないのが現状だった。

「話がつきそうなら、エリザ、お願いがあるの」

「あ、オディール……？」

「貴女の、今の感情を開放して」

「え？」

「手伝うから、さあ――」

問答無用で彼女の心を押し開いた。

ぶ厚い戸惑いと言う壁の向こうにある、幸せを望む小さな希望を、めいっぱい拡散する。

力を持つ者の目には光の流出が見えただろう。

私の背中越しに、オズワルドがエリザの手を握るのを感じた。

それだけで、エリザの中から歓喜に似た感情が迸る。

「アンドリュー！　手伝って！」

「はい！」

どこからともなく現れた小さな蝙蝠羽のハムスターが、私の頭上数メルカのところで光を増幅させ、渦の中心となって国中へと伝播させていく。

私に抱き締められたまま天を仰いで、瞬きひとつしないエリザの中からは、絶え間なく涙と歓びのオーラが湧き出ていた。


溢れろ。

溢れろ。

国中に広がって毒の靄を吹き飛ばせ――。

どれくらいそんな時間が続いたのか、やがて何が起こったのか分からぬまま広場の人々は、歓喜の感情に酩酊したようになりながら、呆然とした顔で私たちを見ていた。

「もうダメ……」

思わず口の中で呟く。使い魔の助力を得てとは言え、一つの国に広がる呪いの靄を吹き払ったのだ。さすがに限界もいいとこ。

「オディール、こちらへ」

優しい声が私を呼んで、大きな手がエリザに凭れ掛かるようになってしまっていた私の腕をとった。ジークフリート。

私は彼に縋って立ち上がる。足元が少しよろけていたのを、さりげなく彼がカバーしてくれる。

「よくやった」

万感を込めた感謝の声に、私はふらつきながらも何とか笑って見せる。

「シナリオはかなり変わっちゃったけどね」

まさか先代王妃の残留思念が残っているとは。本当なら私が魔女のふりをしてエリザを怒らせ、生きる気力を取り戻させる筈だった。ぎりぎりまで追い詰めて、彼女の本音を引き出す作戦だったのだ。

その上で私自身は魔女として討たれる芝居の予定だった。

のだけど。

「結果オーライだろ」

私の周りに集まってきた王子たちが、やはり満足げに微笑んでいる。

オズワルド王はエリザをいとおしげに抱き上げていた。どうやら彼女も精神《こころ》を放出し過ぎて意識を失ったらしい。彼女こそ本当に能力切れ《エンプティ・オーバー》になればいいけど。

あとは最後の仕上げ。広場に集まった民に、納得のいく説明を。でもそれは私の仕事じゃない。

王と王子たちがうまくやるだろう。

私の仕事は概ね終わった。

と、安心しかけたその瞬間、広場に甲高い笛の音が響き渡った。

ピ――――――っ！！！！

耳に刺さるような高音程。思わず耳を押さえて蹲る。鍵笛。魔除けの笛の音。

痛い痛い痛い！　体中が痛みでばらばらになりそう。何？

何とか顔を上げると、やはり体に呪いの魔力を帯びているジークフリートが苦痛の表情を浮かべていた。

音のする方向を振り返るが、吹いている人間の姿は巧みに群衆に隠れてよく見えない。

けれど息が続かなくなったのだろう。笛の音が一旦止み、体にまとわりつく痛みが一瞬引き剝がされる。

私は目を凝らして犯人を捜そうとした。

「オディール！」

そんな私を突き飛ばしたのはジークフリートだった。

――え？

前のめりに倒れ込む、彼の背中から生えている一本の細い棒。

違う。矢だ。彼の背中から心臓に向かって、深々と一本の矢が刺さっていた。

うそ。なんで？

矢は真っすぐ彼の体を貫通し、心臓を貫いている。

目の前の光景が信じられない。

けれど彼の胸と背中はみるみる赤い血で染まっていく。

「ジークフリート！！！」

やだやだやだ！　死なないで！

駆け寄って矢を抜こうとするのを手首を掴まれて止められた。エッカルト王子。

「抜くな！　このまま抜いたら出血多量で死んじまうぞ！」

「でも……っ！」

何とか血を止めようと手を当てるのに、一度切れた魔力は完全に低下していて全く作用しない。

なんで！　こんな時に限って！

「アンドリュー！　力を貸して！」

やはり鍵笛でダメージを受けたらしい私の使い魔は、飛ぶこともできないままよろよろ近寄ってきた。

「矢を抜きながら止血するわ！　私の力を増幅して！」

「無理ですよう！　今のオディール様の状態でそれをやったらオディール様が死んじゃいますうっ！」

「いいから！　エッカルト、私が止血するから矢を抜いて！」

「分かった」

集まってきたバーナバス王子やランベルト王子がジークの体を支え、エッカルト王子が矢を抜く体制になる。

「いいか、オディール。合図をしたら抜くぞ」

「いいわ、やって！」

真っ赤に染まるジークフリートの背中に意識を集中させる。死なないで死なないで死なないで。

エッカルト王子の掛け声とともに、私は彼の体に刺さった矢の傷を塞いでいく。

皮膚、筋肉、心臓――だめ、止まらないで！

ランベルト王子に抱えられたジークフリートの口から、ごぶりと血があふれ出た。彼の顔は蒼白になっている。早鐘を打っていた心臓の音が、今は驚くほど弱くなっていた。

死なせないってば！

「アンドリュー！　私の血と生気を彼に！」

「オディール様ぁ！」

使い魔は主人に逆らえない。泣きそうな声を上げてアンドリューは私の命令を実行した。

全部あげる。血も肉も何もかも。
死なないで。
私は矢で壊された彼の体を、全部繋ぎ直してありったけの生気を送り込んだ。
心臓の音が聞こえないほど小さい。
止まりかけてる……？
——『我が心臓でも』
ジークのバカ！　ダメよ、死なないで。
死んじゃダメ……！
動け動け動け——っ！！！！

どれだけそうしていただろう。

「オディール、もう無理だ。このままでは君も死んでしまう！」

誰かの声。

うるさい！　心臓の音が聞こえないじゃない！

ジークの顔はますます青白くなってゆく。

「オディール……！」

うるさいってば！

「オディール様ぁ……っ」

一切の外野を無視して、私は複雑な構成呪文を唱え続ける。

破れた皮膚や血管を繕い、折れていた骨を繋ぎ、足りない血液や生気を送り込み、止まりかけた心臓が動くよう念じ続けた。


——トクン。


あ。

心臓の音が。

そう思った途端、ぐらりと目眩がして体が揺れた。私の体を後ろで抱き抱えてくれるのは、美形王子たちの誰か。もう確かめる余裕もない。

体中から力が抜け、息がうまくできなくて、目の前が真っ白になっていく。

でも、——あれは、羽根？

ジークの左手に生えていた羽根が、たくさん空に舞っているように見えるのは錯覚だろうか。

ふわふわ、ひらりひら、キラキラ——

綺麗。視界中が彼の羽根で真っ白に染まる。

ああ、こんな綺麗なものがこの世にあるなんて。

それだけで幸福な気持ちが満ち溢れて。

やっぱり、生きてる方がいいわよね？

そう思ったのを最後に、私の意識は強制終了《シャットダウン》した。

◇

◇

「お前かっ！！！」

群衆に飛び込んだエルバートが、怒号と共に捕まえたのは、灰色のフード付きマントを纏った細身の影だった。

胸には紐でぶら下がった鍵笛。その手にはボウガンの弓。

エルバートは鍵笛の紐を引き千切り、取り上げた弓を地面に叩き付けて犯人の腕を後ろ手に捩じり上げる。

勢いでマントのフードがはらりと落ちた。

「ウルリケ、何故お前が――!?」

いつも侍女の地味な装いで、目立たぬ振る舞いの農婦だった女は、紅く染めた唇の端を大きく上げて、にたりと笑った。

私が醜いから母様は笑わないの。

私が醜いから母様はいつも悲しそうで……いなくなっちゃったの。

本当は私がいなくなれば良かったのに。

母様の子供が母様に似てもっと美しい子だったら良かったのに。

小さい頃はそんなことばかり考えていた気がする。

誰も否定してくれなかったし、そもそも私の側には誰もいなかった。

『――そんなことはないと思う』

灰色の鳥がそう言ったように聞こえたのは、だからただの願望だったのかもしれない。

まあるい目。焦げ茶色の優しい目。

そうだ。思い出した。私にはたった一人だけ、友達がいたんだった。もっとも向こうがそう思ってくれていたかどうかは分からないけれど。

初めてできた友達は、柔らかい羽毛を持っていて、そっと寄り添ってくれた。

まるで私がそう望んでいると分かっているように、いつまでも側にいてくれた。

ずっとそばにいてくれようとしたその鳥に、発つように促したのは私自身。

だって渡り鳥は渡らねば死んでしまう。

またいつか会いに来てね。

泣きそうになるのを我慢してそう言ったら、また来るよ、そう言った気がした。

気のせいかもしれないけど。

優しい焦げ茶色の瞳。

——ずっと忘れていたのに、なんでこんな昔のことを思い出したんだろう。

……ああ、そうか。

ヴィジョンが重なる。焦げ茶色の瞳。

彼の瞳は、あの鳥の日とよく似ていた——。

◇

「しかし、離れないなあ……」

「ああ、見事に二人してがっちりと」

「傷はもういいんだろう？」

「ええ。少なくともジークフリートの怪我は問題ない筈です。呼吸値も鼓動音も正常ですし発熱や嘔吐の兆候もありません」

「オディールは……分からないか」

「さすがに魔族の体については……すみません」

「顔色は悪くないんだもの、大丈夫ですわ。きっと、二人同時に目覚めるんじゃないかしら」

「ああ。……そうだといいな」

がやがやと、入れ代わり立ち代わり誰かの声がするから、目覚めるタイミングを逃してしまった。

でも、私を包む肌が温かくて、とても気持ちいいから、離れがたいのも本当だった。

とても、懐かしい匂いが私を抱き締めている。

ずっとその中にいたくて、私は――。

◇

視線を感じて、頭を上げた。

真夜中なのか、辺りは暗い。

「起きたか？」

私を覗き込んでいるのは端正なジークフリートの顔だった。

しかもどアップ。

へ？　な、何？　なんで？

顔中に血流が集まって火を噴きそう。

「なんで？」

「何が？」

「な、なんでこんなっ、近い……！」

「……ああ、君が私を離そうとしなかったからな」

「え？　あ……？　ええ……っ！？」

確かにベッドの中で、私の手がしっかりと彼の背中に回っていた。

でも意識はなかったんだから、振りほどこうと思えば振りほどけたんじゃないかしら。

「もっとも…兄上たちが言うには私自身も意識がないまま君を抱き締めて離さなかったそうだが」

「…………！」

なにそれすっごく恥ずかしいんですけど！　いや、ジークがじゃなくて私自身が……つまり、その……！　や――、顔が熱い――！！

あまりにも衝撃的な事実に口をパクパクさせていた私を、彼は改めてぎゅっと抱き締める。

あれ？　でも――なんか違和感が……？

けれどすっぽりと包み込まれる心地よさが、沸き上がった疑念から気を逸らせた。

「良かった。目覚めてくれて」

「う、うん……」

「時間もあまりないことだしな」

「へ…？」

「期日が近い。魔王と約束の日が」

「あ……！」

すっかり忘れていた。だけど。

「どれくらい寝ていたの？　期日はいつ？」

ジークは私の髪をいとおしげに撫でながら静かに言った。

「三日後だ」

◇

「いらしたんですのね」

夜更けの湖に現れた魔王ロッドバルトの姿を見て、人間の姿に戻っていた私は思わず冷笑を浮かべた。

魔王にしては忍耐力を駆使した方だろう。しばらく前からオディールの使い魔であるアンドリューとの交信が途絶えたと聞く。すぐに他の使い魔を放つこともできた筈だが、それをするのも自分が焦っているようで癪だったのだろう。

結局約束の三ヶ月目まで、彼はそれ以上動こうとしなかった。

約束なんて無視して、ジークフリートを殺すこともできたろうに。

もしくは何もなかったこととして、忘れたふりをすることも。

「あいつらは戻ってくると思うか？」

「……」

驚きに思わず目を見開いてしまった。魔王が他者に何かを問うなんて。

「……来なければいいとは思ってますが」

「そうしたらお前はここに囚われたままだぞ？」

「それで……彼らが幸せであるなら。でも、戻ってきてしまうでしょうね」

「何故そう思う？」

「あの騎士は誠実で義理堅い性格に見えましたし、――オディールは彼に惹かれていましたから」

魔王が怒るのを想定して言った。しかし意外にも彼は平静なままだった。

「そうか」

不思議な時間が過ぎる。

魔王もオディールの父として、複雑な思いを抱えることがあるのだろうか。

本来魔族は肉親の情も薄いと聞いてるが。

期せずして彼と近しい感情を覚える自分に、私は狼狽えた。

「ロッドバルト、私は――」

自分が何を言おうとしたのか分からぬまま唇を開きかけて、眉間に深く皺を刻んだロッドバルトの顔に気付き口を噤む。

彼の視線の先にはジークフリートと、明らかに三ヶ月前とは違う外見のオディールがいた。

魔王の口から戸惑いを隠せぬ声が響く。

「オディール、お前、その姿は――！」

最終章　ラスト・エンドコード

目が覚めたら大好きな顔が目の前にあった。

それだけで私の中の幸福の目盛りが一気に膨れ上がる。

今更だけど、私は改めてジークフリートの顔に見とれていた。

他の王子たちも美形なんだけど、やっぱり彼の顔が一番好き。細い顎のラインも、真っすぐな眉や鼻筋も、焦げ茶色の優しい目も。見ているだけでこの上なく満たされた気分。

実際、行き先が勝手知ったるロッドバルト城付近ならば、僅かな魔力さえあれば一日で戻れる。

約束の期日が三日後で、まだ過ぎてなかったことをジークフリートから聞き、私はひとまず安堵して呟いた。

「貴方は……昔の友達に似ているわ」

深夜のベッドの中、幸福な気分に溺れながら彼の胸に額を擦り付けて囁く。

私の髪の毛を撫でる大きな手が気持ちいい。私はまだ夢を見ている？　これは目覚める前の夢の中？

だけど、さっきから微妙に感じる違和感はなんだろう。何かがおかしい。

「似ているんじゃなく、本人だと思うんだが」

半分上の空になっていたから、クスクス笑いながら囁く彼の言葉の内容がうまく摑めず、耳の中でリピートする。

——え？

ちょっと待って？　今なんて言った？

「君が言っているのは、灰色斑の渡り鳥のことでは？」

え？　なんで知ってるの？　ええ……!?　だってあれって……。

「今から五年程前だったか——、まだ白鳥の呪いが解けぬ兄たちと旅暮らしを始めて一年ほど過ぎた時期だ。生憎十五歳で呪いを受けた私は、白鳥としても成鳥とは言えぬ頃でね。兄上たちと違って斑の鳥だったんだ。そんな旅の中、私は一人の少女と出会った。彼女は茂みの中に隠れ、独りでひっそり泣いていた。私をただの鳥だと信じてぽつぽつといろんな話をしてくれるその少女を放っておけず、その地に留まっている間、何度も会いに行った」

え、え…、でも、え〜〜〜〜っ!?

「だから左腕以外の呪いが解けて、一人で旅に出た時、その少女に会いに行こうと思って北へ向かったんだが……会えたのは、彼女とは似ても似つかない、やはり白鳥になる呪いを受けていたオデットだった。そもそもオディールである筈もないと思ってた。あの時出会ってた少女は——どう見てもまだ幼女に近かったからな。普通に成長していれば、せいぜい十代前半だろう」

つまりこういうこと？

白鳥にされた中の一番末っ子王子は、成鳥になる前だったからまだ真っ白でなくて、まだ醜い時期の斑の時期だったってこと？　あの時のふわふわもこもこも渡り鳥って、つまり——。

「旅の途中、色々あったと言っただろう？」

う、そうだけど。

でも双子王子の話を聞いていたから、『色々』って、てっきり彼らの言ってた女性指南のことだと思ってた！

でも、……ってことは、そんな昔に私たちは出会っていたってこと？

「しかしあの時の少女がやはり君なんだとしたら……オディール？」

驚嘆の事実に私はベッドの上にがばりと身を起こす。

さすがに久しぶりに目覚めたせいか、少しくらりとしたけど踏ん張った。

ら、…あれ？　うそ。

その時、私は初めて違和感の正体に気付いた。

自分の手足が小さい。対してジークがとても大きく見える。

ってことは。

「私……この体」

「ああ。君は私を助けて――自分の血や肉を供給することで、恐らくその分子供の姿に戻ってしまったんだと思う」

咄嗟に夜の窓に映る自分の姿を確認した。

ちっさ！　ハンナの息子と変わらないくらいだろうか。少なくとも十歳以上に見えない。

え〜〜〜〜〜!?

「そんなわけで改めて君に訊きたい、オディール。君は——本当は今幾つなんだ？」

「な、なんでそんなこと訊くの？」

「ずっと気になっていたんだ。既に一線を越えていて今更だと思うだろうし、魔族の成長は人間のそれとは違うのかもしれないが……その、もし君がその外見より本当は若く……と言うより幼いんだとしたら、——私がしたことは聊か人道に外れた行為だったのではないか、と」

珍しく歯切れの悪い、困惑したような声。でもそんな顔も綺麗。っていうか可愛い？

……じゃなくて！

でも本当に今更もいいとこ！

「確かに魔族の子供の成長は、人間のそれとは違うわ。生まれてから五年や十年で成人してしまう者もいれば、百年経っても子供のままの姿の者もいる。精神年齢が外見年齢に直結してるのよ。そもそも魔術が使えるようになれば外見なんて自由に変えられるし」

「そうは言っても生まれた時は魔族だって赤ん坊だろう？」

「そうね。私自身に関して言えば……最初の七年は人間と同じスピードで大きくなった。だけど五年前、——つまり母が城を出て行って、渡り鳥だった貴方とも別れた直後、一気に五年分くらい成長したの。だから——」

ジークフリートががっくりと肩を落として呻いた。

「つまり、人間でいえば今は十二歳ってことか……」

もっとも今は、魔力を使い過ぎて、更にその半分くらいの姿だが。

「べ、別にいいじゃない！　自然に変化したってことはちゃんと体同様中身も十代後半くらいになってるんだから！　別に貴方が幼女趣味《ロリコン》ってことにはならないわよ！」

私の言葉が更に追い打ちをかけたらしい。

彼の表情がますますどんより曇っていく。

「いや、それはそうなんだろうが……やはり、君に襲われかけた時、忍耐力を駆使すべきだったのかもしれん」

人間としての倫理観が、葛藤を生むらしい。私の実年齢（？）を知って、彼はあーとかうーとか唸っている。

あれ？

でもちょっと待って？

今、忍耐力って言った？

「あの……もしかしてそれって……本当はしたいのにずっと我慢してたってこと？」

この城に来てから、私と抱き合うのを嫌がったのも……そのことを気にしてたから？　道徳観念と欲望の板挟みになってた…？

見ると彼の眉間の皺がみるみる深くなった。でも。

「魔族は欲望に忠実だからそんなこと気にしないわよ？　お父様がオデットを攫ってきたのだって、まだ十四歳《ローティーン》とかだったらしいし」

「君たちはそうなのかもしれないが、私はそういうわけには――！」

そう言ってムキになった彼の顔を見ていたら、寧ろ呆れるというかおかしくなってしまった。思わず声をあげて笑ってしまう。

「やあね。好きでもない女に、そこまで義理立てすることないのに」

「……っ！　バカか、君はっ！」

……は？

本気で怒鳴られて、私は一瞬硬直する。でも直後には怒鳴り返していた。

「バカにバカって言われたくないんだけど！」

「それではまるで好きでもない君を私が抱いてきたみたいじゃないか！」

「だって好きなんて一言も言ってないじゃない！　ってか、そう聞いた時だって黙り込んじゃったし！」

「心臓をくれてやると言っただろう！」

はあ……？

そういえばこの城に誘われた時、そんなことも言われたこともあったような。

でもちょっと待って、それってもっと違う言い方じゃなかった？

だけど彼にとっては同義語だったらしい。

「騎士にとって、心臓を捧げると言ったら永遠の忠誠を誓うということだ。愛の誓いと同じだろう」

…………。

「何それ知らないわよバカっ！！！！」

思いっきり怒鳴り返してから、不意に私の心臓が射抜かれた。

うそ。

彼が私のことを好き？　本当に？

そう思ったら脳味噌がぐるぐる回っておかしくなる。

目頭が熱くなって、涙が勝手にぼたぼたと溢れ出した。やだ、泣きたくなんかないのに！

「……そんな顔をするな」

怯んで困ったような彼の声。

「違う！　な、泣いてないわよ！」

私は彼に背を向けてぐしぐしと腕で擦る。泣いてない、泣いてないってば！

幼児姿で泣いたりなんかしたら、いかにも同情を買っているようで悔しい。そんなつもり全くないのに！

でも止まらない。涙は後から後から溢れ出てくる。ぎゅっと奥歯を嚙んで堪えようとしても無理だった。なんで……！

「君がそうやって強がりながら、必死で泣くのを隠そうとするから私は――」

背中から優しく抱き締められる。ふわりとした温かい抱擁。

「――私は、何？」

私を抱く手に力がこもっていく。

「君が何者でも、例え本当は幾つだったとしても、――愛おしくて堪らなくなるんだ」

熱を孕んだ声に、心臓が鷲掴みにされる。

こんなの、ひどい。正気でなんていられなくなっちゃう。

彼の腕を掴み、振り返って震える声で言った。

「ね、お願い。もう一度、言って？」

ジークフリートは困ったように破顔し、幼い私の頰を両手で包み込むと優しく口付ける。ベルベットの囁き声が、直接心臓に届いた気がした。

「愛してるよ、オディール」

涙が溢れて、止まらなくなった。

◇

その翌朝、私たちは王や他の王子たちと対面して様々な説明を受けた。

ウルリケは牢に繋がれたまま、虚ろな目で一言も話さなくなったこと。

公開処刑場にいた民の半数近くは、王子たちが慰問の際に手配した、信用できる仕込みの人々だったとエリザに説明したこと。

オズワルド王は兄弟たち全員のたっての希望で改めて王位を続行することになり、近々エリザと結婚式を挙げること。

エリザの妊娠は想像妊娠であり、本当の子供は宿っていなかったこと（それがウルリケの陰謀による暗示のせいだったのか、追い詰められた故のエリザの体の変調だったのかは不明）。

奇病騒ぎも収束し、とりあえずはハッピーエンドだろうと断じて、私たちはオデットのいる湖に急ぎ戻る旨を彼らに告げた。その際、私と同時に意識を取り戻したアンドリューをこの国に置いていくこともだ。

「そんなあ！　僕はオディール様の使い魔なのにぃ！」

「でもこの国の方が温かいし、特産の美味しいチーズがあるわよ？」

「え、本当ですか!?」

寒いのが苦手で食いしん坊なアンドリューは、一瞬目を輝かす。

「でもぉ……」

「お願い。この国にいて、エリザを見守ってほしいの。そして……もし今後、彼女の産んだ子が何らかの能力を持っていたら、その時は知らせて。能力の内容次第では私たちが預かるから」

なんの力も持っていなければそのままで構わない。力が微かなものであったり、負の力を帯びたものでなければそれもまた構わないだろう。けれど……他者に何らかの危害が及ぶような能力であれば、それなりのフォローが必要だ。異端であることで、その子供が孤独を感じずに済むように。

「これは命令よ、アンドリュー」

「……」

「別に永遠の別れってわけじゃないわ。何かあればすぐ交信も移動もできるんだし」

「……分かりました」

「頼んだわね」

アンドリューが眩しそうに私を振り仰ぐ。まるで私を初めて見るように。まるで美しいものでもみるように。

さあ、あとはオデットのいる湖に戻るだけだ。そういうと、アンドリューは不安そうに髭を震わせた。

「あと、あんたの魔力で私たちを湖に送って」

「え〜〜〜!?」

「仕方ないでしょ？　私の魔力はまだ回復していないんだもの」

「…もちろんご命令とあれば従いますが、僕もまだ目覚めたばっかかなんですけど……」

「命令よ。お願いね」

私はアンドリューに片目を瞑って見せる。

なんだかんだ言って楽観していたのは、最強無敵な気分だったせいだ。

ジークフリートに愛を告げられて、もう怖いものなんて何もない気がしていた。

今ならお父様と闘っても勝てるんじゃない？　くらいの高揚感で。

もちろんなんでもかんでもそううまくいくわけではない。でも魔力だけが戦う術じゃないと、私はとジークフリートと出会ったことで、深く思い知ったのだった。

◇

父と対峙する覚悟ができていても、ジークフリートのマントの陰から出るのには少し勇気が要った。今の姿を見て、あのバカ父に何を言われるかと思うと……何を言われても癪に障るのは間違いない。

それでも隠れていても仕方ないから、一回深呼吸して足を踏み出した。

「オディール、お前、その姿は――！」

案の定、バカ父……じゃなかった、お父様はぽかんと口を開けて変な顔になっている。

「その、少々魔力を使い過ぎたみたいで……」

語尾がもにょもにょと尻すぼみになった。だって、他になんて言っていいか分からない。

「彼女の言う通りです」

失った言葉の接ぎ穂をジークフリートが引き取ってくれた。

「彼女――オディールが命がけの献身で私の呪いを解き、『真実の愛』を証明してくれました」

うぎゃぎゃぎゃぎゃ！　なんか改まっていそう言われると背中がムズムズする！

恥ずかしいしこそばゆい！！！

その、事実としては決して間違っていないんだけどっ！

私が混乱していることに気付いたのか、ジークフリートは私を見下ろすと、優しく微笑んでぎゅっと手を握ってくれた。

それだけで、すーっと心のざわめきが落ち着いてくる。

えへへ。変なの。

なんなのこれは。どんな魔法？

ジークは魔王に向けて自分の左腕をかざして見せた。

「魔王よ、貴方の魔眼を持って見ればお分かりでしょう。この左腕の呪いは完全に解呪《かいじゅ》されています」

お父様はすっごく面白くなさそうな顔をして私に目をやる。

「それで私の娘がこのざまか」

いかにも見下した声にカチンときた。

「だって元々は……！　彼が私を庇って死にそうな目にあったんだから…。彼自身が真実の愛を示したと言ってもおかしくはないわ！」

ジークだけを不甲斐無く言われるのは腹が立つ。だって本当に、彼は魔術の殆どを使い果たして矢で射抜かれそうだった私を、身を挺して助けてくれたのだから。

結局二人して順番に死にかけたのは……まあ、愛のなせる業《わざ》だから仕方ないわよね。

きゃ、愛なんて恥ずかしくて照れるけど！

とりあえず、外見はどうあれ少なくともこうして生きている。二人とも。

「つまり力を使い過ぎて、そんなちんちくりんな体になってしまったわけだ」

「ちんちくりんて言わないで！」

そ、そうよ。魔力なんてなくたって。子供の姿になっちゃったとしても。

この人とさえ一緒にいれば、私は無敵なんだから。

そう思って、からのバカ父との対峙だったのだけど、……やっぱり子供の体って心許ない！

そうして案の定、父は私を小馬鹿にしたように鼻先で笑った。

どうせ呪いを解いても自分がその姿ではな。

そんな心の声が聞こえるようで、腸《はらわた》が煮えくり返る。

だけど、そんな私の心を一気にオデットのしみじみした声が払拭した。

「綺麗に……なったわね、オディール」

そう言った時の彼女の目は、喜びと切なさの入り混じった不思議な色を帯びていた。

「べ、別に！　小さくなっただけで何も変わってないし！」

「そんなことない。貴女の纏うオーラが優しく光っているように見える。昔は自分の心を鎧で覆って……、虚勢を張ることだけしか教えられなかったのに。彼に愛されて変わったのね、貴女は」

「……」

なんでそんな嬉しそうな顔をするの。なんでそんなに辛そうな顔をするの。

「ごめんね、オディール」

「つ……！　貴女に！　謝ってもらうことなんかないわ、オデット」

「そうね。そうかもしれない。でも——」

「いい加減にしろ！」

私とオデットの会話にお父様が割り込んだ。

まあ、目の前にいるのにこれだけ存在を無視されたんだから、腹を立ててもしょうがない。

「三日前、……たぶんオディール、お前が目覚めた時だ。アンドリューとの交信が繋がって、『真実の愛《エンド・コード》』発動は確認した。忌々しい事この上ないが、そこの騎士との約束だ。オデットの呪いを解こう」

「ロッドバルト！」

お父様はオデットに向かい、口の中で呪文を唱える
オデットの体を一瞬光が駆け抜けた。彼女はまじまじと自分の手の平を見つめる。そこに何らかの痕跡が残っていないかを確かめるように。

けれどあまり嬉しそうではなかった。

「お前はもう白鳥にはならん。ロッドバルト城に戻る必要もない。好きにするがよい」

そう言って立ち去ろうとする魔王を引き留めたのもオデットだった。

「どうして！　勝手に攫ってきておいて、もう気が済んだからお払い箱ですか！」

「お前自身が自由を望んだんだろう？」

「望んだのはこんな自由じゃなくて――」

そこから言葉が詰まって出ないみたいだ。でも、オデットのこんな必死な声は初めて聞いた気がする。いつも、何かを諦めたような醒めた目をしていたのに。

「オデットは――貴方を愛してるんだと思いますが、魔王？」

静かに指摘したのは、私の傍らにいたジークフリートだ。

お父様は立ち止まり、微かにジークを振り返る。世界を凍らせそうな怒りを秘めて。

「ちょっと呪いを解いたからといって、たかが人間の分際で偉そうにするなよ、小僧」

すわ、攻撃が始まるかと私は身構えた。

けれどジークは怯まなかった。

「確かに魔王の貴方から見れば人間の私なぞ、いつでも踏みつぶせる虫けらのような存在かもしれませんが……真実と向かい合う覚悟と勇気は持ち合わせているつもりです」

静かな、一切の不純物を含まない心からの声。

指を絡めて握られていた手に、力が込められる。その手から温もりが伝わり、私の心も静かに、ただ強くなる。

不思議だ。

もうこの身の内にこれっぽっちの魔力も残ってないのに、お父様が怖くない。

相手は一瞬で私たちを蒸発させることだってできる相手なのに。幼い頃から心のどこかでずっと恐れてきたのに。

魔王の娘であることは、私にとって一種の呪いでさえあった。——だけど。

ジークも私を見下ろし、微笑んでくれる。彼も同じ思いなのだろうか。私といればもっと強い気持ちになれる？

「オディール。そいつから離れて父の元に戻るがよい」

「嫌です」

「私に逆らうのか？」

「彼は私にとって唯一無二の存在。側を離れるわけにはまいりません」

お父様は不気味な怒りを滲ませて、私をねめつける。

「お前の目の前で、生きたままその男の手足を一本ずつ獣に食わせてもいいんだぞ？　苦痛に悶えながら、死ねない地獄の苦しみにのたうつところを見られるだろう。だから――父に逆らうな」

うっわ、グロ。お父様ならやりかねないけど。

でもここで引くわけにはいかない。

最後に勝つために必要なのは、魔力だけじゃない。そう、知恵と勇気と覚悟さえあれば――。

「――そんなことよりお父様、報酬はどうなりました？」

私は余裕たっぷりの笑みを浮かべて、いかにも当然といった顔で要求を口にする。

「報酬？　なんのことだ」

「信じられない！　よもやお忘れになったんですか？　彼を誘惑したら、家宝のマリンオパールを下さると仰ったじゃないですか！」

思ってもいなかったらしい方向からの言及に、お父様は目をぱちくりさせた。

「あれは成功報酬だと言っただろう！」

「ちゃんと彼の心を摑みました。オデットもそれは承知の筈。あとは傷ついた彼女を慰めて落とすんじゃなかったんですか？　そこからはお父様の手腕なんですから私には責任を負いかねます」

「お前！　オデットの前でそれを……！」

面目が潰れたお父様の、滑稽な怒りを目の当たりにする。

うふふ、言っちゃった。魔王だって……、いえ、魔王だからこそ守りたいプライドもあるわよね。

でもジークが私に落ちたのは本当だから命令は遂行したと言えなくはない。もっとも私もメロメロになっちゃったんだけど、別にそうなるなとは言われてないし？

「そんな幼稚な作戦でしたの？」

「な……っ！」

オデットの呆れた声に、お父様の額に何本も青筋が立っていた。

「オディール。さすがにここでそれをばらすのはお気の毒じゃないか？」

同情を含んだジークの声が、更にお父様の神経を逆撫でする。

「えーい、うるさいうるさいうるさい！　お前らみんな纏《まと》めて——」

激昂した魔王が魔力を使おうと腕を振り上げたその時、オデットが彼に駆け寄ってその胸倉を掴むと、力任せに引き寄せてキスをした。

つま先立ちになったせいか、彼女の背中は僅かに震えている。でも魔王の服を離そうとはしなかった。

私とジークは目を丸くして顔を見合わせる。

白鳥みたいな肢体のオデットのことだ。そんなに腕力がある筈もない。

だから振り払おうとすればいくらでもできた筈なのに、魔王は固まったまま動けなかった。

三十秒ほどその体制でいたかと思うと、ようやくオデットは顔を離し、魔王の顔をじっと見つめてからその頬を平手で打った。

ぺちん、という何とも情けない音が、いかにも非力なオデットらしい。

それでも魔王は呆然としたまま動けずにいた。

「自由を返して頂いたので——望むまま行動しました」

うわ。怒りと欲望を秘めたオデットの声がぞくぞくするほど色っぽい。

「私の心が欲しければ、私に似せて作った使い魔の自動人形《オートマータ》を全部処分なさって！　私の代わりに彼らを慰撫しているのかと思うと怒りで目眩がします！」

「そ、そうだったのか？」

「あと！　他の魔族に言い寄られても簡単にベッドに入れないで！　貴方が欲望に忠実な魔族の王だとしても、嫌なものは嫌。もしそうなさるのなら絶対私に分からないようにして！　でもそれでも嫌！」

「……オデット？」

爆発したオデットの本音に、父は滑稽なくらい目を白黒させている。

そんな彼に哀れみの笑みを見せつつも、オデットは寂しそうな声で言った。

「……いいじゃないですか。どうせ数百年も生きている貴方に比べれば…私なんてあっという間に消えるんだから……その間くらい私だけで我慢なさってくださっても」

「あ？　ああ……うん」

「最近やっと気付いた自分もいい加減愚かだと思いますが……わたくし、自分で思った以上に独占欲と悋気《りんき》が強いんです。だから——」

「ちょ、ちょっと待て、オデット！」

「なんですか？」

オデットは躊躇うことなく真っすぐ魔王を見つめる。

この上ない間抜け面で、お父様はその視線を受け止めた。

「あの騎士が言ったように、お前は……私のことを愛しているのか？」

オデットの美しい瞳にみるみる透明な涙が盛り上がり、流れ落ちる寸前で長い睫毛に溜まってい
く。一度の瞬きでその涙はすっと頬を流れ、まるで宝石のように彼女の顔を煌めかせていた。

ただでさえ美しいのにその輝きは三割、……いえ、十割増し。

……うん、美女ってやっぱやばい。

オデットは魔王を悩殺できる迸った涙声で、彼に渾身の一撃を与えた。

「そうでなきゃ……貴方《オディール》の娘を産んだりしません！！！」

◇

「え？　じゃあ何？　オディールちゃんて人間と魔族の混血《ハーフ》ってこと？」

「ええ、そうなります。まあ美しい人間を愛玩したがる魔族は少なくないから、混血自体は皆無ではないんですけど、……混血児は能力パターンが多種過ぎて未知な要素が多いと言うか、色々予測できない部分が多いんですよ。生まれた時に魔力と生命力がアンバランス過ぎて、母子共々すぐ死んじゃったりもしますしね」

美味しいビスケットがあるからと双子王子の部屋に誘われ、用意された卓の上でサクサクの茶菓子を堪能しながらアンドリューは訊かれるままに答えた。

「普通、魔族の子供は成長過程も丈夫で風邪ひとつ引いたりしないんですが、あの方に限っては人間の部分もあるから急に冷え込むと熱を出して寝込んだりとか、肌や髪が弱くて傷みやすかったりとか……おかげで使い魔の僕はいっつも目が離せなくて大変でした。とは言えその内、丈夫過ぎるくらい丈夫になられたんですが」

メープルシロップとクロテッドクリームをたっぷり付けたビスケットの山を制覇したアンドリューは、今度はチーズの皿に取り掛かる。

双子王子プラス興味本位で集まった暇な王子たちが、自分の体より大きいチーズを食べるキメラハムスターを興味深そうに見ていた。

「母親のオデット様が城からいなくなってからですかねー、ぽつぽつ姿を消されるようになって。あの時は見つからなくて心配しました。でも直後に突然成長なされたのは、白鳥だったジーク様とお出会いになってらっしゃったからなんですね。あ、お茶のお代わりいいですか？」

「あいよ」

「あ、すみません、ダレン王子手ずからなんて恐縮ですー。あ、お砂糖は三つでお願いします」

「そうか、お前も苦労してるんだな。でもうちの事情でそんなに面倒見ていた彼女と別れることになったのは……寂しいんじゃないか？」

「いいんです。オディール様にもジークフリート様というお相手ができたことですし、使い魔と主人はいつでも交信できますしね」

ぷはーっと満腹に幸せそうなため息を漏らしたアンドリューは、行儀悪く卓の上に仰向けになって丸く膨らんだ腹を上に転がった。

「で、そのご主人様たちは、うまくやってそうか？」

問われてアンドリューは遠い地に帰った主人《オディール》の気配を探る。

「そうですねえ。なんせ魔王様相手ですからおいそれとは……。でも、意外な伏兵登場？　いや、この場合、彼女は――」

◇

いつも氷のように冷え冷えと凍っているオデットの瞳が、今は熱く潤んでいる。

それだけで残虐な魔王は動けなくなっていた。

これも一種の奇跡？

「……それが、刷り込みでないと誰に言える？」

最強の魔王である筈のお父様の顔には、苦々しい笑みが浮かんでいた。

「どういう意味ですか？」

オデットの瞳に剣呑な光が宿る。

「人間どもの間で、傅《かしず》かれても愛されることなく育ったお前が、無理やり快楽を教えこまれて、それを愛だと思い込んだとしてもおかしくはあるまい？」

再びオデットの手が魔王の頬を叩こうとする。しかし今度は魔王が手首を掴んでそれを止めた。

あんな音なら痛くないでしょうから、大人しく叩かれていればいいのにー。

手首を掴まれ、動きを封じられたまま、それでもオデットは全く動じていなかった。

「魔王のくせに、差し出された愛の真偽にこだわるんですのね。本当は、貴方が一番『真実の愛』を求めているのでは？」

魔王を睨み付けて皮肉な笑みを浮かべるオデットに、彼の肩が怒りでぶるぶる震えていた。

けれど何かを吹っ切ってしまったらしいオデットは、覚悟を決めたジークフリート同様、怯まない。

「私が欲しいなら、……嘘でも構いません。『愛している』と仰って」

挑むような目に、魔王の心の一部が溶けた。

「嘘でいいのか？」

「だって……愛に証拠なんて示せませんもの。その言葉を信じて真実にするかどうかは私次第ですわ」

そう言って微笑んだ彼女の表情は、神々しいほどの美しさで。

あ、だめだ。

たった一人の非力な人間の娘に、全能の魔王は呆気なく陥落した。

「……分かった。しかし誰もいないところで、だ。それくらいは譲歩しても構わんだろう」

「――はい」

オデットは頷いて、満月さえ恥じらいそうな麗しい笑みを浮かべる。滅多に見ることのない彼女の笑顔に、魔王の耳が赤く染まり、視線は釘付けになっていた。

うっわー。

そのまま二人で城へと消えそうだったので、私は慌てて言った。

「ちょっと！　マリンオパールは!?」

「あ？」

まだいたのか、くらいの素っ気無さで、お父様は私を振り返る。

はいはい、オデットしか目に入ってないわけね。でもここで引き下がるわけにはいかない。どうしてもあれが要るのよ。

しかし娘を相手にしている時間が勿体なかったんだろう。「好きにしろ」と一言呟くと、空中から件《くだん》の貴石を取り出して放り投げて寄越した。きゃあ！

慌てて拳大の貴石をキャッチする。

ふう、セーフ。

……もう、やめてよね！　オパールなんてデリケートな宝石の代名詞なのに、手荒に扱わないでよ！

そう文句を言う間もなく、お父様はオデット共々姿を消していた。ロッドバルト城に戻ったんだろう。あとは愛を語るなりなんなり好きにすればいい。

「無事に収まったようだな」

ジークフリートが安堵の声を漏らす。

言ってしまえば壮大な夫婦喧嘩に巻き込まれた第三者の正義の騎士としては、充分に面目を果たしたと言ったところかしら。

「良かったな。ご両親が和解して」

「べ、別にあの二人のことなんか私には関係ないけどっ！」

「それでも喧嘩しているより仲がいい方がいいだろう」

「……」

ま、まあね。二人して暗い顔されてると気が滅入るし、喧嘩のとばっちりも御免だし？

ジークフリートは素直になれない私を分かっているのか、まるで子供にするように頭をぽんぽんと軽く叩く。私は黙ってマリンオパールをぎゅっと抱き締めた。

「それか？　君が欲しかった成功報酬は」

「そう。綺麗でしょ？　これを手に入れたら部屋に飾って眺めて過ごすつもりだったの。でも──」

私はその石を胸の前で捧げ持つと、口の中で呪文を唱え始める。

「おい！　今の状態で魔力を使ったら——！」

慌てて止めようとする彼の目の前で、石は様々な色の光を放ち始めた。

「魔王の娘、オディールが命ず。真実の愛の盟約に基づき、古代より蓄えしその力を我に供給せよ」

幼い子供の体がみるみる光を帯びていく。

キラキラした光に包み込まれたかと思うと、マリンオパールに秘められていた力が私の中にゆっくりと流れ込んできた。やがて青い石の表面に細かい罅《ひび》が入り始め、粉々に四散する頃には、私は元の姿に戻っていた。

手の平から、塵と化したマリンオパールの残骸がさらさらと舞い散る。

小さく明滅しながら消えていく光が体中にまとわりつき、ジークフリートは目を細めてそんな私を見つめていた。

「……少しは胸を盛ってもよかったかしらね？」

彼の頭一つ半分低い高さに戻って、私は照れ隠しに片目を瞑って見せる。

「そんなことは気にしないが……良かったのか？　大事に取っておきたい秘宝だったんだろう？」

「ええ。最初はそのつもりだった。でも……せっかく貴方に好きだと言って貰えたのに、あの姿のままじゃキスしかして貰えないんだもの」

上目遣いで唇を尖らせてみせると、彼は怒ったように頬を紅潮させて視線を逸らした。

初めて愛の告白を受けた夜、深いキスを交わしながら、彼はそれ以上のことをしようとしなかった。

「さすがにあの姿では——まずいだろう」

まあ確かに。私自身幼女の体ではあれこれするのは、ちょっと怖い気もする。それでも相手が彼なら何されても良かったんだけど。

っていうか、キスだけじゃ全然物足りないんだけど！

「この姿なら？　確かに生まれてから十二年しか経ってないし、オデットみたいに美人ではないけど——」

「何をバカなことを」

ジークフリートが私を捉えて、自分の腕の中に閉じ込める。うふふ、温かい胸板が気持ちいい。

「オデットの言った通りだ。君は見る度に美しくなる。強がって、無茶ばかりして、目が離せないと思っている内に信じられないほど美しくなって、——その勇敢さと一途さがどうしようもなく私を深く惹きつけた」

ぎゃ〜〜〜、臆面もなく恥ずかしいんですけど！

「人間の騎士がこんなに言葉巧みだとは知らなかったわ」

それともそれも兄王子たちの指南の賜物かしら。

「本当のことしか言ってない。私の理性をあっさり粉砕するほど——君は、綺麗になったよ。オディール」

やだ、足元がふわふわしてきた。彼の言葉に……存在に、酔いそう。

私は彼の胸に当てていた顔を上げて、思いのたけを伝える。

「だったら……キス以上のこともしてくれる？」

ジークフリートの瞳に欲望の熱が灯る。あと一押し。逃がしてなんかあげない。

「だめ……？」

彼は完全に困った顔になっている。

「その、騎士はそう言ったことをみだりに口にしないものなんだ」

照れてそっぽ向いた顔が可愛い。もう、大好き。

「しかし君が元の姿に戻るまで、いざとなれば数年間は禁欲に耐える覚悟をしたんだがな……」

薄い唇からため息が漏れた。

「拍子抜けしちゃった？」

「……ああ。でも嬉しくないわけじゃない」

彼はそう言って微笑むと、素早く私に口付ける。私はうっとりと目を閉じてそれを受けた。


軽く啄むようなキスを何度か繰り返した後、誘うように開いてしまった私の唇から、彼の舌が素早く忍び込んでくる。待ち切れず私の舌が応え出した。

深く舌を絡めあうだけで、心臓は高鳴り、激しい欲望が燃え盛る。

顔の角度を変えながらキスを繰り返し、舌が腫れぼったくなるまでその感触に酔いしれた。好き。大好き。

彼は肩にかけていたマントを外して草むらに広げると、その上に性急に私を押し倒した。身に着けていたのは幼女サイズの服を簡易的に引き延ばしただけのものだったから、当然コルセット等も付けている筈なく、あっさり引き剝がされる。剝き出しになった胸にキスと愛撫を繰り返しながら、彼は自分の衣服も脱ぎ捨てた。

鋼のような筋肉に覆われた、温かい彼の肌に抱き締められて、私は幸福に目眩がしそうになった。思わずその引き締まった胸を撫で、残ってしまった矢傷の痕に唇を這わせてしまう。ここが、彼の心臓。

「オディール、くすぐったい」

「だって……」

本当は嚙みついてしまいたい。私のものだって、もっと痕を付けたくて仕方がなかった。けれど再び彼の手が私の胸を覆い、柔らかく揉まれて、新たな恍惚が体中を駆け巡る。

「あ、ジーク、だめ……」

「だめな顔じゃないな」

嬉しそうに、半ば意地悪な笑みを浮かべて彼は言った。

「や、だって……」

彼の手の平に当たっている、胸の先端が硬く立ち上がっているのが分かる。やだ、恥ずかしい。気持ちいい。

「本当にやめてほしいのか？」

潜められた声と嬲るような顔。分かってるくせに。

「やめちゃ、だめ」

恥ずかしさを押し殺した小さな声に、彼の興奮がますます高まるのが分かる。

私の頬や耳に唇や舌を滑らせながら、彼の両手が胸の先端をきゅっと摘まんだ。稲妻のような快感が体の中心を走る。

「ひゃぅ――っ！」

思わず漏れた叫びを、彼が唇で塞いだ。逃げ場を失くした官能の熱は、身の内に溜まってますます私をドロドロと溶かしていく。

「あ、ジーク、ジーク……」

うわごとのように彼の名を呼んだ。愛しさが募り、右膝を立てて内腿を彼の足に擦り付ける。彼の左手が宥めるように私の右足を撫で、そのまま体の中心へと移動した。

薄い茂みを掻き分けて、彼の指が私の中へ入ってくる。

ぷちゅり。

「やぁ……っ」

そこはしたないほど蜜を蓄えていて、その事実に、私は羞恥のあまり自分の顔を手で覆った。

「隠すな」

低い制止の声がして、彼の右手が顔を覆う私の両手を一摑みにして頭上にずらす。

「やだ、見ないで」

彼の瞳に映る、欲望に蕩け切った自分の顔が恥ずかしい。魔族のくせにとも思うけど、恥ずかしいのはどうしようもなかった。

「オディール」

甘く優しい声が私の名を呼ぶ。

「可愛い。それに……乱れている君は、すごく淫靡で――可憐だ」

「や、そんなこと言わないで…」

嬉し過ぎておかしくなりそう。

そんな気持ちが伝わってしまうのか、彼は満足そうに微笑んで、私の中をかき混ぜ始めた。指が二本、三本と増やされ、淫らな水音にますますおかしくなってしまう。

「あ、やぁっ…あ、あ、ん、ぁ……ジークぅ……！」

快楽の渦に巻き込まれ、私は必死に彼の体にしがみつく。

彼は三本の指を抜き差ししながら、親指で敏感になっている花芽をぎゅっと潰した。

「あ……っ」

痺れるような快感が腰から全身へと広がり、私はつま先をぴんと反らせてイってしまう。

びくびくと小さい痙攣を繰り返す私に、彼は優しく深いキスをすると、大きく膝を割って持ち上げ、蕩け切った蜜口に自分の切っ先を押し当てた。

彼が入ってくることを想像し、私の中が期待で大きく震える。

「私が欲しい、か？」

切なげな瞳の問い。分かってるくせにバカ〜〜〜っ！

「貴方が欲しい、わ。お願い、ジークフリート……」

唇から漏れたのは、悔しいけど泣きそうな声だけ。

彼は薄く微笑むと、はしたなく蜜を滴らせている花弁の中心に、一気に自分の腰を押し付けた。

大きくて熱く張り詰めた彼自身が私の中に差し込まれ、その快感に私の背中が大きく反りかえる。

反動で強く締め付けてしまう私をものともせず、一気に奥まで突き進むと、ジークの唇から苦しげな熱い吐息が漏れた。

その、悩ましい表情にもぞくぞくする。

「動くぞ」

短くそう言い捨てると、激しく腰を打ち付けてきた。

「あんっ、あ、あ、あぁあ……っ、やぁ…！」

隘路を強く擦られ、凄まじい快楽に翻弄される。だめ、もう意識が保てない。

「オディール、オディール…！」

掠れた声が耳を擽り、何度も深く最奥を突かれ、快感はますます深くなっていく。

激しい抽挿に、気がおかしくなりそうだった。

やがて大きくなった官能の波に飲み込まれ、目の奥に一気に光が散って私は絶頂を迎えた。

私の内側が彼を締め付けると、同時に彼も果てて落ちる。

その体を必死に受け止めて、強く抱き締めた。

息を弾ませ、意識を失いかけているジークフリートが、私の耳元で必死に囁く。まるで今しかチャンスはないとでもいうように。

「愛してる」

私は彼の体を掻き抱いて答えた。

「私も——」

うっすらと開いた目には、彼の頭越しに満天の星が映る。

綺麗。

いとおしさと微かな切なさを込めて、私も彼の耳元に囁いた。

「好きよ。大好き」

視界いっぱいに広がる星空が、私たちを祝福するように、眩しく煌めいていた。

◇

夜が明ける頃には、私たちは上下逆になって抱き合っていた。

彼のマントの上で、体の一部は繋がったままだ。それが何度目の交合だったかは、もう覚えていない。

朝陽を受けても、彼の左手にはもう羽根が生えることはない。そのことを、少し残念に思う私は、やはり彼に劣らず少しおかしいのかもしれない。

『――なぜ、あの子は誰のことも恨もうとしないのかしらね？』


不意に、耳の奥でウルリケの声が蘇る。

ジークの城を出る前に、彼女に会いに行った時のことだ。

彼女は頑丈な鍵のかかった地下牢に入れられていた。

エリザが何度会いに行っても、ウルリケは面会を拒否したという。

だから簡単な魔力を使ってこっそり会いに行ったのだ。

幼児化した私を見て、ウルリケは一瞬驚いたように眉を上げたが、やはり何も言わなかった。

『公開処刑場で、魔女の残留思念に精神を乗っ取られかけたわ』

ウルリケの表情は変わらない。

『魔女は言った。――いつまで、そうやって妾《わらわ》に甘えているつもりだえ、エリザ？』

彼女の瞳に、微かな動揺が湧き出る。

『精神を乗っ取られていたから分かった。あの魔女、拾った娘には全員エリザと付けていたのね。魔女に棄てられた時、その子は初めて本当の自分の名前に戻る。だからウルリケ、貴女も昔はエリザだった』

『――そうよ。もっとも私は親元から攫われたんだけど』

『勝手に攫って気まぐれに棄てた魔女を憎んでいた？　似たような境遇で、それでも誰も憎まないエリザが煩わしかった？』

カモミールやレモングラスが子宮収縮を促すために、妊娠中は禁忌《タブー》だと城の侍医に聞いたのは後になってからだ。

『お前には分かるまいよ。魔王の娘』

恐らく一言では済まない、複雑に絡み合う愛情と憎しみが、彼女の精神を歪ませてきた。本当は、何をどうしたかったかも既に分かっていないのかもしれない。

『……そうね。理由がどうあれ、ジークフリートを傷付けた貴女を許す気もないし』

『なら、なぜ私に会いに来た？』

私は幼い声をできるだけ低くして囁いた。

『呪いの鎖を破壊しに』

『私を殺すの？　それとも記憶を消して放逐する？』

ウルリケの頬が可笑しそうに綻んでいる。もちろん、そのどちらも私には可能だった。でもそのどちらもする気はさらさらない。そんな、彼女が望む通りにする気なんて。

私は彼女を見つめ、静かに囁く。怒りも哀れみもなく。

『最後の呪いの言葉を貴女に上げる。貴女は――とっくに誰にも何にも縛られてはいなかった。だから、安心して裁かれなさい』

『――！』

彼女の笑顔が引き攣り、泣きそうな形に歪んだ。

彼女は彼女自身の意思で国を呪い、世界を呪った。決して魔女の残留思念やエリザの能力の影響ではなく。その事実が彼女にとって残酷なものなのか、それとも救いになるのかは分からないけれど。

もうあの国にウルリケはいない。表向きは処分されたことになっている筈だ。それはエリザのたっての願いでもあった。

――結局、魔力なんて代物がなくったって、人は簡単に縛られる。例えば他愛ない言葉や感情のひとつふたつで。

「愛も、憎しみと同じ呪いの一種なのかしらね。簡単に人を縛りうる――」

だから『真実の愛』が魔力や呪いを打ち破る最終的なエンドコードになり得るの？　どんな魔力をも凌駕する、強大なパワーの源として。

「そうだとしても、縛られた人間が自由じゃないとは限らないさ。人は――人の魂は本人が勇気をもって望む限り自由でいられるものだと、私は信じてる」

「ジークフリート……」

彼らしい、愚直な答え。だけど彼の口から聞くと安心する。きっとそれは、上辺だけの答えではなく、彼自身が培ってきた言葉だと信じられるからだ。

バカみたいに、ひたすらまっすぐ。

その時、湖から上がってきた十数羽の白鳥が、白み始めた空に向かって飛び立つ。バサバサと一斉に羽ばたく音が私たちを包んでいた。

「冬越えのために、西へ渡るんだな」

ジークの独り言のような声が耳に届く。

私は彼に跨ったままその胸に頬を寄せて、白い鳥たちが羽ばたいていくのをぼんやりと眺めていた。

鳥たちは生きていく。美醜にとらわれることなく、ただ本能のままに。

歪《いびつ》で不完全な私たちもまた。

「――綺麗ね」

ぽつりと呟く私の体を、彼の腕がしっかりと抱き締めていた。

END

番外編

白鳥の娘

白磁の肌はほんのりとピンク色に上気していた。どこもかしこもしっとりと汗ばみ、濡れて艶を帯びた唇からは時折甘い吐息が漏れる。

腰をゆるゆる動かしながら、繋がった一部を擦り合わせる度に、美しい眉間に皺が寄った。

「気持ちいいか？」

魔王は天上の花とも思える妻に問う。答えは分かり切っていたが、彼女の口から聴きたかった。

「このまま……息絶えてもよいと思うほどに……ああっ」

恥じらいに頬を染めながらも、果敢な妻は正直に答える。しかしその答えが気に食わぬ魔王はさらに激しく彼女の中を穿った。

「死ぬのは許さん」

「そんな、激し、した、ら……ああ……っ」

喘ぎながらも深く魔王を呑み込もうとするオデットの締め付けと熱に、魔王の額にも皺が寄る。

「死なぬと言え。永遠に我が傍らにあると誓え……！」

「ロッドバルト……」

悲哀を帯びた声が魔王の名を呼ぶ。頭の脇に置かれた夫の手を取り、オデットはいとおしげに口付けた。

「叶えられぬ約束を呑み込めるほど、あなたは我慢強くないでしょう？」

「……！」

動揺している夫の頬に手を伸ばし、優しく包み込んだ。

「十四の歳であなたに攫われてもう十五年。人の世で暮らしていた頃よりもうあなたの妻としての時間の方が長いんだわ……」

もっとも白鳥にされて五年は湖にいたのだが。

「ねえ。確かに長生きできたとしても私の寿命はせいぜいあと五十年がいいとこ。でも、その間にしわくちゃのおばあちゃんになって、あなたが愛想を尽かすとは思わないの？」

目の前の奇蹟のような佳人を前に、魔王は考える。オデットが？　しわくちゃの老婆に？　確かにオデットとて数十年先には目尻や口元に皺を刻み、肌は張りを失うのかもしれない。しかし――。

「どんなにしわくちゃになろうとも、そなたがその誇り高く勇敢な魂を持ちうる限り、容色が衰えるとは思えんな」

瞳の奥に滲む聡明さと気品が、オデットの美しさを維持するだろう。いや、もしかしたらその自我を失うようなことがあってさえ、彼女は美しいままなのではないだろうか。

世辞や誇張を含まぬ心からの魔王の本心を感じ取って、オデットは嬉しそうに顔を綻ばせる。

「嘘でもいいわ。愛してると仰って」

愛くるしく笑み崩れながら、オデットは無邪気な声で魔王にねだった。

「二人きりの閨《ねや》でなら、そう仰ったでしょう？」

真実を確信している者だけが持つ強さで、オデットは夫に迫る。豊かな胸の膨らみを夫のそれに押し付け、胎内にある彼の一部を柔らかく締め付けた。

「オデット……」

苦し気な声が魔王の口から洩れる。

「仰って。いいでしょう？」

細い白魚の指が魔王の顎髭を撫で、そのまま頬を包み込み、自ら舌を差し出して深く口付ける。

魔王はまるで生娘のようにされるがままになっていた。

「……ったく、この城に来た頃は何も知らぬ子供だったくせに」

すべて一から魔王が教えたのだ。男を喜ばせる手技も、女の肉体の中に秘められた悦びも。

「ええ。年端もいかぬ私に、ありとあらゆる快楽の限りを教えたのはあなたよ」

いつのまにか体勢が入れ替わり、褥の上で仰向けになっていた筈のオデットは、魔王を仰向けにさせてのしかかっていた。もちろん、体は繋げたままで、だ。

清楚な仮面の奥から、艶やかに女の色香を纏うオデットが姿を現し、蠱惑的に夫を誘惑する。くびれた腰の下の豊かな臀部が、魔王の上でゆっくりと前後に揺れた。

「ねえ、仰って」

長い睫毛を伏せ、閉じた瞳の奥で自らの快感を追いながら、固く太く尖ったままの夫を擦り続けた。

「――あいしてる」

長い熱の籠った溜息を洩らしながら、魔王が囁く。まるで覚えたての言葉を呟く子供のように。

「嘘でも偽りでもなく。オデット、お前を愛している。どうしてよいか分からぬほどに」

切なげな魔王の告白に、オデットの瞳から涙が滲んで落ちた。

「――だからこそ、白鳥にして私の時間を止めたのでしょう？」

「……気付いて、いたのか」

オデットは静かに微笑んでいる。魔王の瞳も潤み、激しく揺らぎ始めた。

「愛してる、オデット」

「ええ。――ええ、私も。ロッドバルト――ああ……」

魔王が下から腰を突き上げ始めた。大きな手がオデットの腰を抱え、深く穿つ。

「例え魔族でなくとも――お前のような女は二人といない。美しく神々しい我が妻よ……」

「あ、ああ……、ダメです、そんな……あ、ああ……っ！」

柔らかい褥の中で何度も跳ねながら、深い快感が二人を包み込んでゆく。

「愛してますわ、ロッドバルト。お願い、あなた――！」

激しい奔流に飲み込まれ、オデットの胎内を魔王の精が満たした。

ビクビクと体を震わせ、崩れ落ちる妻を魔王は愛おしげに抱き締める。

「永遠に――私だけの白鳥――」

熱病に侵されたうわごとのように呟きながら、二人の夜と昼は幾日も過ぎていった。

終

あとがき

この度は本著をお手に取って頂き、まことにありがとうございます。天ヶ森雀と申します。

おまけの掌編ＳＳは本編未読な方は思いっきりネタバレです。すみません…！

実を言うと、本作を最初にネタとして思いついた時、主人公はオデットだったのです。ロリコンヤンデレ魔王と勝ち気美少女の両片想い攻防、みたいな。オディールとジークフリートはあくまで当て馬的脇役で、もちろん両ヒロインの因縁設定も無し。が、なぜにシフトチェンジしてしまったかというと、オデットってヒロイン的にはあまり動きがないんですよね。ずっと白鳥だし湖から動けないし。ねっとり拗らせたド暗いシリアス恋愛にも食指は動いたのですが、それよりはうっかりターゲットに恋に堕ちてしまったオディール、というネタの方が（某所連載作品としても）勢いがあって書きやすい気がして、結局ヒロイン交代と相成りました。オデット、ごめん！

そんなわけで結果的に三童話をミックスすることになった本作、いかがでしたでしょうか。書いていく内にどんどん楽しくなって規定文字数をオーバーしてしまったのは恐縮仕切り。ぎゃー！とは言えそれに快くＯＫをくださった編集部の皆様や、素敵なイラストで世界観を盛り上げて下さったうさ銀太郎様には、心より、本当に心よりお礼を申し上げます。

願わくば、読んで下さった皆様にも楽しいひと時を提供できますよう、心から願ってやみません。

二〇一八年　早春　　天ヶ森雀拝

魔王の娘と白鳥の騎士
罠にかけるつもりが食べられちゃいました

2018年2月17日　初版第一刷発行

著　天ヶ森雀
画　うさ銀太郎
編集　株式会社パブリッシングリンク
装丁　百足屋ユウコ+モンマ蚕(ムシカゴグラフィクス)

発行人　後藤明信
発行　株式会社竹書房
〒102-0072　東京都千代田区飯田橋2-7-3
電話　03-3264-1576(代表)
03-3234-6301(編集)
ホームページ　http://www.takeshobo.co.jp
印刷・製本　中央精版印刷株式会社

ISBN 978-4-8019-1380-6
Printed in Japan

MOON DROPS